KB046386

에코타 가족

The Removed

이 책을 집필하는 동안, 영혼으로 물을 건너
나를 찾아와 준 밥 삼촌과 리언 브릭스 삼촌을 기리며.

에코타 가족

The Removed

브랜던 홉슨 지음 | 이윤정 옮김

이 책에 쏟아진 찬사

"놀랍도록 매력적이고 섬뜩한 이 책은 마치 단단한 벽돌에 금이 갈라지며 드러난, 기묘한 빛을 발산하는 반짝이는 천연 자수정 같다."
— USA 투데이

"신화적이고 압도적인 소설."
— 뉴욕타임스 북리뷰

"아름다운 애가와도 같은 소설로, 현실과 초자연적 이야기를 감쪽같이 섞어 깊은 울림을 주는 작품이다."
— 미네아폴리스 스타 트리뷴

"영적 세계와 지상 세계 사이의 경계들을 흐릿하게 한다. 브랜던 홉슨은 수 세기 전의 체로키 구전을 오늘날의 소설로 끌어와 엄숙하고도 잊지 못할 전설을 세웠다."
— 엘르

"이 작품은 우리 사회와 시민문화를, 우리가 야기한 상실을, 우리가 허락한 부당함을, 우리가 무시한 가족 분리를 이해하는, 견고하고도 깊은 마음으로 향하는 출발점이다."
— NPR

"브랜던 홉슨의 『에코타 가족』은 체로키 구전에 의지해 실재 세계와 영적 세계 사이의 경계를 흐릿하게 만들면서 가족, 집, 고향, 그리고 조상의 트라우마에 대해 깊이 생각하게 만든다."
— 하퍼스 바자

"이야기 속에서 영성은 내세의 경고와 힘의 메시지가 되어 인물들의 일상에 부드러운 실크 원사처럼 섞여 있다."
— 워싱턴 인디펜던트 리뷰 오브 북스

"사랑과 그리움에 관한 복합적이고, 독창적이며, 사려 깊은, 보편적 이야기."
— 북리포터

"굉장하다…. 홉슨은 체로키 구전을 효과적으로 활용해, 대대손손 이어져 최근에 이른 이 심오하고도 강렬한 트라우마가 우리 삶의 모든 측면에 어떻게 스미는지를 보여준다."
— 리파이너리29

"홉슨은 많은 북미 원주민들에게 이 세계와 사후 세계의 경계가 그리 뚜렷하지 않다는 점을 부드러운 시적 산문으로 묘사한 위대한 이야기꾼이다."
— 퍼블리셔스 위클리 (스타드 리뷰)

"브랜던 홉슨은 오래된 목소리와 새로운 목소리가 가득한 놀라운 작품을 선보였다."
— 토미 오렌지, 『데어 데어』 저자

"이 책은 희망과 치유에 관한 것이기도 하며, 상상하기도 힘든 고통 이후의 회복력에 관한 주목할 만한 이야기이다."
— 데이비드 헤스카 완블리 바이덴, 『Winter Counts』 저자

일러두기

1. 이 책은 Brandon Hobson의 The Removed(Ecco, 2021)를 번역한 것입니다.
2. 본문 [ ]안의 설명과 본문 아래 주는 옮긴이가 단 것입니다.

강제 이주의 압박 속에서 우리는 밤마다 신음했다.
—다이앤 글랜시, 『곰을 몰아내다Pushing the Bear』

차례

레이-레이 에코타

9월 5일
오클라호마, 콰

사망 전날, 레이-레이 에코타는 오토바이를 타고 오클라호마주 탈레콰의 교외에서 주욱 뻗은 텅 빈 고속도로를 달렸다. 빗물이 고인 웅덩이와 나무들을 쌩쌩 지나치며 세찬 바람을 온몸으로 느꼈다. 그는 열다섯 살이었다. 도로변에는 주황색 조끼를 입고 견고한 흰색 안전모를 쓴 인부들이 있었다. 그들은 상체를 숙이고 조절판을 만질 뿐 지나가는 오토바이에는 전혀 관심이 없었다. 레이-레이는 오롯한 전율을 만끽하기 위해 경찰의 감시가 없는 외딴 도로를 질주했다. 눈앞으로 무겁고 창백한 구름이 내려앉고 있었다. 들판과 오래된 건물들을 가로질러 나아가자 언덕의 지평선이 하늘과 맞닿은 광활한 풍경이 펼쳐졌다.

그날 밤 집에 간 레이-레이는 성대모사로 부모님을 웃겨드렸다. 어니스트와 마리아가 경찰 드라마를 보고 있을 때 그는 시각장애인처럼 선글라스를 쓰고 지팡이로 여기저기를 더듬으며 비틀비틀 절름발이 흉내를 내면서 거실로 들어왔다. 티브이 화면을 가리고 거실 가운데 선 레이-레이는 불어 발음으로 말했다. "이 늙은 장님을 좀 도와주지 않겠소, 무슈? 나를 좀 도와주시오."

"재밌네, 안 그래 여보?" 마리아가 말했다.

"나 지금 드라마 보고 있잖아." 어니스트가 대답했다.

"하지만 무슈." 레이-레이가 연기를 계속했다. 선글라스를 벗고 평소 잘하는 다른 성대모사를 시작하자 어니스트는 몸을 앞으로 내밀고 아들을 쳐다봤다. 레이-레이는 피위 허먼, 말론 브란도가 연기하는 비토 코레오네, 심지어 어니스트의 친구인 오토가 술에 취해 체로키 옛이야기를 들려주는 모습도 흉내 냈다.

"잘 들어봐, 이 얼간아." 레이-레이는 술 취한 오토의 낮은 목소리를 흉내 내며 담배를 피워대는 연기를 펼쳤다. "자네 찰라 이야기 알지? 고향 땅에서 떠나라니까 거부하다가 죽은 분 말이야. 자, 위스키나 한 잔 더 하세."

"나쁘지 않은데," 어니스트가 말했다. "아마 내일 체로키 국경일 행사에 가면 오토를 만날 수 있을 테지."

다음 날인 9월 6일은 1839년 오클라호마에서 체로키 국가 헌법에 서명한 걸 기리는 날이었다. 어니스트는 평소와 달리 고조된 목소리로 그날의 중요성을 설명했다. "이 기념일은 우리 모두에게 아주 중요한 날이야. 눈물의 길을 기념하는 거니까, 반드시 영예롭게 여겨야 해." 9월 6일은 보통 노동절 주말과 이어져서 전국 각지의 사람들이 오클라호마를 방문했다. 에코타 가족은 그 주말 내내 스틱볼 게임을 보고, 파우와우[북미 인디언들의 축제]에 참석해 야외극이나 예술 공연을 볼 참이었다.

밖에서는 동쪽이 아닌 서쪽으로 폭풍이 몰아치고 있었다. 부드러운 빗방울이 창문을 후두두 두드려 뇌우의 시작을 알렸다. 밤은 서늘했다. 집안에는 거실 탁자에서 저녁으로 먹은 메기 튀김 냄새가 났다.

"너 숙제는 다 했니?" 마리아가 레이-레이에게 물었다.

"숙제 끝냈죠. 참 잘했어요, 에이 플러스. 모두들 안녕히 주무세요. 아베 아트퀘 발레[ave atque vale. 라틴어 작별 인사]."

"그래, 그래. 이제 네 동생이랑 좀 놀아주렴." 마리아가 말했다.

막냇동생 에드가는 늘 그랬듯 방 모퉁이에 담요를 깔아놓고 그 위에서 조용히 레고를 가지고 놀았다. 레이-레이는 상이용사처럼 다리를 질질 끌며 에드가에게 걸어가 풀썩 엎어졌다. 그러고는 동생이 만드는 걸 함께 도왔다.

어렸을 적 레이-레이는 뒷마당 나무에서 떨어져 다리가 세 군데나 부러진 적이 있었다. 며칠간 병원에 입원했던 그는 간호사에게 거짓 선지자 시몬 마구스처럼 공중에 뜨는 법을 배웠다고 거짓말을 했다.

"제가 공중으로 십이에서 십오 미터 정도 날아오르다가 떨어졌어요. 그래서 다리가 부러진 거예요."

간호사는 어리둥절한 표정으로 어니스트와 마리아를 쳐다봤다.

"저희 아들이 상상력이 풍부해서요." 어니스트는 그렇게 설명하곤 했는데 그건 사실이었다. 레이-레이는 늘 노트를 가지고 다니며 노래 가사를 갈겨 쓰거나 기괴한 생물체들을 그렸다. 이를테면 눈에서 불이 나오거나 입에 혀가 매달려 있는 괴물이라든가, 돼지코를 가진 뚱뚱한 늙은이, 아니면 욱테나와 틀라누 같은, 아기들을 빼앗아 간다는 신화 속 매를 그렸다. 어니스트와 마리아는 아들이 예술성을 살려 그림을 그리고 연기를 하도록 격려했고, 그가 호수 근처에 나가 동물이나 새의 뼈, 새의 깃털 등을 찾아내 목걸이를 만들 때면 기특해했다. 스스로를 치유한다며 특정 셔츠를 입는 행동도, 하늘의 매력에 푹 빠져 밤마다 바닥에 드러누워 별들을 바라보는 모습도 사랑했다. 250cc 혼다 나이트호크를 살 돈을 모으려고 두 해 여름에 걸쳐 잔디를 깎고 지붕 홈통을 청소하던 아들이었다. 9월 6일에 그 오토바이를 타고 털사에 있는 쇼핑몰에 가던 아들은 그날 경찰이 쏜 총에 맞았다.

남매의 첫째인 소냐는 열여섯 살로, 그 나름대로 독특한 면이 있어 학교를 마치고 집에 돌아오면 자기 방에 밤새 틀어박혀 나오는 일이 드물었다. 가족의 대화에서 느껴지는 묘한 친밀감에 예민했던 소녀는 고독을 선호했다. 그날 밤, 소녀는 자기 방에서 조이 디비전의 노래를 들으며 학교 남학생에게 긴 편지를 쓰고 있었다. 훗날 그녀는 왜 그날 밤 거실에 나가 레이-레이와 함께 시간을 보내지 않았을까 생각하곤 했다. 내가 더 좋은 누나였다면, 하고 자주 후회했다.

살아생전 마지막 밤인 9월 5일 밤, 레이-레이는 레고들과 뒤섞여 남동생 에드가 옆에 드러누웠다. "우린 성을 쌓아야 해."라고 그는 말했다. "정말 아름다울 거야, 에드가."

"난 괴물을 만들 건데." 신이 난 에드가가 말했다. 에드가는 레고로 만든 생물체를 높이 들어 올리며 포효했다.

"잘 들어, 동생." 레이-레이가 말했다. "세상에 괴물들은 이미 충분히 많아."

15년 뒤

마리아 에코타

해가 질 무렵 메뚜기들이 날아갔다. 떼 지은 메뚜기가 어둑해지는 하늘 속으로 사라졌다. 메뚜기들은 밤마다 바람을 타고 나무 사이를 오가며 윙윙거리고 작물을 갉아먹고 정원을 망가뜨렸다. 지평선에 닿은 하늘은 분홍, 파랑 빛깔이었다. 이번에도 몹시 길어진 장마 탓에 여기저기 잡초가 무성히 자라나 메뚜기 떼와 곤충들이 눈에 띄게 늘었다.

"마지막으로 눈이 내린 게 언제였더라?" 어니스트가 물었다.

남편은 치매 초기 증상을 겪고 있다. 올해 일흔넷인데 나이에 비해 젊어 보이는 편이다. 여전히 기다란 흰머리를 질끈 묶고 늘 똑같이 웃고 예전처럼 유머러스하지만, 점점 혼란스러운 상태가 돼갔다. 그가 치매 증상을 겪는 걸 안 지는 일 년 정도 되었는데, 물론 시간이 흐른다고 해서 절대 익숙해지지는 않는다. 그는 점점 더 쉽게 좌절한다. 단순한 사실들, 이를테면 이 방에 왜 들어왔는지 같은 것을 까먹곤 한다. 그럴 때마다 그는 고개를 푹 숙이고 바닥을 뚫어져라 쳐다보며 이유를 생각해내려 애쓴다. 그가 창고를 뒤지고 있길래 뭘 찾느냐고 물었는데 대답을 못 하기도 했다. 그의 상태가 상당히 안 좋아지고 있다.

"내가 타워디가 되고 있나 봐." 그가 말했다. "타워디는 체로키어로 매를 뜻해."

우리는 뒤 테라스에 앉아 있었다. 어니스트는 거기 앉아 호수 위로 날아오르는 거위 떼를 보는 걸 좋아한다. 나는 상체를 내밀어 눈을 가늘게 뜬 그를 바라봤다.

"나는 세례요한처럼 메뚜기랑 꿀을 먹을 거야." 그가 말했다.

"어니스트." 내가 조용한 목소리로 말했다.

"저기 범선이 보이네. 연기인지 안개도 보이는데, 아마 영혼이겠지."

"저기 영혼은 없어." 내가 말했다.

의자에 등을 기댄 그는 여전히 그쪽을 보았다.

"어니스트, 내일 와이엇이 올 거야. 기억나지?"

그는 가만히 생각에 잠겼다.

"위탁 아동 말이야. 레이-레이가 예전에 쓰던 방을 그 애를 위해 꾸며놨어."

"그 얘기 전에 했잖아."

"그 애가 내일 여기 올 거야. 기억나지?"

"와이엇, 당연히 나지. 기억나냐고 그만 좀 물어."

"확인하고 싶어서 그러지."

"알겠어."

며칠 전 인디언 가족 복지과에서 전화가 왔었다. 함께 일했던 버니스였다. 나는 복지사로 일하다 일 년 전에 은퇴했다. 버니스는 열두 살 먹은 체로키 소년을 맡아줄 위탁 가정을 급히 구한다고 했다. 어니스트와 내가 며칠간 그 아이를 맡을 수 있냐고.

"지금 가능한 체로키 가족이 자기네밖에 없어." 버니스는 말했다. "그 애 아빠는 감옥에 있고, 엄마는 여길 떠났대. 지금은 고모네 집에 있는데, 고모가 많이 아픈가 봐. 조부모한테 연락을 취하고는 있어."

어니스트에게 말했을 때 그가 알겠다고 해서 놀랐다. 그동안 한 번도 위탁을 맡은 적은 없었다. "그 애가 잔디를 깎으면 되겠다." 어니스트가 말했다. "체커도 두고, 낚시도 하고."

우리 집 뒤편에서는 호수가 보였고 길이 끝나는 곳 아래에 있는 호박색 연못도 보였다. 사람들이 대부분 호수로 낚시를 갔어도 어니스트는 그 연못에서 낚시를 즐겼고, 낚시하기에 적당한 곳이라고 늘 말하곤 했다. 메기와 큰입우럭이 꽉 찼다면서. 그곳엔 사람이 드물었고 물속에는 황소개구리와 노란 줄무늬 뱀이 살았다. 그는 낚시 얘기를 부쩍 많이 꺼냈다.

스웨터를 입은 어니스트는 날씨가 아직 따뜻한데도 몸을

떨었다. "들어갈 시간이야." 그가 자리에서 일어났다.

"나도 곧 들어갈게." 내가 말했다.

그가 망사문을 열고 안으로 들어갔다. 나는 몸을 내밀어 들판을 내다보았다. 비탈면에 빨강, 노랑 이파리들이 온통 흩어져 있었다. 저녁은 고요하고 차분했다. 어느 아침에는 거기 앉아서 제 둥지로 돌아오는 붉은꼬리매와 새 둥지에 모이는 붉은어깨검정새를 보았다. 이따금 나뭇가지에 앉은 몇몇 여새들이 부리에 사과 꽃잎을 물고 나를 바라보았다.

오늘 밤은 저 멀리 호수 위로 안개가 피어났고 나는 거기 모이는 어떤 존재를 느낄 수 있었다.

우리는 텐킬러 호숫가를 따라 구불구불하게 이어진 흙길 옆에 살았다. 감나무, 오크나무, 호두나무 등 단단한 나무들이 쿡슨 힐스 근처에 숲을 이룬 곳이었다. 오래전에 체로키족이 눈물의 길*을 지나 이 지역에 와서 국가를 세웠다. 그들은 부족 정부를 세우고 건물과 학교를 지었으며 음절 문자 체계도 만들었다. 어니스트와 나는 둘 다 탈레콰에서 자랐다. 결혼한 지 얼마 되지 않아 그가 집 뒤편에 테라스를 지었고, 이곳에선 호숫가 숲의 경사면이 내려다보였다.

우리는 이 집에서 세 아이를 키웠다. 여기, 돌과 벽돌로 지

* 눈물의 길Trail of Tears은 1830년에서 1850년 사이 미시시피강 동쪽의 땅에 살던 체로키, 머스코기, 세미놀, 치카서, 착토 등 원주민 부족들을 미국 연방정부가 서쪽으로 강제 이주시킨 정책과 과정을 이르는 말로, 이주 도중 18,000명이던 체로키 부족 중 4,000명이 숨졌다.

어진 우리 집에서, 비스듬한 지붕과 영혼들이 득실대는 굴뚝이 있는 집에서. 여기서 우리는 새까만 하늘을 올려다보며 푸른 달빛 아래서 잤고, 때로 자다 깨보면 정원 앞으로 사슴이 와 있기도 했다. 언덕 아래 물가에 모인 사슴 가족을 봤던 기억이 난다. 그 사슴 가족이 다시는 돌아오지 않자 우리 딸 소냐가 어찌나 슬퍼하던지, 그러자 레이-레이는 그들이 언젠가는 돌아올 거라 장담했었다. 소냐는 겨우 십 대였다. 레이-레이가 죽고 나서 소냐는 겨울 내도록 사슴을 기다렸지만 결국 사슴은 보이지 않았다. "사슴들이 나타날 때가 됐는데."라고 그녀는 말했다. "사슴들도 죽었나 봐. 아마 누군가 사슴들을 쏘고 나서 자기네들 트럭에 사체를 싣고 가버렸나 봐." 나는 어딘가에 매달린 사슴의 사체에서 피가 뚝뚝 떨어지는 장면을 상상했다. 함께 테라스에 앉아 있을 때면 사슴들이 돌아와 소냐를 치유해주길 기도했다. 얼마 뒤 길가에서 사슴들을 보았지만 소냐는 여전히 슬퍼 보였다. "같은 사슴 가족이 아니야." 그녀가 말했다. "확실해. 쟤들은 다른 사슴이야. 우리 집에 왔던 사슴은 죽었어."

십오 년 전 9월 6일, 나의 아들 레이-레이는 오토바이를 타고 쇼핑몰에 가다가 듣기로는 어떤 두 소년과 실랑이에 말려들었다. 총소리가 났는데, 그러고선 레이-레이는 경찰이 쏜 총에 가슴을 맞았다. 그 경찰은 총소리를 듣고 본능적으로 인디언 소년에게 총을 쐈다. 이후 언론을 통해 성명을 낸 경찰은 레이-레이가 총을 쐈다고 생각해서 그랬다고 진술했지만, 총을 쏜 건 백인 소년이었다. 그 경찰은 일시적인 공무 휴직 처분을 받았다. 수개월 조사를 받은 뒤 경찰청에서는 그 경찰의 행동이 총소리 때문에 정당성이 있다고 발표했고, 결국 재판으로 넘어가지 않았다.

그 사건 이후 내 안의 모든 것이 변했다.

총기 사건으로 아이를 잃었는데 어떻게 일상으로 돌아갈 수 있겠는가? 이 질문이 나를 가장 괴롭게 했다. 내 아들은 희생자였다. 내 아들을 쏜 경찰은 지금은 은퇴했지만 가까이에 살았고, 나는 그의 집으로 차를 끌고 가서 내 손으로 그를 죽여버리는 상상을 하며 수많은 밤을 지새웠다. 할 수 있는 한 가장 세게 그를 때려서 고통을 주고 싶었다. 그래, 그랬다. 내게 애도는 늘 어렵게만 느껴졌고, 용서하려면 수십 년이 걸릴 것 같았다. 나는 아직도 완전히 용서하는 법을 알지 못한다. 그저 주신[主神. The Great Spirit. 많은 북미 원주민들이 섬기는 신]의 뜻에 맡길 뿐이다. 어니스트는 나보다는 잘 감내해왔다. 그는 사건 후 한 달 정도가 지나자 정신을 차리고 철도 시설에 일을 하러 나갔다. 나는 의사가 처방해준 자낙스를 먹고 내리 잠만 잤다. 잠에서 깨면 매일 창가 옆 의자에 앉아 있기만 했다.

언니 아이린이 와서 함께 지내며 특히 소냐와 에드가를 잘 챙겨줬다. 내가 한창 우울해하던 어느 날 언니는 일요일에 나를 데리고 근처 감리교회에 갔고, 나는 예배 중 처음으로 송영

[頌榮. 예배의 시작과 마지막에 들어가는 기도 형식의 찬송가]을 들었다. 이후 내 머릿속에서 쉬지 않고 가사를 읊조렸다. "만복의 근원이신 하나님 온 백성 찬송 드리고." 집에 와서는 노트에다 써두었다. 심리 치료사는 가능한 한 일기를 많이 써보라고 권유했다. 언젠가 나는 이렇게 썼다. **더는 죽음이 두렵지 않다. 자다가 죽는대도 나는 괜찮다.** 언젠가는 이렇게도 썼다. **소냐와 에드가는 내가 없으면 안 되는데, 죽고 싶다고 생각한 게 너무 죄스럽다. 나는 정말 몹쓸 인간이다.** 그러다가도 그 송영이 자꾸만 생각났다. 가사를 생각하면 위로가 되었고 일기장을 더는 어두운 이야기로 채우지 않게 되었다.

어니스트는 좋은 아빠가 되려고 소냐와 에드가에게 집중하며 늘 분주하게 지냈다. 애들을 데리고 영화 구경을 가고, 공원에도 가고, 내가 집에 앉아 우울해하고 있을 때마다 어떻게든 아이들을 데리고 나갔다. 우리가 레이-레이의 망일亡日을 받아들인 건 불과 몇 년 전이다. 이제 매년 9월 6일이 되면 우리는 조그맣게 모닥불을 피우고 각자의 추억을 나눈다. 어니스트와 나는 모닥불 모임이 가족이 다 함께 모일 좋은 방법이 될 것이라 생각했다. 더는 모두 함께인 적이 없었으니까.

* * *

저녁 여섯 시 무렵 남은 캐서롤을 데워 저녁을 준비했다. 어니스트와 나는 텔레비전 앞에 앉아 미해결 범죄 사건을 다룬 프로그램을 보며 저녁을 먹었다. 어니스트가 리모컨을 쥔 손을 뻗어 자꾸만 소리를 높였다 낮췄다 했다.

"아마 우리 집에 온다는 개가 텔레비전을 고칠 수 있을 거야." 그가 말했다.

"글쎄, 텔레비전은 멀쩡한 거 같은데."

"볼륨이 문제인 거 같아."

"소리도 잘 나는데."

"그럼 어쩌라고? 그냥 앉아서 참고 있을까?"

리모컨을 들여다보며 좌절하는 그의 표정을 보았다. 그는 리모컨의 색색이 버튼과 기능, 화면에 뜨는 메뉴들에 집착했다. 리모컨은 그를 초조하게 만들었다. 오래전 바로 이 자리에 앉아 텔레비전을 보며 만족스럽게 저녁을 먹곤 했던 시절이 떠올랐다. 이제는 잔뜩 혼란스러운 눈빛을 한 전혀 딴사람이 되어 있었다. 모든 것이 급격히 쇠락했다는 증거였다. 그가 리모컨만 빤히 쳐다보는 사이 소녀가 현관문으로 들어오는 소리가 들렸다. 우리 집에서 조금만 내려가면 있는 작은 집에 혼자 사는 소녀는 어니스트의 상태가 점점 나빠지고부터 더 자주 들렀다.

어니스트가 거실로 들어온 소녀를 올려다보았고, 나는 그가 딸도 못 알아보면 어쩌나 하고 잠깐 걱정했다. 소녀가 제 아빠 곁으로 가더니 그의 등에 손을 얹고 가볍게 원을 그리며 문질렀다.

"잘 지냈어요, 아빠?"

"모르겠다. 이 망할 리모컨 때문에."

아빠의 상태가 심각하단 걸 깨달은 듯 소냐의 표정이 침통해졌다. 우리 모두 한동안 말이 없었고 나는 소냐를 쳐다보았다. 서른둘인 소냐는 내 언니 아이린이 젊었을 때랑 무척 닮았다. 물론 두 사람의 성격은 딴판이지만. 언니는 늘 얌전하고 내성적이며 보수적이었다. 소냐는 밤늦도록 밖으로 나돌았다. 나는 소냐가 요즘 만난다는 어린 남자들이 걱정이었다. 개중에 누군가는 콰에서 대학을 다닌다고 들었다. 나는 소냐가 자리를 잡았으면 했다. 어니스트도 나와 같은 생각이었는데, 그 이야기를 자주 꺼낼수록 소냐는 우리에게 거리를 두었다.

"나 요즘 만나고 싶은 남자가 있어." 마침내 소냐가 말했다.

"새로운 남자 친구야? 뭐 하는 사람인데?"

"음악 하는 사람. 오늘 저녁에 캠퍼스 근처 바에서 연주한대. 오늘 그 남자한테 말을 걸 거야. 드디어 그를 만나러 가는 거지. 몇 주 동안이나 고민했는지 몰라."

"음악 한다고? 진짜 직업은 뭔데?"

"아직 만나보지도 않았어."

"좋아, 그럼 몇 살인데?"

"모르지. 스물셋?"

나는 그냥 입을 닫았다. 자리에서 일어나자 소냐도 따라 일어나 부엌으로 접시를 나르는 걸 도왔다. 나는 싱크대의 물을 틀고 접시들을 헹군 뒤 식기세척기에 넣으라고 소녀에게 건넸다.

"에드가한테 레이-레이 망일에 오라고 말했어?" 소녀가 물었다.

"주말 내내 파우와우에서 아이린 일을 돕느라고 너무 바빴어. 어제 전화하긴 했는데 아직도 전화가 없어."

"나한테도 없네, 걱정이야."

"나도 걱정돼. 너무 오래됐어. 몇 주일이나 지났다고."

"걔가 당황했을 거야." 소녀가 말했다.

6개월 전에 우리는 에드가가 겪고 있는 문제에 개입했다. 그는 뉴멕시코에서 여자 친구 데지레와 살았고, 필로폰에 완전히 빠져 있었다. 데지레와 우리의 돈도 훔쳤다. 우리가 찾아가기 전 에드가는 집에 찾아와서 차의 교류 발전기를 교체해야 하고 기름이 샌다며 돈이 필요하다고 했다. 어니스트는 그에게 사백 달러가 넘는 돈을 현금으로 빌려줬다. 에드가의 몸무게가 18킬로그램이나 빠져서 우리는 몹시 불안했다. 소녀는 그가 코카인에도 손을 댔다고 생각했다. 에드가는 겨우 스물한 살 된 막내 아이였다. 그 애가 약물을 한다고 생각하니 구역질이 났다. 나는 음식을 먹기도 힘들었다. 한 달이 지나고 전화한 데지레는 에드가가 자동차를 털어 유치장에 있으니 보석금을 내달라고 말했다.

어니스트와 소냐와 나는 앨버커키로 가서 에드가를 만났다. 그 애가 데지레와 함께 세 들어 사는 집에 도착해 차를 세우면서 보니 데지레가 현관에서 우리를 기다리고 있었다. 에드가는 소파에서 낮잠을 자고 있었다. 우리가 들어가자 에드가가 움찔하며 일어났다. 아무 말도 없었지만 겁먹은 얼굴이었다. 그는 일이 어떻게 돌아가는지 아는 것 같았다. 데지레가 이미 언질을 주었는지 우리를 기다리고 있는 듯했다. 우리는 모두 부엌 식탁에 둘러앉아 에드가에게 걱정이 된다고, 왜 통제 불가능한 수준으로 약물을 해서 서서히 스스로를 죽이냐고, 우리는 너 죽는 꼴 보고 싶지 않다고 말했다.

"너는 지금 스스로 몹쓸 짓을 하고 있다는 걸 알아야 돼. 너무 늦기 전에 네가 도움을 받으면 좋겠어." 내가 말했다.

거기까지 찾아간 효과가 있는 것 같았다. 에드가는 갑자기 일어서더니 우리가 돈만 내주면 중독 치료를 받겠다고 말했다. 소냐가 이미 털사에 있는 거주 치료 센터를 알아두었고, 그는 다음 주에 그곳에 들어가겠다고 했다. 하지만 그는 결국 센터에 가지 않았다. 우리는 에드가를 강제로 데려갈 수 없었고, 그와 데지레의 관계도 무너지고 있었다. 몇 번인가 에드가와 통화했지만 계속 우리를 멀리하는 걸 보니 여전히 약물을 하는 게 분명했다. 나는 에드가가 집으로 돌아오길 기도했다.

부엌에서 그릇 닦는 행주로 손을 닦은 나는 소냐를 향해 돌아서서 말했다. "혹시라도 에드가가 다음 주에 집에 올 거

같니?"

"걔는 우리에게 그 모임이 중요하단 걸 알아." 소녀가 대답했다.

"그렇게 생각해?"

"내 말은, 그럴 것 같다는 거지."

"에드가한테 이 모임이 레이-레이에게 중요하다고 말해줘." 내가 말했다.

그날 밤 어니스트가 잠든 나를 깨웠다. 그는 침대 옆에 서서 내 손을 잡고 있었다. 그의 손에서 선득한 냉기를 느낀 나는 몸을 일으켰다.

"왜 그래?" 내가 물었다.

"무슨 소리가 들려서. 바깥에서 나는 소리야. 나가서 확인해봐야겠어."

"무슨 소린데?"

"나도 모르지. 세게 두드리는 소린데, 댕댕하면서. 바깥에서 들려. 나가서 확인해야 해."

어니스트가 문으로 걸어갔다. 그가 혼자 나가는 게 싫어서 나도 슬리퍼를 신고 복도로 나가 부엌으로 갔다. 그는 창밖을 엿보고 있었다. 그러다 뒤 테라스에 불을 켜더니 문을 열고 밖으로 나갔다. 나는 문 옆에 서서 주변을 살피는 그를 창으로 내다봤다. 그가 방향을 틀어 뒷마당 가운데로 향했다. 그러다 마치 뭔가를 까먹은 듯 잠시 동안 가만히 서 있었다. 그러고는 헛간으로 향했고, 그곳에서 빛이 나오는 게 보였다.

나는 뒷문을 열고 나가 헛간으로 갔다. 수년 전 언젠가, 커다란 자루에 담긴 새 모이를 헛간에 보관했더니 쥐가 꼬이기 시작했다. 그게 어니스트가 폐렴으로 입원했던 겨울이었고, 내가 병원에 다녀오면 매일 쥐가 덫에 걸려 죽어 있었다. 그 이후 절대 헛간에 들어가지 않았다.

"에드가가 말하던 그 돌멩이들을 찾고 있어." 어니스트가 말했다.

"무슨 돌멩이?" 내가 물었다.

"그 색깔 돌멩이들. 초록색인가 빨간색이라고 했었는데."

"언제?"

어니스트는 헷갈리는 듯 머뭇거렸고 나는 그가 대답하길 기다렸다. 그는 계속 주위를 두리번거렸다. 헛간 선반에 얹힌 건 대부분 오래된 페인트 통과 도구들이었다. 오래된 야구 우승컵도 구석에 처박혀 있었다. 어니스트가 그걸 집더니 내게 잘 보이도록 들어 올렸다. "에드가가 받아 온 거야, 중학교 야구 시합 때. 그게 언제였더라?"

밤이 되면 상태가 점점 더 나빠졌다. 낮보다 훨씬 더 심했다. 수면 문제와 혼란스러운 꿈자리. 그는 원래 깊게 자고 꿈을 많이 꾸는 사람이었다. 우리는 서로 간밤의 꿈에 대해 이야기 나누며 말도 안 되는 상황이나 비현실적인 기행을 두고 깔깔거리곤 했다. 아이들이 아직 어릴 때부터 말이다. 그러나 이 제는 시끄러운 소리가 난다느니, 돌멩이를 찾는다느니, 마음 속에서 생각해낸 것들에 대해 중얼거리는 그를 보고 있자니 힘이 들었다.

우승컵을 바라보는 그의 얼굴이 슬퍼 보였다. 그 자신이 얼 마나 혼란스러운지를 이해한 표정이었다. 아마도 자기가 멍 청한 행동을 했다는 걸, 한밤중에 깨어나 나까지 데리고 헛간 으로 갔다는 걸 깨달았으리라. 그래도 나는 그가 생각할 시간 을 갖도록 두었다.

어니스트가 말했다. "그가 집을 나간 거 같아, 마리아."

나는 그가 나를 쳐다보길 기다렸다.

그가 다시 말했다. "집으로 돌아왔으면 좋겠어."

"나도 그래. 이제 다시 자러 들어가자."

그날 밤, 잠들지 못한 나는 노트를 들고 식탁에 앉았다. 이 따금 일기를 쓰면 마음의 안정을 되찾는 데 도움이 되었다.

모닥불을 피우기까지 닷새가 남았다. 준비할 게 너무 많은 데 어니스트가 감당할 수 있을지 걱정이다. 에드가가 꼭 왔 으면 한다. 레이-레이를 잃었던 것처럼 에드가를 잃을 수는 없다.

나는 시간의 복합성에 대해 곰곰이 생각했다. 시간이 얼마나 느리게 흘렀다 빠르게 흘렀다 하는지를. 레이-레이가 죽고 십오 년이란 슬픈 세월이 지나갔다. 모닥불 모임을 시작한 건 그가 죽은 지 십 년째 되는 날부터였고, 지난 오 년간 그 모임은 함께 모여 서로 진솔한 얘기를 나누고 우리 가족과 우리 땅이 얼마나 중요한지에 집중하는 방식이 되었다. 어니스트와 나는 지금껏 이곳 근처에서 자랐어도 모닥불 모임을 하기 전까지는 주변 땅과 우리가 이토록 강렬하게 연결되었음을 감각한 적은 없었다. 그런데 지난해 어니스트의 치매가 악화하면서, 나는 이번이 마지막 모닥불 모임이 되진 않을까 걱정했다. 어니스트의 제안으로 처음 모임을 열었을 때는 그와 에드가가 같이 장작을 모으러 나갔었다. 두 사람은 깔깔거리며 집으로 돌아왔는데, 막대긴지 나뭇가진지를 뱀으로 착각한 에드가가 들고 오던 장작을 모두 내동댕이치고 도망쳤다고 했다. 어니스트가 그 얘기를 하며 계속 웃던 모습이 기억난다. 그리고 모닥불 주위에 둘러서서 감사한 일들을 얘기해보자고 했을 때, 어니스트는 "슬픈 시기지만 웃을 수 있음에 감사해."라고 말했다. 이것은 레이-레이에게 보내는 우리의 선물이자, 이해와 치유의 방식이자, 오롯하고 정확하게 슬픔과 마주하는 방식이었다.

처음 모임을 가진 해에 나는 일기에 이렇게 썼다. 모닥불 모임이 레이-레이를 기리는 자리로 계속 이어지고, 앞으로 누군가가 죽으면 계속해서 함께 애도할 수 있기를.

에드가는 매년 모임에 잘 나왔었다. 지난번 우리가 그의 문제를 해결하려 찾아갔던 게 실패로 돌아갔지만, 그래도 올해 다시 모이면 에드가가 바른길로 되돌아오도록 돕는 기회가 되었으면 했다. 나는 그 애를 포기하지 않는다. 나는 공허에 사로잡혀 그걸 채우려고 뭐든 했다. 기도도 명상도 해보고 일기도 썼다. 올해 처음으로 에드가와 어니스트 걱정에 밤에 잠들기가 힘들었다. 그럴 때면 나는 늘 어떤 깨달음이 내게 올 거로 느꼈지만, 그게 무엇인지는 분명히 손에 잡히지 않았다. 몇 달 전 어느 밤에는 어니스트가 자다가 숨을 쉬지 않을까 봐 몸을 돌려 그를 봤는데 그가 진짜로 잠에서 깬 채로 천장을 바라보며 얼굴을 수차례 맞은 사람처럼 겁에 질려 있었다. "죽은 사람들 꿈을 꿨어."라고 중얼거리고는 곧장 눈을 감고 다시 잠이 들었다. 다음 날 아침 어니스트는 간밤의 일을 기억하지 못했으나 그 순간의 기억이 나의 뇌리에서 떠나지 않았다.

겨우 잠이 들어도 나는 레이-레이의 어릴 적 꿈을 자주 꾸었다. 아마 다섯 살인가 여섯 살 정도 되었을 것이다. 레이-레이는 열다섯에 죽었지만 십 대에 접어든 그 아이의 꿈을 꾼 적은 한 번도 없다. 주로 꿈에서 레이-레이는 길을 잃었고, 나는 아이를 찾지 못한다. 어니스트와 내가 체육관에 아이를 데리러 갔는데 아이가 체육관에 없다. 아니면 사람이 북적대는 공원 어딘가에서 아이를 찾아 헤맨다. 그런 꿈을 꿀 때가 제일 힘들다.

또 자주 꾸는 꿈이 있는데, 올빼미를 든 한 사내가 나온다. 나는 그 낯선 남자가 누구인지 의아해한다. 그는 말이 없고 친절하며, 구슬이나 따뜻한 빵조각, 혹은 검붉은 포도주 한 잔을 내게 건넨다. 전혀 로맨틱하다거나 매력적이라는 느낌은 없고, 분명 그에게 끌린다거나 하는 것도 아니다. 뭔가가 있다면, 그는 여행 중인 수도승처럼, 뭐랄까 종교인 같은 행색으로 닳아빠진 옷을 입고 팔에 올빼미를 데리고 다닌다는 점이다.

"정말 꿈에서나 나올 법한 사람이네. 그는 유령이나 악귀일 거야. 나쁜 소식을 전하러 온 거지." 언젠가 언니가 말했다.

하지만 나는 레이-레이가 새의 형상을 하고 내 꿈에 나온다는 얘기는 아무에게도 들려주지 않았다. 꿈꾼 다음 날 아침 뒤 테라스에 나가 앉으면, 가끔 새 한 마리가 가까이 날아와 잔디에 내려앉고 마치 나를 쳐다보듯 고개를 꼿꼿이 세운다. 그러면 레이-레이가 미친 듯이 보고 싶다.

식탁에 앉아 노트를 덮고 불을 껐다. 깜깜한 복도에서 침실로 가는 길을 더듬어 침대로 갔다. 내 마음속에선 평소처럼 여러 생각이 경주를 벌여 분주했다. 내일은 우리 집에 와이엇이 올 것이었다. 튼튼한 벽돌과 돌로 지어진 이 집으로. 수십 년간 악천후와 맹렬한 바람을 견뎌낸 집, 땅이 흔들려도 끄떡없을 만큼 안정적인 지붕과 벽과 회반죽으로 단단히 다져진 집. 이 집, 우리 집. 삐걱대면서 세월과 함께 흘러온 집, 낯선 이들의 목소리와 굴뚝으로 연기처럼 피어오르는 영혼들의 웃음을 반겨준 집. 나는 이 장소가 어떻게 이토록 단단하고 온전하고 견고하게 버티며 수십 년간의 그 모든 울부짖음과 고통, 웃음과 그리움, 부푼 내 배에서 탄생한 모든 추억을 빨아들여 왔는지 놀라울 따름이었다.

에드가 에코타

9월 1일
뉴멕시코, 앨버커키

래와 나는 말없이 저녁을 먹었다. 사실 그녀의 이름은 데지레인데 나는 나의 형 이름을 부르듯 래라고 불렀다. 우리는 월세가 싼 집에서 함께 살았다. 창문은 더럽고 냉장고 뒤편과 욕실엔 벌레들이 기어 다니는 집. 도움이 필요했다. 약이 다 떨어져갔다. 나는 스스로 필로폰 중독에 빠져들고 있다는 걸 알았고, 옥시코돈[아편과 유사한 마약성 진통제]이든 뭐든 구할 수 있는 것에는 다 손을 댔다. 모두가 내게 무슨 일이 일어나고 있는지, 얼마나 끔찍한 몰골로 변하기 시작했는지, 중독이 얼마나 심해졌는지 알았다. 내내 올라오는 비참한 기분을 회피하려 약물을 시작했지만, 약을 하면 할수록 나는 더 우울해졌다. 존나 악몽이 따로 없었다. 이제 겨우 스물한 살인데 앞날이 막막했다. 래는 날 떠날 것이다. 내가 누구에게든, 심지어 그녀에게도 눈을 똑바로 쳐다보며 길고 정교하게 거짓말하는 걸 보니 상태가 심각했다. 스스로 지독한 거짓말쟁이가 되어가는 걸 알면서도 아무튼 기분이 더러웠다.

우리는 접시를 내려다보면서 포크로 파스타를 뒤적거리다가 플라스틱 컵에 따른 싸구려 와인을 자주 홀짝였다. 음식은 거의 먹지도 않았다. 창으로 비스듬히 들어온 빛살을 타고 먼지 입자들이 고동쳤다. 이 집은 두려움으로 욱신거렸다. 나는 어딜 가든, 거리를 걸을 때나 뉴멕시코 시내를 돌아다닐 때도 두려움을 느꼈다. 뭔가 안 좋은 일이 일어나진 않을까 불안했다. 나는 나 같은 다른 사람들을 떠올렸다. 약물에 절어서 사랑하는 사람들도 피하고 삶이 다 무너져 내릴까 걱정하며 그리움과 두려움으로 창밖을 내다보는 멍청한 인간들. 그런 생각을 하면 기분이 좀 나아졌다.

밤마다 이랬다. 일 년 전에 래를 따라 미술 대학에 나갔다. 아직은 우리 관계나 내 미래가 희망적이라 느끼던 때였다. 몇 달간 몰래 약을 했고 래가 없을 때만 공원에서 사람을 만나거나 집에서 혼자 약을 했다. 얼마 못 가 내가 심하게 야위고 이가 썩고 피부에 상처가 생기자 래는 눈치를 챘다.

식탁에 앉아 있을 때 갑작스레 기침이 나와 입에 냅킨을 갖다 댔는데, 래가 벌떡 일어나더니 자기 접시를 들고 싱크대로 갔다. 수도꼭지를 비틀어 물이 쏟아지는 소리가 들리고 음식 처리기가 돌아가는 소리가 들렸다. 그녀의 침묵은 나를 안절부절못하게 했고, 내가 두려워하는 일이 곧 일어나리라는, 즉 그녀가 영원히 날 떠나버리리라는 생각을 강화했다. 래가 떠난다면 나는 완전히 홀로 남게 될 것이었다. 몇 달간 가족도 멀리했으니까. 가족이 내 일에 개입했을 때, 나는 중독 치료를 받으러 가겠다고 약속했다. 내가 가족을 얼마나 슬프게 하고 걱정을 끼쳤는지 알았기에 꼭 가고 싶었다. 하지만 나는 가지 못했고 이제 집으로 돌아가 가족을 마주하기가 훨씬 더 두려워졌다.

나는 포크를 놓고 접시를 헹구는 래를 쳐다봤다.

"오넷 콜먼 좀 틀어줘." 그녀가 내게 말했다. "어젯밤에 들었던 음반 말이야."

나는 컵을 내려놓고 턴테이블로 가서 음반을 틀었다. 턴테이블 바늘을 음반에 올리자 음악이 흘러나왔고, 나는 앨범 재킷을 집어 들여다보았다. 래는 언젠가 오넷 콜먼이 제 아빠를 **빼**닮았다고 말한 적이 있었다. 그 역시도 재즈 드러머였다. 아마도 그래서 래는 이 음반을 듣고 싶었을 것이다. 그녀의 아버지는 뉴올리언스의 프리재즈 세계로 딸을 인도했고, 그녀는 자라는 동안 여름만 되면 그곳에서 시간을 보냈다. 래가 십 대일 때 그녀의 아버지가 죽었다. 처음 만났던 우리는 가족 중 누군가를 잃은 경험을 나누며 유대를 느꼈었다. 죽음이 우리를 만나게 했다고, 우리는 늘 그렇게 농담을 했다.

나는 소파에 앉아 트럼펫이 내는 광적으로 날카로운 소리와 거친 심벌즈, 드럼 소리를 들었다. 재즈는 나를 들뜨게 했다. 처음 노래가 흘러나올 때부터 다 끝날 때까지 오래도록 무릎을 드럼처럼 두드릴 수 있었다. 그녀와 함께 음악을 들을 때면 나는 늘 그러고 있었다. 나는 찰리 와츠Charlie Watts와 스튜어트 코플랜드Stewart Copeland 흉내를 냈다. 입에 담배를 물고 드럼을 치던 칩 트릭Cheap Trick의 멤버 말이다. 내가 그럴 때면 래가 싫어했다. 그녀는 뒤 테라스로 나가 담배를 피우며 누군가와 통화를 했다. 누구와 통화하는지는 알 도리가 없었다. 래에게 조금 더 관심을 갖고 싶었지만 우리 관계는 이제 판에 박힌 듯 너무 둔해져서 뭔가 묻고 싶은 의욕도 없었다. 그녀가 집으로 들어오더니 우리 엄마한테 전화가 왔었다고 말했다.

"뭘 원하신대?"

"대신 변명하는 것도 지쳤어." 그녀가 대꾸했다. "네가 직접 전화해. 기념일이 다가온다고 하셨어."

"가려고 생각 중이야." 대답은 그렇게 했지만 내가 집에 가고 싶은지 아닌지는 나도 몰랐다. 래는 내게서 멀어지고 있었다. 그녀가 의심스러운 행동을 한 적은 전혀 없었지만 혹시 딴 사람을 만나는 건 아닌지 궁금했다. 래가 내게 원하는 건 어떤 다정한 행동이라든가 아니면 공감의 자세, 뭐 그런 내가 한 번도 주지 않은 것들인 듯했다. 그녀가 내게서 멀어지는 게 순전히 내 탓이란 걸 마음속 깊이 알았지만, 어째서인지 나는 그녀가 멀어지길 원한다고도 할 수 있었다. 내가 왜 스스로에게 벌을 주려는지 이해할 수가 없었다.

고개를 들어보니 그녀가 허리에 손을 얹고 서서 내 말을 전혀 이해할 수 없다는 듯한 표정을 짓고 있었다.

"모르겠어." 내가 말했다.

래는 입을 다물었고 짜증 난 얼굴로 뒤돌아 부엌으로 들어갔다. 그러나 나는 약이 하고 싶어졌다. 죄책감이나 수치심은 없었다. 약물에 취하면 다른 사람들이 항우울제를 먹을 때와 같은 효과가 있었다. 물론, 기분을 점점 더 나쁘게 하는 거 말곤 아무런 효과가 없어지고 있었지만. 나 스스로도 얼른 회복해서 래에게 좀 더 나은 남자 친구가 되어야 함을 알았다. 나는 한동안 친구 에디와 함께 어느 농장에서 일했다. 그 일이 내게 잘 맞았는데 여름이 끝날 무렵 일거리가 떨어져 철물점에서 하기도 싫은 일을 해야만 했다. 그들은 내게 몇 날 며칠 동안 분실물을 찾게 했다. 이제 더는 일거리를 찾을 의욕도 없었다. 래가 미술 갤러리에서 일해 번 돈으로 공과금을 납부했고, 그녀를 도울 생각이 없던 나는 자책만 했다.

래가 부엌에 있는 동안 나는 침실로 가서 재빨리 티셔츠를 벗고 서랍에서 마리화나를 꺼냈다. 한 모금 혹은 두 모금만 피워도 기운이 올라왔다. 래가 침실로 들어왔을 때 나는 이미 연기를 뿜고 있었다.

"씨발 너 뭐 하는 거야?" 그녀가 말했다.

나는 한 모금 더 피우며 몸을 웅크렸다.

"야 씨발, 에드가?"

한 모금을 더 피우고 그녀 쪽으로 몸을 돌렸더니 그녀는 이미 나가버린 뒤였다. 나는 담뱃대를 조심스레 서랍에 넣고 베란다로 향하는 망사문으로 가서 그녀가 자신의 마쓰다를 타고 전화를 받으며 도로로 나가는 걸 보았다. 그녀는 항상 누군가와 통화를 했다. 이제 내겐 휴대폰도 없었다. 아니면 있는데 아예 사용을 안 하는 건지도. 망사문에 서 있던 바로 그 순간 그녀를 따라가야겠다는 충동이 일었다.

나는 이렇게 했다. 티셔츠도 입지 않은 채 재빨리 집 밖으로 뛰쳐나갔다. 길 건너편 마당에서 축구공을 차던 십 대 소녀가 나를 보고 동작을 멈췄다. 래는 나를 흘끗 보고는 속도를 냈다. 나는 도로 한가운데 서서 내 팔을 긁어댔다. 그 소녀는 내가 쳐다보자 시선을 돌렸다. 그러더니 축구공을 들고 집 안으로 들어갔다. 팔이 미친듯이 가려웠다. 너무 세게 긁었더니 피가 흐르기 시작했다. 집으로 들어오자 오넷의 트럼펫 소리가 거친 웃음소리처럼 울려 퍼지고 있었다.

나는 내 방에 가서 후드티를 입고 침대 끝에 걸터앉았다. 래와 내가 처음 만나기 시작했던 무렵을 떠올렸다. 온종일 침대에서 시간을 보냈던 우리. 우리는 많은 날을 그렇게 게으르게, 침대에서 나올 줄도 모른 채 보내며 서로가 서로를 너무도 좋아한다고 느꼈다. 그것이 영적이고 정서적인 관계라고 생각했다. 그녀에게 수프를 떠먹여 주고는 그릇을 부엌으로 내가 곤 했다. 그녀의 머리를 빗겨주고 나서 허리를 껴안아 침대에

눕고 그녀의 무릎을 베고 잠들곤 했다. 우리는 함께 마리화나를 피우고 음악을 들었다. 그때가 좋았다. 이제 다시는 그런 날은 없을 거라는 걸 잘 안다.

이제 홀로 집에 남은 나는, 잠시도 가만히 있지 못하고 불안에 떨었다. 지금껏 며칠 밤을 그렇게 앉아 그녀가 돌아오길 기다렸던가? 나는 후드를 둘러쓰고 현관으로 나갔다. 근처 공원에서 장신구를 파는 친구 제시에게 갈 생각이었다. 그와 함께 시간을 보내면 래를 향한 서운함이나 우울한 생각을 떨칠 수 있을 테니까. 나는 서둘러 거리로 나가 녹색 지붕의 주유소가 있는 모퉁이를 지나 '예수님은 여기에 계십니다'라는 글자가 적힌 간판을 정면에 붙여놓은 하나님의 성회라는 작은 교회를 지났다. 거기서부터 달리기 시작해 공원을 가로질렀다. 도착했을 때는 심장이 빠르게 뛰었고 엄청나게 슬퍼졌다.

마침 해가 질 무렵이어서 공원은 거의 텅 비어 있었다. 제시는 보이지 않았다. 나는 벤치로 가서 앉았다. 존나 루저가 된 기분이라 또 약을 하고 싶었다. 누군가 나타날 거라고 생각했는데 아무도 나타나지 않아 근처에 계속 머물 수가 없었다.

시야 귀퉁이에서 새 한 마리가 보였다. 꼭 수탉처럼 생긴 붉은 새였다. 나는 아주 잠깐 그 새를 쳐다봤다. 그 새는 날개를 펼치더니 어떤 결의에 찬 듯 나를 향해 돌진하기 시작했다. 나는 뒤돌아 공원을 질러 달아났다. 그 새가 더는 안 보일 때까지 내달렸다. 어둠이 내리고 있었고 길을 건너자 오토바이들이 달려오는 소리가 들렸다. 나는 계속해서 발걸음을 재촉했다. 오토바이 소리는 점점 더 커졌다. 숨을 고르려 잠시 멈춰서서 몸을 돌리니 오토바이를 탄 사람들이 요란한 폭풍처럼 내 옆을 지나쳤다. 시끄러운 오토바이 무리가 우르릉 요란한 배기음을 울리며 붉은 미등을 켜고 사라져갔다.

* * *

몇 달 전엔가 제시가 공원에서 내게 조그맣고 빨간 새 한 마리를 줬다. 작고 얌전해서 내 두 손에 쏙 들어갔다. 부분적으로 빨간 깃털에 주황색 무늬가 있고, 가슴은 둥글고 부리는 뾰족했다. 나는 새를 들어 올리며 "네 이름이 뭐니? 이제부터 붉은 새라고 부를게."라고 말했다. 제시와 제시 여자 친구인 쇼니가 웃었다.

두 사람에게도 새가 있었다. 공원에 자주 오는 사람들은 집에서 키우는 새를 공원에 데려와 운동시키거나 먹이를 주었고, 새를 보고 싶어 하는 사람들에게 보여주기도 했다. 바로 그 자리에서 나는 생각했다. 이 새는 내 거라고. 이제 내가 이 새를 먹이고 돌보면서 앞으로, 수탉으로든 큰 새로든, 크게 자라나는 걸 지켜볼 것이라고. 새는 고개를 꼿꼿이 세우고 두리번거렸다. 조그만 가슴이 호흡하는 게 보였다. 손을 갖다 대니 조그만 심장의 리드미컬한 맥박이 느껴졌다. 새는 살아 있었다. 나는 새를 재킷 주머니에 넣어 따뜻하고 안전하게 지켜줬다. 새는 가만히, 미동도 하지 않았다. 주머니에 손가락을 넣자 새가 쪼아서 약간 간지럽긴 해도 전혀 아프진 않았다. 할퀴지도 않고 밤새 주머니에서 나오려고 하지도 않았다. 마침내 서로를 받아들였다는 감각이 일었다. 마치 저도 내가 필요하고 나도 저를 필요로 했던 것처럼. 그 느낌을 또렷하게 표현하긴 좀 이상하지만, 뭐랄까 공원에 오는 다른 이들도 자기 새들에 대해서는 같은 마음인 듯했다. 새, 새, 새.

제시, 쇼니, 그리고 나는 공원을 가로질러 고속도로 옆길을 지나 제시네 집에 갔다. 음악 소리가 요란하고 파티가 열리고 있었다.

"이건 아무것도 기념하지 않으면서 모든 걸 축하하는 파티야." 내가 말했다. "처음 만난 나의 새를 기념해야지, 이 새를."

"우리는 이미 파티 중이었어." 제시가 말했다. "그러다가 너한테 새를 주려고 그냥 나갔던 거야. 그런데 조심하는 게 좋아. 누가 우리 집에 새를 가져다주더라고. 내 새는 너무 커버려서 이젠 예전처럼 데리고 다닐 수도 없어. 내 살을 할퀴기도 해. 입을 후벼 파기도 하고. 듣기론 조심하지 않으면 이를 뽑아 간대. 그러니 늘 주시해야 돼."

"내가 잘 살펴볼게, 지금껏 새를 길들여온 건 나니까." 쇼니가 말했다.

"내 새는 그리 잔인하지 않을 거야. 먹이도 너무 많이 주지 말아야지. 손으로 조금씩 주다가 자라면서 쪼아 먹게 하겠지만, 통제 못 할 수준이 되도록 두진 않을 거야. 이 새는 안 그러도록 말이야."

"다들 그렇게 말하지." 쇼니가 대꾸했다. "내가 그래서 절대 새를 안 길러. 제시가 한 마리 주려고 해도 절대 안 받았어. 새가 너무 커버려서 이제 밖에 있는 새장에서 지내고 아침만 되면 소리를 꽥 지른다니까. 소리를 질러서 제시를 깨워버려. 그때 먹이를 줘야지 안 그럼 공격해. 존나 내가 검색도 해봤거든. 새들이 공격적으로 자라서 달려든대. 만약 네가 도망가거나 등을 돌리면 공격하는 거지. 앨버커키 온 주변을 들쑤시면서 말이야."

제시는 빨대를 질겅이고 있었다. "너도 두 팔을 쳐들고 퍼덕거려 봐. 그러면 새가 자기보다 네가 더 큰 생물체인 줄 알고 잠자코 있을지도."

"내 새는 날 공격하지 않을 거야." 내가 말했다.

"암튼 조심해. 조심하지 않으면 시도 때도 없이 먹여주길 바라고 화도 낼 거야."

나는 주머니에서 새를 꺼내어 쳐다보았다. 조그만 부리로 마치 나에게 웃어주는 것처럼 보였다. 새가 무슨 웃음이냐고? 하지만 나의 새는 웃었다. 적어도 내 눈엔 그렇게 보였다.

"들어와." 제시가 말했지만 난 거절했다. 새를 데리고 혼자 있고 싶었다. 남들에게 보여주고 싶지 않았다. 안으로 들어가면 파티를 하던 애들이 새를 보려고 할 테지.

"안에는 절대 안 들어갈래."라고 말하며 나는 살짝 웃었다. "새를 데리고 집에 갈 거야."

"잘해봐." 두 사람이 말했다.

제시네 현관에 세워둔 자전거 자물쇠를 풀어 집으로 왔다. 집에서는 래가 모르도록 새를 숨겼다. 그녀가 새를 좋아할 리 없지, 절대로. 나는 한 손으로 자전거를 끌고 다른 한 손으로는 재킷 주머니에 든 새를 살폈다. 나를 바라보는 새의 두 눈이 어둠 속에서 빛나며 웃고 있었다. 내겐 행복한 새가 있었고, 그 새는 날 행복하게 했다. 주머니 안에서 나의 보호를 받으며 새는 가만히 있었다. 나는 벌써부터 새를 쓰다듬어주었다. 새는 나를 할퀸다거나 시끄러운 소리를 내지 않았다. 정말 착한 새였다.

집에 도착해서 새를 침실 서랍에 넣어 래의 눈에 띄지 않도록 했다. 새에게 잘 자라고 말한 뒤 쳐다보았다. 새한테서는 아무런 냄새도 나지 않았다. 소리도 내지 않고 그저 가슴만 들쑥날쑥, 조그만 것치곤 거칠게 숨을 내쉴 뿐이었다.

그날 밤 나는 잠들지 못한 채 계속 새를 생각했다. 래가 잠들자 서랍에서 새를 꺼내 밤새 거실에서 새를 쳐다보고 만지고 부리로 내 손을 쪼도록 해주었다. 나는 입맛이 없었고 먹을 걸 생각하면 속이 메슥거렸다.

새를 돌보면서 가장 재밌는 건 먹이를 줄 때였다. 다른 모든 것들과 마찬가지로 새도 빠르게 몸집이 커졌는데, 역한 냄새가 나고 집 안에다 똥을 싸고 게워내기 시작했다. 래에게 숨기기엔 너무 커져서 공원으로 데려와 그곳에 두어야만 했다. 녀석이 나를 따라오려 했는데, 새를 집어 떨쳐내려던 내가 새에게 상처를 입힌 듯했다. 녀석은 몸을 질질 끌며 나를 향해 오고 있었다. 그날 밤 나는 녀석에게서 도망쳤다. 공원에서 녀석을 볼 때마다 숨었지만, 새는 어김없이 날 발견했고 집으로 가 있었으며, 그때마다 래가 놀랐고 우리는 매번 싸우게 되었다.

새를 떨쳐내는 유일한 방법은 무시하는 것뿐이었다. 결국엔 새도 떠나갔는데 결코 영영 떠난 것은 아니었다. 이따금 새는 다시 돌아왔고, 나는 새를 볼 때마다 마음이 쩡해서 새를 안아들고 싶어졌다. 그렇게 새를 끝내 떨쳐버릴 수 없었다. 새가 구역질이 났건 날 행복하게 했건 상관없이, 녀석에 대해 뭔가 사랑스러운 구석이 생겼다.

집에 와보니 래는 여전히 없었다. 그녀에게 전화를 걸었는데 음성사서함으로 연결되었다. "나야. 너 어디야?" 그러고는 전화를 끊었다. 내가 화가 난 건지 슬픈 건지도 알 수 없었다. 스스로에게 화가 난 건지 전화를 안 받는 래한테 화가 난 건지도 몰랐다. 부엌에 가서 마지막 남은 와인을 마셨다. 담뱃갑을 찾으려고 서랍을 뒤졌으나 없었다. 그래서 침실로 가서 가방을 주섬주섬 챙겨 밖으로 나왔다.

차대가 낮은 내 똥차 올즈모빌을 끌고 엘 코르테즈 모텔로 갔다. 래와 내가 가끔 멀리 여행을 떠난 느낌을 내려고 가던 곳이었다. 모텔 전화로 래에게 전화를 걸어 나와 함께 있자고 말할 참이었다. '빈방 있음'이라고 내걸린 분홍색 간판이 정문 앞에서 반짝였다. 안으로 들어가자 직원이 날 알아본 게 분명했다. 한쪽 눈에 반창고를 붙인 그는 이쑤시개를 입에 물고 있었다. 그의 손은 뭉툭하게 바싹 마르고 갈라진 게 꼭 우리 아빠 손 같았다. 프런트 뒤쪽 문에 붙은 표지에 이렇게 쓰여 있었다. 'MAN GER[매니저에서 스펠링 I가 빠짐]'. 모텔 문들이 하나같이 텅 빈 주차장을 향해 열려 있었다. 근처 들판을 지나는 황량한 고속도로는 서쪽으로 뻗어 있었다.

"문에 구유manger라고 쓰여 있네요." 내가 말했다. "그 귀하신 몸이 구유에 있네[찬송가의 한 구절]."

직원은 방 열쇠를 건네면서도 절대로 날 쳐다보지 않았다. 121호 열쇠였다.

죽 늘어선 문들을 지나 121호 방에 도착했고, 문을 열고, 안으로 들어갔다. 오래도록 담배 찌든 내와 함께 세제 냄새가 풍겼다. 곧장 전화기로 향했다. 다이얼을 돌리는 방식의 오래된 전화기였다. 래에게 전화를 걸자 그녀가 받았다.

"나 지금 엘 코르테즈 모텔이야." 내가 말했다.

"왜? 집에 가."

"여기로 와줘. 아까 방에서 피운 건 미안해. 우리 엄마가 너한테 전화했대서 그랬어. 지금 여기로 와줘."

래는 잠시 침묵했다. "아니, 집으로 가. 넌 또 거짓말했어. 한 번만 더 그걸 피우면 내가 집을 나갈 거라고 했잖아."

"제발 모텔로 와줘."

"아 진짜, 에드가, 지금 통화하기도 힘들어. 오늘 밤은 제시카네에서 잘 거야."

그녀가 전화를 끊었고, 나는 바로 다시 전화를 걸었다. 이번에는 음성사서함으로 연결되었다. 다시 전화를 걸어보니 또 사서함이었다. 나는 약에 조금 취해 있었다. 챙겨 온 가방을 가져와 열었다. 옥시코돈 알약 몇 개가 남은 병과 아스피린, 테이프 녹음기, 맥주 캔 몇 개, 그리고 검정 테이프로 칭칭 감아둔 래의 부러진 선글라스가 들어 있었다. 오늘 밤에 내게 필요한 건 그게 다였다. 나는 선글라스를 꺼내 테이프 붙여둔 데를 꾹꾹 눌러 다시 부러지지 않도록 했다. 그러고는 잠시 써봤다가 침대 옆 탁자에 놓아두었다.

나는 누군가와 얘기하고 싶었다. 엘 코르테즈 같은 길가 모텔은 외로움을 만끽하기에 좋은 장소가 아니었다. 모든 방이 다 똑같이 생긴 데다 공허의 한가운데였고, 에어컨이 돌아가는데도 어둑하고 후더분했다. 어떤 외딴 존재가 나를 맞이하는 느낌이었다. 그러나 나는 방의 어둠이, 녹색 커튼이 처져 빛이 새어 들어오지 않는 게 좋았다. 조명은 창백한 벽 위로 들쭉날쭉하고 으스스한 그림자를 드리웠고, 카펫 한쪽에는 으깨진 아보카도 과육이 묻어 있었다.

나는 침대 끄트머리에 앉아 천장을 올려다보았다. 머릿속에서 뭔가가 부풀어 올라 밖으로 밀치고 나오려는 것 같았다. 머리를 뒤로 젖히고 계속 천장을 보는데 골이 묵직했다. 늘 이런 식이었다. 처음에는 머리가, 그다음에는 배가. 방 반대편에 달린 거울에 비친 내 모습을 보자 나는 사람들에게도 내가 달리 보일까 궁금했다. 나는 살이 좀 빠졌다.

욕실에 가서 옥시코돈 한 알을 입에 넣고 물을 마셨다. 주머니에 지갑 말고 들어 있는 거라곤 청록색 뱀 가죽 라이터였는데 래가 내게 준 선물이었다. 그녀가 나와 함께 있는 상상을 했다. 내가 공원에서 어떤 약쟁이와 체스를 둘 때, 그가 감히 나를 이겨버렸을 때, 그녀가 쳐다보던 일이 떠올랐다. 그녀는 지배적이고 예측 불가한 힘으로 나를 안절부절못하게 만들었다. 배가 슬슬 아프기 시작했다.

나는 텔레비전을 켰다. 어떤 사내가 걸어서 사막을 건너는 영화의 한 장면이 나왔다. 텔레비전을 가만히 들여다보았다. 그 사내는 목적지도 없이 걷고 또 걸었다. 대체 어딜 가는 거지? 나는 궁금했다. 뭔가 중요한 걸 찾아서 표류하고, 헤매고. 그게 진짜 인생일 테지, 나는 생각했다. 뭔가를 찾아서 앞으로 나아가는 것. 의미나 행복을 찾는 것. 광고는 온통 스페인어로 나왔다.

광고가 나오는 중에 나는 문에 난 작은 구멍으로 바깥 주차장을 내다보았다. 사막의 흙먼지가 바람에 흩날리는 게 보였다. 나는 다시 천장을 올려다보며 투명해져 고립되는 감각으로 그리움과 영혼이 꺾이는 기분을 느꼈다. 방에서는 여느 모텔 방 냄새가 났다. 침대 머리판 위에는 갈색과 붉은색으로 칠한 농가가 그려진 수채화 액자가 걸려 있었다. 농가 주위로는 칙칙한 녹색 들판이 펼쳐졌고, 그곳엔 아무것도 없었으며, 오직 텅 빈 목초지만 보였다. 농가 역시도 빈집 같았고 그 옆으로는 망가진 픽업트럭이 세워져 있었다. 어디에서도 생명의 흔적은 보이지 않았다. 누가 여기에 살았으며 누가 이 그림을, 무슨 목적으로 그렸는지 의아했다. 다른 벽에 그림 하나가 더 있었는데, 철조망을 두른 오래된 나무 담장을 그린 수채화였다. 배경으로 음울한 하늘이 깔려 있었다. 철조망 담장이라니. 나는 왜 이 철조망이, 활기 없고 따분한 담장이, 보기에 아무것도 없어 보이는 곳 한가운데 세워져 있는지 궁금했다. 담장은 어떤 구역을 에워싸고 있어야지. 마치 모텔의 고립감을 강조하는 그림처럼 보였다.

적막 속에 앉아 있으니 방이 더 어두워졌다. 늦은 오후를 이렇게 보내는 게 좋았던 나는 어둠이 이 방과 나에게로 넘쳐흐르도록 둔 채 어스름한 방 안에서 가만히 있었다. 나는 가방에서 꺼낸 맥주 캔 하나를 따고 녹음기를 재생해 내 목소리를 들었다. 내가 이렇게 말하는 게 들렸다. "나는 오늘 주신을 기다렸어." 이내 이를 드러내고 웃는 내 웃음소리도 들려왔다. 하지만 어쩌다 보니 다른 누군가의 목소리가, 녹음되지 않은 진지한 목소리가 듣고 싶어졌다.

나는 녹음기 재생을 멈추고 아무 번호로 전화를 걸었다. 한 여성이 전화를 받았다. "여보세요?" 그녀가 여러 번 말했다. 나는 전화를 끊어버렸다. 다음 전화를 건 곳은 어떤 회사였다. 전화를 받은 사내는 말했다. "보수 관리팀입니다."

"괜찮으시다면 이야기를 좀 하고 싶어요." 내가 말했다.

"네?"

"무슨 회사인가요? 저는 그저 이야기를 나누고 싶은데."

그는 전화를 끊었다.

다시 전화를 건 곳은 통화 중이었다. 통화 신호는 묘하게 리드미컬한 것이, 일종의 경보음 같았다. 그 소리가 나를 편안하게 해주어 기분이 나아지는 데 도움이 됐다. 나는 다시 내 주위를 둘러싼 것들, 침침한 모텔방과 녹색 커튼, 창백한 벽을 의식했다. 마음속에는 어느 프랑스 영화의 한 장면 같은 흑백 화면이 떠올랐다. 어둑한 모텔 방 그 자체를 바라보며 에어컨이 돌아가는 소리를 듣는 게 좋았다.

제시에게 전화했지만 그는 전화를 받지 않았다. 그래서 몇 달간 통화를 못 한 옛 친구 버드에게 전화를 걸었다. 그는 할리데이비슨을 타다가 털사 외곽 고속도로에서 사고가 나 뇌진탕에서 겨우 살아났고 혀를 꿰맸다. "머리를 길렀어." 그가 말했다. "이제 모두들 내가 닐 영*이라고 생각해. 저녁 먹을 때 어떤 남자가 계속 크레이지 호스 밴드는 어떻게 됐냐고 묻더라. 스트레이 게이터스도 어떻게 됐냐고 하고. 「욘더 스탠즈 더 시너Yonder Stands the Sinner」 불러봐, 「시나몬 걸Cinnamon Girl」 불러봐, 하면서 말이야. 넌 어디야?"

"뉴멕시코야."

"오클라호마로 돌아와. 지낼 곳이 필요해? 야, 우리랑 같이 살아. 지하에 남는 매트리스도 있다고. 「러버 소울Rubber Soul」 레코드판도 있어. 「엑사일 온 메인 스트리트Exile on Main Street」도 있고."

"키스 리처즈[Keith Richards, 롤링 스톤스Rolling Stones 멤버로 마약을 했다]는 나의 동지지."

"야, 루실의 누나가 지금 애들 데리고 시내에 왔거든, 그래서 가봐야겠다. 이제 약은 그만 좀 해라, 친구."

"보고 싶어, 버드."

그는 이미 전화를 끊었다. 누군가 다시 수화기를 집어 들길 기다리고 있었지만 통화는 끊겨버렸다. 조명을 켜고 소냐에게 전화를 걸었다. 전화를 받은 누나는 반쯤 잠든 목소리였다.

"너 괜찮은 거야?" 누나가 물었다. "어디야?"

---

* Neil Young. 1960·70년대 어쿠스틱 포크 발라드와 컨트리 록 가수로 다양한 음악을 하며 후대 음악계에 많은 영향을 끼쳤다. 라코타족 족장으로 19세기 미국 정부에 맞서 전쟁을 이끈 크레이지 호스Crazy Horse의 이름을 딴 밴드, 스트레이 게이터스Stray Gators 등과 함께 활동하기도 했다.

"앨버커키."

"너 진짜 괜찮아?"

"래가 떠났고, 나는 그냥 이야기가 하고 싶어서." 내가 대꾸
했다.

"그래, 안됐지만 그 핑계로 필로폰은 하지 마. 모닥불 모임
날 집에 올 거야?"

"아마도. 모르겠어."

"모두들 널 보고 싶어 해. 나도 보고 싶고, 엄마도 아빠도.
나한테 계속 물어보시는데 모른다고밖에 대답을 못 해."

"나도 몰라."

"네가 집에 오면 좋겠어." 누나가 말했다.

전화를 끊고 나니 아무에게도 전화를 걸고 싶지 않았다. 다
시 래를 떠올렸고, 어떻게 하면 언어를 사용해 서로를 치유할
수 있을까 생각했다. 우리는 단어들을 말해 서로를 이해할 수
도 있었다. 서로의 얼굴을 만지며 하나의 유기적인 단어를 말
할 수 있었다. 때로 우리는 아무런 말도 하지 않았다. 언젠가
한번은 오후 내내 공원에서 껴안고만 있기도 했다.

어둠이 내 주위로 번졌다. 한참 뒤 침대에서 나와 맥주 캔을
들고 욕실에 가서 욕조를 따뜻한 물로 채웠다. 옷을 다 벗고
욕조로 들어갔다. 조용히 고립의 시간을 보내고 싶었는데 옆
방에서 웃음소리가 나고 이야기하는 목소리가 들렸다. 물속
에서 몸이 따뜻해지면서 괴로워졌다. 그 중압감은 추상적인

개념이었고 옆 방의 존재로 인해 난해해진 상황의 일부처럼 느껴졌다. 항상 주위를 살피라고, 래가 말하곤 했다. 신중하고 주의 깊게 시간과 장소를 잘 살피라고. 나는 나를 해칠지도 모르는 마약 밀매자들을 너무 많이 상대했다. 그녀는 내가 마약 때문에 맞고 다니는 걸 보기 싫어했다. 그녀가 옳았다.

나는 맥주 캔을 따 욕조에 기대어 앉아 다른 모텔의 욕조에서 그녀와 함께 첨벙거렸던 때를 떠올렸다. 그게 아마 루트 66 모텔이었나 나이츠 인이었나, 여기랑 똑같이 생긴 방이었는데. 똑같은 네모 타일이 가득 붙은 욕실은 나를 옭아매는 상황과도 같았다. 모텔 욕실은 하나같이 똑같네. 나는 중얼거렸다. 나는 래를 떠올리며 어느 무더운 7월의 오후, 흙먼지 폭풍이 창문으로 몰아치던 날 욕조에서 첨벙거렸던 때를 생각했다. 우리는 멕시코 라디오방송을 들으며 멕시코 맥주를 마셨다. 객실 청소부에게 팁을 쥐여주며 우리 방을 그냥 두라고 한 다음 우리의 몸에, 서로의 몸에 몰두한 채 엿새를 보냈다.

욕조에 앉아 나는 천장부터 바닥까지 온 둘레에 붙은 타일을 셌다. 일종의 게임을 하듯, 세로로 셌다가 가로로 셌다가, 여덟, 열다섯, 그러다 스물, 서른넷까지 세었다. 자꾸만 몇 개까지 셌는지 헷갈렸다. 개수대 위쪽에 붙은 타일은 크기가 작고 색도 달랐다. 옅은 파랑이 아닌 분홍색이었다. 분홍색, 피부와 살갗, 신체 부위, 혀의 색깔. 맥주 캔을 다 비웠을 무렵 백 개가 넘은 타일을 세었는데, 욕조 끄트머리와 맞붙은 잘린 타

일들은 세지 않았다. 그것들은 타일의 반쪽도 아니고 대략 4분의 1 정도 되는 크기로 보였다. 숫자가 헷갈리고 세는 규칙도 따로 없었으나 나는 게임을 한다고 생각했다. 나는 어릴 적 엘리베이터에 갇혀 엄마 손을 꼭 붙들고 있던 낯설고 강렬한 장면을 떠올렸다. 엘리베이터 회로 고장인지 케이블 문제인지 세게 덜컥하고 멈췄다. 어떤 여자는 비명을 질렀다. 어딘가에서 시끄러운 경보음이 울려댔다. 나는 공기가 엷어지다 산소가 떨어지며 공간이 쪼그라드는 감각을 경험했다. 두 눈을 감고 엄마 손을 꼭 잡았다. 엄마는 나를 바싹 끌어안았다. 마침내 엘리베이터 문이 열렸다.

욕조에서 나는 머리가 잠기도록 물속으로 미끄러져 들어가 눈을 바로 뜨고 흔들리는 천장을 바라보았다. 물속에서 눈을 깜빡였다. 눈이 타는 듯하더니 희고 뿌옇게만 보였고 모든 것이 흔들렸다. 내가 아래쪽으로 가라앉는 게 보였다. 그제야 내가 익사하고 있다는 걸, 물 아래의 어떤 힘에 붙들렸다는 걸 깨달았다. 몸에 느껴지는 중압감 때문에 바로 앉기가 힘들었지만 나는 겨우 힘을 내 몸을 일으켜 물에서 나왔고, 어떤 끔찍한 짐승처럼 헉헉거리며 스스로를 안심시키느라 식식거렸다. 곧 몸을 숙여 욕조 물마개를 뺐다.

천천히 밖으로 나온 나는 시끄럽게 물이 빠지는 소리를 내는 욕조 배수구를 내려다보았다. 옷을 껴입고 가방을 뒤져 담배를 찾았다. 방은 훨씬 더 어두워진 듯 보였다. 커튼 한쪽이

에어컨 바람에 흔들렸다. 텔레비전에서는 첫발을 내딛는 절름발이 소년이 등장하는 옛날 영화가 흘러나왔다. 침대 모퉁이에 앉아 영화를 봤다. 그 소년의 엄마는 무릎을 꿇고 앉아 있었다. 사람들이 소년을 둘러쌌다. 소리는 나오지 않았다. 리모컨으로 채널을 돌리다 드 니로가 나오는 영화를 보았다. 젊고 거친 드 니로가 우중충한 아파트에 앉아서 노트에다 뭘 쓰고 있었다. 드 니로는 혼잣말을 하며 총을 팔과 다리에 묶었다. 거울에 비친 자기 자신에게 권총을 겨누기도 하면서.

나는 녹음기에 대고 말했다. "그 누구도 해치려는 의도는 없었으니까." "미안해, 약에 취해서." 나는 래의 어떤 점을 사랑하는지 한참을 말했다. 마치 잘 기억도 안 나는 형에게 질문받은 척을 하면서. 나는 말했다. "레이-레이 그리고 래."

해가 뜰 무렵까지 녹음기에 대고 수천 개의 단어를 말했다. 문 옆 창문에 서서 커튼을 살짝 열고 여명의 하늘을 올려다봤다. 주차장 너머로 광활한 대지가 펼쳐졌고 바람에 흙먼지가 휘날렸다. 모텔 간판에서 분홍색으로 빛나는 '빈방 있음' 글자도 보였다. 갑자기 매 한 마리가 날아와 간판 위에 앉았다. 가방에서 옥시코돈 병을 꺼내 손바닥 위에 마지막 몇 개 남은 알약을 부어 맥주와 함께 삼켰다.

나는 래의 망가진 선글라스를 쓰고 침대에 누워 잠을 청했다. 곧바로 두통이 올라왔고 눈앞의 어둠에 투영된 내 모습이 보였다. 기이하고도 강렬한 감각이었다. 창밖에서는 조상들

이 걷고 넘어지는 게 보였다. 누군가는 기고 있었다. 저 멀리
지평선에서 은은한 노란빛이 비쳤다. 비는 땅에서 하늘로 오
르고 있었다.

소냐 에코타

9월 1일
오클라호마, 콰

수개월 동안 나는 몰래 빈 호프를 지켜봐왔다. 그를 만나보기도 전부터. 농담이 아니다. 분명하게 설명하자면, 그를 보자마자 끌리긴 했지만 사랑은 아니었다. 뭐랄까 끌림이 몹시 강렬했다. 그리고 덧붙이자면 빈은 이십 대 초반, 나는 서른하나였다. 나는 항상 연하의 남자들을 좋아했다.

내가 일하는 시내 공공 도서관 남문 쪽에 사람들이 쉴 수 있는 그늘진 구역이 있고 나는 거기에 자전거를 세워둔다. 이따금 일을 마치면 나는 입구 옆 계단에 앉아 길 건넛집 마당에서 빈이 아들이랑 노는 걸 관찰했다. 여자가 자전거를 타고 출근하는 게 이상해 보이는 줄은 알지만 나는 차 운전이 너무 싫었다. 사실 나는 도서관에 자전거를 세워두는 사람 중 유일한 여자였다. 다른 자전거들은 다 아이들이 타고 와 세워둔 것이었다.

빈은 다소 거칠어 보였고 차를 끌면서 오토바이도 타고 다녔으며 웃음소리가 사랑스러운 싱글 대디였다. 그는 시내 대학가 근처 브랜치라는 바에서 데이비드 보위 트리뷰트 밴드 소속으로 기타를 연주하는 뮤지션이었다. 그는 어깨가 넓고 짧은 머리를 헝클어뜨린 패셔너블한 젊은 남자이기도 했다. 뭐랄까, 젊은 시절의 제임스 딘처럼 생겨서, 주로 청바지에 티셔츠를 입고 다녔다.

그의 아들은 일고여덟 정도 된 루카라는 아이였다. 어느 날 오후 도서관 계단에서 놀던 빈과 아이를 지켜보다가 듣게 된 이름이었다. 빈은 "루카, 루카!" 하고 부르곤 했다. 루카는 새처럼 두 팔을 펄럭였다. 잔디밭을 뛰어다니다 넘어지기도 했다. 그는 높이 뛰어 하늘을 가리켰다. 나는 멀리서 아이에게 손뼉을 쳐줬다. 머리 위로 먹구름이 드리우더니 폭풍우가 몰려왔다. 비가 내리기 시작하자 빈과 루카는 안으로 들어갔지만 나는 도서관 차양 아래 서서 비가 그치길 기다리며 두 사람이 다시 나오지 않을까 기다렸다. 그러다 도시락 가방을 꺼내 플라스틱 통에 담긴 차가운 파스타를 먹었다. 오래된 검은 부츠로 개미들을 밟았다. 도서관을 드나들던 사람들은 분명 나를 노숙자로 생각했을 것이다.

수개월간 두 사람을 지켜봤지만 아이의 엄마는 한 번도 보지 못했다. 빈과 루카는 자주 마당에 들락거렸다. 그들이 집에 없으면 나는 계단에 앉아 폰을 보거나 도서관에서 빌린 콜레트[프랑스 여성 소설가]의 소설을 읽었다. 그렇게 수 주가 지나는 동안 나는 계단에 앉아 책을 읽거나 이 연하남과 그의 아들을 지켜보는 일에 점점 더 익숙해졌다.

내가 처음으로 빈에게 가까이 다가간 건, 그가 루카를 데리고 메인 스트리트로 저녁을 먹으러 걸어갈 때였다. 나는 몇 블록 떨어져 두 사람을 따라갔다. 식당에서 두 사람 뒤에 줄을 서 있었는데 아주 가까이서 빈의 목 뒤에 잡힌 주름을 볼 수 있을 정도였다. 루카는 빨간 티셔츠에 청바지를 입고 있었다. 팔뚝이 적당히 볕에 그을렸고 손이 작았다. 밝은 갈색에 짧게 자른 옆머리를 하고 있었다. 그날 진짜로 그에게 다가가 살짝 닿았다면, 그의 등을 손가락으로 톡 건드리거나 어깨를 살짝 밀었다면, 그 순간 그를 만났다면, 뭔가 달라지진 않았을까, 하고 생각했다. 하지만 그때 웨이트리스가 두 사람을 창가 조그만 테이블로 안내했고, 나는 돈이 없어서 식당을 나왔다.

언젠가 한번은 자전거를 타고 술을 사러 갔는데, 그곳에서 우연히 빈을 보았다. 그는 와인 한 병을 샀다. 현금을 내던 그가 여자 점원에게 뭐라고 말을 했고 그녀는 웃었다. 아는 여자인지 궁금했고 정확히 뭐라고 했을까도 알고 싶었다. 나는 고개를 돌렸고 그는 내 얼굴을 보지 못했다. 그가 나가고 나서 여자 점원에게 저 남자가 뭐라고 했느냐고 물었더니 그녀는 의아한 표정을 지었다. "저 남자를 아세요?" 내가 물었다.

"조금요." 여자가 대꾸했다. "여기 자주 오거든요. 이름이 빈인 걸로 알아요."

"이름은 나도 알아요." 나는 이렇게 말하고 가게에서 나왔
다. "하지만 사실 나는 그의 이름을 몰랐고, 그제야 알게 된 거
였다. 그래서 조금 기분이 좋았다."

어렸을 적에 아빠는 내게 남자애들을 조심하라고 했다. 걔
들은 뱀 같다고 하면서. 그놈들이 내게 기어 올라와 기회를 엿
보다 속임수를 쓸 거라고 했다. 엄마는 아빠가 그런 말을 할
때마다 웃었고 나는 아빠 말을 믿지 않았다. 한번은 학교에서
내가 좋아하는 남자애가 생겼는데, 걔는 날 좋아하지 않았다.
걔 이름이 토마스였고 우리는 둘 다 6학년이었다. 나는 그 애
뒤에 앉아서 뒤통수를 빤히 바라보았다. 헝클어진 그의 머리
가 좋았고 책상에 앉은 구부정한 자세도 좋았으며 그가 신고
있는 스니커즈도 좋았다. 그의 청바지와 카라를 세운 셔츠도
좋고, 그의 작고 섬세한 손도 좋았다. 그와 함께 수영을 하고
싶다고 생각했던 게 기억난다. 둘이 함께 수영장 어딘가에서
첨벙거리며 노는 장면을 그리면서. 함께 맞붙어 장난치다가
내가 그 애를 물에 담그고 물속에서 꼭 붙들고 있겠지. 그 애
는 물 밖으로 튀어나와 내게 입을 맞추겠지. 그런 상상을 즐겼
다. 학교에서 어떤 남자애들이 토마스가 친구 집에서 잤던 날
침대에 오줌을 쌌다고 놀리곤 했다. 어느 날 남자애들이 그 얘
기를 하며 큭큭거렸다. 토마스는 울지 않으려 했지만 나는 그

애 눈에 눈물이 고이는 걸 봤다. 토마스가 너무 귀여웠기 때문에, 6학년이 학교에서 울든, 자다가 실수를 했든, 그런 건 내게 전혀 중요하지 않았다. 하지만 그는 내게 전혀 관심이 없었다. 어느 날 운동장에서 그 애 곁으로 다가간 나는 그의 손가락을 잡아 손을 꼬았다. 만일 내가 그에게 그냥 무슨 말을 걸었다면, 그도 분명 나를 좋아했을 텐데. 토마스는 손을 빼더니 내게 그만하라고 소리를 질렀다. 그는 슬픈 얼굴로 나를 보았고 나는 그 애의 관심을 끈 게 기뻐서 웃기 시작했다. 그러자 그 애는 멀리 가버렸고 다시는 내게 말을 걸지 않았다.

* * *

쉬는 날 나는 자전거를 타고 도서관에 갔다. 일을 안 할 때도 종종 컴퓨터를 사용하러 가곤 했다. 집에는 컴퓨터가 없어서 주로 폰으로 인터넷을 했다. 컴퓨터를 켜고 바닷속에 사는 조그만 코코넛 문어를 다룬 영상을 봤다. 조개껍데기에 쏙 들어가는 문어였다. 그 조그만 문어는 해저 바닥을 느리게 지나다 촉수로 조개껍데기를 감고 안으로 쏙 들어갔다.

"인도네시아 앞바다에 서식하는 이 문어들에게 조개껍데기는 피난처입니다."

나는 그 영상을 보고 또 봤다. 왜 이토록 이 영상에 빠져버렸는지는 알지 못했다. 문어가 조개껍데기로 자신을 에워싸는 모습이, 아니면 뚜렷한 목표를 향해 느리게 움직이는 모습이 우아해서였을 것이다. 영상을 보고 있자면 마음이 누그러지고 거의 명상을 하는 느낌이었다. 나는 문어들이 조개껍데기에 들어가는 걸 목표로 삼는 만큼이나 나의 목표도 중요하고 필연적이길 바랐다. 문어는 왜 그 순간에 피난처가 필요했을까? 근처에 포식자가 노리고 있었나? 아니면 단지 혼자만의 고독이 필요했을까? 우리 인간들이 혼자만의 시간을 필요로 하듯 말이다.

컴퓨터를 끄고 계단을 내려가 지하층으로 갔는데 대략 칠십 대 전후로 보이는 늙은 원주민 노인이 보였다. 소매가 없는 셔츠에 헐렁한 바지를 입고 지팡이를 짚고 있었다. 머리칼은 거의 회색인데 허리춤까지 기른 채였다. 그는 식수대에서 보온병을 채우는 중이었다. 그에게서 풍기는 어떤 알 수 없는 기운이 나를 멈춰 세웠다. 아마 그 노인이 우리 할아버지를 닮았던 것 같다. 하지만 노인의 볼에는 흉터가 있었고 나는 그 흉터를 바라보았다.

"새끼 곰 한 마리가 몇 주 전에 할퀸 자국이란다." 내 시선을 의식한 그가 말했다. "록키산에 갔는데 곰이 있더군. 차분하고 순하게, 도와달란 듯이 나를 바라보았지. 내가 몸을 숙여 다가가니 얼굴을 확 긋더구나. 화가 나진 않았다. 화내 봐야 무슨 소용이겠어? 앙갚음이 다 무슨 소용이겠냐고."

"저희 할아버지랑 닮으셨어요. 백세 살까지 사시다 가셨거든요."

노인의 눈빛은 진지했다. "내 동생이 늘 백 살까지 살고 싶어 했었지. 얼마 전에 저기 언덕에 있는 동생의 묘지에 다녀왔단다."

"제 동생도 그곳에 있어요."

"묻혀 있다고?"

"네."

노인은 보온병을 다 채우고 나를 향해 돌아섰다. "내가 혼자 돌아다니는 젊은 사내를 봤어. 아마도 네 동생의 영혼이지 싶구나."

노인은 혼자 씩 웃더니 보온병의 물을 마셨다. 하지만 표정에는 그리움과 고통 사이 어딘가에 머문 슬픔이 어려 있었다.

"저는 소냐예요." 내가 말했다.

"와도[체로키어로 고맙다], 소냐." 그는 고개를 끄덕이면서 나의 안녕을 빌어준 뒤 지팡이를 짚고 절뚝이며 멀어졌다.

나는 그가 책꽂이 사이로 사라지는 모습을 바라보며 참 이상한 만남이었다고 생각했지만 사실 내겐 늘 그런 일이 일어났다. 내가 느끼기에 내 삶에는 사람들과의 기묘한 만남이 잦았다. 얼마나 많았는지 학교 다닐 때는 내게 다가와 별별 질문들을 던졌던 낯선 사람들의 명단을 적어보기도 했다. 아마도 이 노인의 영혼이 뭔가 중요한 걸 내게 드러낸 듯한데, 그가 내게 전하려던 메시지는 무엇이었을까?

나는 밖으로 나가 앉아서 빈이 마당으로 나오길 기다렸다.
두 사람은 이 시간만 되면 거의 항상 밖으로 나왔다. 결국엔 그
를 만나고 싶었기에 순간 흥분된 마음으로 길을 건너며 이대
로 문 앞에 가서 벨을 누를까 고민했다. 그런데 더 생각할 겨를
도 없이 빈과 루카가 나왔다. 둘은 옆 블록으로 걸어가기 시작
했고, 나는 메인 스트리트를 지나 가을 예술 축제가 열리는 시
내로 따라갔다. 축제에는 온통 도로를 막고 쳐둔 텐트나 부스
사이사이로 사람들이 모여 있었고, 무대에는 십 대 소녀들이
어쿠스틱 기타를 연주하며 컨트리 송을 부르고 있었다. 안타
깝게도 노래를 잘하진 못했고 무대에 관심을 보이는 사람도
많지 않았다. 빈과 루카는 내 앞에서 걸어가다 셔벗을 사려고
멈춰 섰다. 둘은 여러 부스를 오가며 구경했고 빈은 루카의 손
을 꼭 잡고 있었다. 나는 충분히 거리를 두고 따라가며 의심받
지 않도록 신경 썼지만 두 사람이 공예 체험 탁자에 앉는 모습
은 꽤 가까이서 볼 수 있었다. 나는 다른 사람 뒤에 숨어 그곳
을 지나가 바로 옆 부스에서 머리에 반다나를 두른 나이 든 체
로키 화가의 수채화를 구경했다. 팔찌와 목걸이 종류를 만지
는데 그가 나를 쳐다보았다. 나는 터키석 팔찌를 하나 사고 뒤
로 물러섰다. 공예 탁자에서 빈은 폰을 보고 있고 한 여성이 루
카가 종이에 색칠하는 걸 도와주었다. 나는 내가 그 여자가 되
어 무릎을 땅에 대고 앉아 루카가 만들고 색칠하는 걸 돕고 싶
었다. 몇 분 동안 거기 머물던 나는 집으로 돌아왔다.

나의 조그만 집은 부모님 집에서 길을 따라 조금 내려오면 있었다. 부모님 가까이에 살아서 다행이었다. 특히 일흔넷인 아빠가 치매 초기 증상을 겪고 있었으니까. 몇 주 동안 아빠는 누군가가 집을 주시하고 있다는 망상에 사로잡혀 지냈었다. 어느 밤 아빠는 세 시간 동안 테라스에 앉아서 도둑이 들지 않는지 지켜보다가 결국 잠이 들었다. 그런 아빠의 모습을 보는 게 싫었다.

아빠는 치매에 걸리기 전에도 결코 내게 말을 많이 하는 법이 없었다. 솔직히 우리는 전혀 대화하지 않았다. 아빠가 나를 무시했다고는 말하지 않겠지만 그는 특히 레이-레이가 죽은 뒤부터 에드가에게 더 관심을 기울였다. 나랑 있을 땐 그저 말없이 베란다에 앉아서 호수와 물에 반사된 달빛을 내다보곤 했다. 아빠는 늘 내게 자연을 주시하라고, 자연은 우리를 향해 늘 뭔가를 외치고 있다고 말했다. 우리는 잔디를 가로지르는 다람쥐들을 보았다. 매미 소리도 들었다. 나무에서 떨어진 잎사귀들이 핼쑥한 새들처럼 바람을 타고 놀았다.

그날 밤 나는 빈에게 나를 소개하기로 마음먹었다. 그가 몇 번인가 연주를 했던 브랜치로 갔다. 어떤 이유에선지 나는 평소보다 대담했다.

나는 바에 앉아서 그의 밴드가 공연하는 동안 레드 와인을 몇 잔 마셨다. 빈은 두어 곡만 부르고 나서 대부분 일렉 기타를 연주했다. 굳이 말하자면 그들은 평범한 재능을 가진 밴드였다. 물론 대학생 애들은 좋아했지만. 그들의 연주가 끝난 뒤 나는 그에게 나의 존재를 드러내고 싶다는 욕구를 느꼈다. 나는 눈매가 날카롭고 얼굴이 호리한 편이어서, 빈이 일단 나를 보면 좋아할 거란 확신이 있었다. 만나는 남자들보다 내가 나이가 많은 것에는 개의치 않았다. 프랑스 작가 콜레트에겐 사십 대에 자신의 열여섯 먹은 의붓아들과 성관계를 맺었다는 루머가 따라 다녔다. 얼마나 대단한 여자인가. 그녀는 성적 활력과 욕망에 관해 무척이나 아름답게 글을 썼는데, 나는 정말 그녀처럼 되고 싶었다. 남들에게 비판받는 걸 두려워 않고 그녀처럼 될 수만 있다면.

빈은 아마 이십 대 초반인 듯한 마른 남자 하나와 바에 앉았다. 바의 반대편 끝에 앉아 있던 나는 그가 알아챌 때까지 그를 쳐다보았다. 그가 내 미소를 볼 때까지 기다리며 어떻게 반응할지 기다렸다. 당연히 그는 웃으며 옆에 앉은 남자에게 뭐라고 말을 했다. 옆에 있던 그의 친구가 나를 힐끗 보더니 재빨리 잔으로 눈길을 돌리고 술을 마셨다. 빈은 꽤 자주 내 쪽을 쳐다봤다. 만일 우리가 어딘가에서 서로 끌리기 시작했다면, 그건 바로 그때 그곳에서였다고 이제는 말할 수 있다.

잠시 동안 나는 빈을 자세히 보았다. 온통 담배 연기와 사람들 틈에서 목이 타더니 몸은 불안으로 차올랐다. 정확히 어떤 감정이었다고 말할 순 없지만 자신감과 약간의 답답함이 묘하게 섞인 느낌이었다. 이것이 낯선 이의 마음을 끄는 방법이었다. 상대에게 관심이 있다는 걸 내보이고 미소 지으며 강렬한 눈빛으로 그를 바라보는 것이다. 과거에 이 방법이 몇 번이나 효과가 있었던가? 그가 날 보고 웃자 나는 본능적으로 **안녕**이라고 입 모양으로 말하고 싶었지만, 그러기는커녕 바텐더를 향해 비밀이라도 속살거리듯 입을 가리고 말했다. 마치 뭔가를 속삭이는듯 보이고 싶었지만, 단지 와인을 한 잔 더 주문했을 뿐이다. 빈이 쳐다본다는 걸 알았고 다시 그를 힐끔 쳐다보았을 때 그는 여전히 나를 바라보고 있었다.

그는 붉은 금발의 여자와 대화를 나누기 시작했다. 분명 둘은 모르는 사이였다. 스물 몇 살로 보이는 여자애들이 무대가 끝나고 내려온 그에게 다가가서 대체 몇 번이나 자신을 소개하고 친구들을 소개하며 예전에 봤다고 아는 척을 했던가? 나는 다시 그를 바라보았고, 이번에는 좀 더 신중한 표정으로 그가 내 눈을 보고 술을 마실 때까지 기다렸다. 그 여자는 이제 제 친구와 이야기를 하며 고등학생들처럼 웃어댔다. 나는 걔네들이 해부학 수업 시간에 못생긴 교수가 뼈대니 생식기관이니 떠들어델 때 폰으로 문자를 주고받는 장면을 떠올렸다. 나는 가방에서 펜을 하나 꺼내 칵테일 냅킨에다 이렇게 썼다. **빈은 누가 쳐다보면 좋아한다. 어린 소년처럼 많은 관심이 필요하다.**

다 적고 나서 고개를 들어보니 그가 와 있었다. 나는 둥근

의자를 돌려 그를 마주하고 눈을 쳐다봤다. "안녕." 하고 그가 말했다. 아닌가, "누구세요?"라고 했나, 아니면 "내 이름은 빈이에요."라고 했던가. 아무튼, 그가 뭐라고 했든 간에 우리 주변에는 음악 소리가 울려 퍼졌고 나는 우리가 적막에 에워 싸인 듯 느꼈다. 끌어당김의 순간은 그런 식으로 일어났다. 그에게는 엘리엇 스미스를 떠올리게 하는 슬픈 기운이 스며 있었다. 어떤 음울한 젊은 영혼 같은 것이. 그리고 그를 보면 너무 많은 유명한 사람들이 떠올라서 참 묘했다. 콜레트가 책에 남자들 이야기를 쓸 때 얼마나 간절하고 열렬하게 성적 묘사를 했는지를 떠올렸다. 그녀가 얼마나 자기 자신의 쾌락에 집중했는지를. 아, 그토록 이기적이라니! 나도 그렇게 빈을 욕망하고 있었다.

나는 그에게 냅킨을 건넸다. 냅킨에 쓴 글을 읽은 그가 웃었나, 아니면 그냥 히죽거렸나. 그래서 나는 공연이 좋았고 그가 잘생겼다고 말했다. 그는 당황한 얼굴로 잠시 딴 데를 쳐다봤다.

"나는 콜레트라고 해." 내가 말했다.

"콜레트, 마음에 드는데." 그가 대꾸했다.

"내 이름 마음에 들어?"

그가 정말 강렬한 눈빛으로 나를 응시했다. 섹시해 보이려고 그랬는지는 모르겠는데, 내 앞에선 그렇게 노력할 필요가 없었다.

"콜레트." 그가 내 이름을 불렀다.

진짜, 이렇게나 간단했다.

밖에 나간 뒤 그가 내 자전거를 자기 차의 트렁크에 싣고 나를 데려다줬다. 라디오를 끄고 창문은 내린 채였다. 우리는 저 멀리 호수 반대편에서 난 불 위로 피어오르는 연기를 보았고, 나는 그를 놀리려고 가까이 얼굴을 기대어 속삭였다. "불에 귀를 기울여봐. 들리는 거 없어? 불이 뭔가를 말하고 있어. 뭐라고 하는지 들려?"

불이 나를 들뜨게 했다. 정말이지, 시커먼 하늘로 올라가는 그 모든 연기와 열기가 나를 자극했다. 내 집에 일단 도착하고 나서 우리는 뒷문으로 들어갔다. 나는 불을 켜고 부츠를 벗었고, 빈은 와인을 마시러 나를 따라 부엌으로 왔다. 찬장에서 와인 잔을 꺼내려고 할 때 그가 내 허리 위에 두 손을 올렸다. 그가 나를 느끼도록 부엌 조리대에 대고 몸을 숙이자 머리칼이 앞으로 쏟아졌다. 그가 바싹 몸을 붙이더니 내 목에 입을 맞추었다. 내가 몸을 돌리자 그가 내 입술에 키스를 했다. 나는 그의 입술을 깨물고 입을 뗐다. 다시 그에게 키스하며 그의 청바지에 손을 올렸다. 바닥에 무릎을 대고 앉아 그의 벨트를 풀었다. 그러자 그가 두 손으로 내 머리칼을 만졌고, 나는 바깥의 들불과 까만 밤으로 자욱이 피어오른 그 연기를 생각했다.

찰라

사랑하는 나의 아들. 죽은 자들에게 시간이란 기이한 것
이란다. 죽은 자의 시간은 인간들이 살면서 경험하는 것과는
다른 방식으로 존재하지. 시간이 우-디-틀-기, 우-히브-들
라![체로키어로 아 뜨거워, 차가워!]처럼 느껴질지도 모르니까.

하늘을 올려다보면 우리가 매처럼 솟아올라 하늘 위를 빙
빙 돌고 있단다. 우리는 구름을 등지고 눈앞에 나타나는 레드
베리 나뭇가지 같은 새들이란다. 어디에나 존재해서 광활하
게 뻗은 모든 땅덩어리를 뒤덮지. 우리는 빗속에서 목욕을 하
고 다 함께 날아다닌단다. 우리는 바위 틈새로 반짝이는 푸르
스름한 빛이 되어, 급격하고 날래게 휘감아 오르는 연기와 먼
지가 되어, 인간들 몸피 주위로 흐린 윤곽을 만든단다.

우리는 이곳저곳을 전전하며 죽은 자들의 소리를 들려주
는 전령들이고, 늙은이와 젊은이이며, 밤이면 키 큰 나무들

그림자에서 튀어나와 버려진 빌딩과 집, 콘크리트 건물, 돌벽과 다리들 사이를 오간단다. 우리는 물속에서 올려다보다가 엷은 안개처럼 피어올라 온 들판과 정원과 마당 위로 폭우처럼 번지고, 탑들과 지붕들 너머 벽마다 금이 간 오래된 건축물의 아치형 정문을 지나 날아다니지. 우리는 보고자 하는 이들에게 모습을 드러내. 사람들은 우리더러 환영이며, 악몽과 꿈이며, 신경을 건드리는 날카로운 마음속 허깨비라고들 하지. 우리는 항상 가만있지를 못하고 어린아이와 노인들, 피곤한 자와 병든 자, 가난한 자와 상처받은 자들이 꿈을 꾸게 한단다. 내몰린 사람들도.

1838년, 그 조총 사격대가 너를 먼저 죽이고 나서 나를 죽였단다. 네 엄마는 우리 몸을 금과 보석으로 치장해서 땅에 묻었지. 그렇게 장신구로 치장하는 건 살아생전만큼이나 죽어서도 중요하다는 사실을 알아야 한단다. 그래야지 영혼은 부재할지라도 우리가 아름다웠다는 걸 알 테니까. 한번은 어느 노인이 내게 죽음을 두려워 말라고 했었다. 왜냐면 죽음이란 건 없고, 단지 세계가 변하는 것뿐이니 말이다.

나는 눈물의 길을 따라 서쪽으로 이주하길 거부했고, 그래서 죽은 거란다. 그건 공평하지 않았어. 나는 너와 우리 가족, 우리 부족 사람들을 위해 내 목숨을 바치고자 이주를 거부했단다. 그래, 늙은이가 호통을 치듯, 늙은 영혼도 천둥처럼 우르릉거리지.

네가 태어나기 전, 나는 드래깅 카누[Dragging Canoe. 통나무배를 끌다는 뜻의 이름으로 1700년 중후반 백인 정착민들과의 전쟁들에서 체로키족을 이끌었던 추장]와 그의 아들이 살집 많은 적의 머리 가죽을 벗겨내 붉게 칠하고 머리 가죽 춤에 쓰려고 막대에 묶는 걸 도와줬었단다. 우리는 침략자인 유럽인들을 흉내내며 바보처럼, 어색하게 발을 굴려 그들의 졸렬함을 드러냈었지. 더 중요한 건, 그 춤이 우리를 해치고 병을 옮긴 그 인종들을 약하게 했고 우리는 치유했다는 점이란다. 우리 부족 사람들의 병을 치료하는 데도 도움이 되었고 말이다.

머리 가죽 춤을 추던 언젠가, 나는 다시′기야′기Dasí′giya′gi라는 이름의 전쟁 주술사를 만났단다. 욱테나의 벗긴 가죽과 불태운 거북 등 껍데기를 얼굴과 몸에 문지르고 적으로부터 자신을 보호하던 사람이었어. 그는 그것들을 주술로 사용해 절대로 다친 적이 없었고 황색 뿌리만큼이나 강했단다. 그는 내게 우리가 살게 될 일곱 번째 지옥을 경고했고, 이내 나는 피와 파멸의 꿈들을 꾸었지. 드래깅 카누가 내게 말했어. "너는 예지의 은사를 지닌 선지자가 될 게다. 이것을 이해하는 법을 반드시 배워야 한다." 그러더니 내게 그 젊은 선지자 이야기를 들려주었단다.

선견지명을 지닌 소년의 이야기

그 소년은 읽을 수 없는 단어들이 잎사귀에 쓰여 있는 꿈을 꾸었다. 꿈에서 그는 아버지가 옥수수를 빻으려고 지은 방앗간 옆에 서서 잎사귀들이 바람을 타고 날아다니는 장면을 보았다. 잎사귀들을 따라가 보니 단단한 돌로 된 존재인 눈-유누-위가 소년에게 적갈색 돌멩이 하나를 건넸다. 그들은 소년에게 돌멩이를 깨서 붉은색을 얼굴에 칠하고 사냥을 나가라고 말했다. 소년이 잠에서 깨어났더니 그의 아버지가 아파서 그날은 사냥을 나갈 수 없어, 소년이 얼굴을 붉게 칠하고 그 추운 날 사냥을 나갔다.

소년은 암사슴 한 마리를 쏘고 달려갔다. 죽은 사슴에 다다랐더니 잎사귀들이 사슴의 사체를 감싸고 있었다. 잎사귀들은 푸른색이었고, 그중 하나가 산들바람에 흩날리듯 떨렸다. 그는 그 푸른 잎사귀를 집어 들어 거기 적힌 편지를 읽었다. 곧 군인들이 들이닥칠 테니 사람들에게 경고하라는 내용이었다. 그 편지를 본 소년은 너무도 화가 나서 암사슴 다리를 끌고 오다 미끄러져 넘어졌고 돌멩이에 머리를 찍혀 의식을 잃었다.

바로 그때 환영이 나타났다. 눈 속에서 녹초가 되어 걸어가는 사람들이 보였다. 그들은 계속해서 터덜터덜 걸었고, 폭풍 속에서 몸을 웅크렸다. 사람들은 무릎을 꿇고 주저앉거나, 빗속에서 죽어갔다. 소총을 든 감시자들은 성난 얼굴을 하고 있었다. 마치 찬바람처럼 비참함이 모두를 엄습했음을 느꼈다. 공포와 무자비함으로 가득 찬 그곳에서 아기들과 어린아이들의 울음소리가 들렸다.

옥수숫대 하나가 아름다운 여인으로 변모했고, 그 여인이 땅으로 핏방울을 떨어뜨리자 땅이 흔들리고 아름다운 나무가 자라났다. 그 나무에 올라가서 봤더니 저 멀리 군사들이 다가오고 있었다. 그들은 소달구지에 화차를 끌고 왔는데 주변으로는 먼지가 솟아올라 하늘에서 거대한 뱀의 형상을 만들었다. 그 뱀이 먼지를 토해내자 이내 군사들이나 뱀이 보이지 않았으며, 오직 자욱하게 피어오른 붉은 먼지만이 하늘에서 점점 더 거대해졌다.

소년이 잠에서 깼을 때도 옆에 누운 암사슴에겐 여전히 숨이 달려 있었다. 소년은 커다랗고 촉촉한 사슴의 갈색 눈을 깊이 들여다보았다. 그때 암사슴이 말했다. "사람들에게 가서 네가 본 것을 말해. 군사들이 오고 있다고, 매서운 추위와 고통과 죽음이 다가온다고 말이야. 우리는 곧 다시 만나자."

그러고 암사슴은 뜬 눈으로 숨을 멈추었다.

사슴 옆으로 또 다른 푸른 잎사귀가 바람에 살랑였다. 소년은 잎사귀를 집어 들어 쓰인 글을 읽었다. '그도 곧 죽게 될 것이다.'

소년은 사슴 옆에 누워서 더는 눈물이 흐르지 않을 때까지 슬픔과 분노로 울부짖었다. 그러다가 이틀을 내리 잤다. 길고

긴 잠에 빠진 그는 꿈을 꾸지 않았고, 일어났을 때 옆에 있던 사슴은 사라지고 없었다.

그는 온 길을 되돌아 마을로 갔고 군사들이 오고 있다고 모두에게 알려주었다. "그들이 이 땅에서 우리를 몰아낼 거예요! 죽음이 넘쳐나는 매서운 겨울이 다가오고 있어요."

"강가에 사는 사람들에게 말하기가 두렵구나. 거기서 틀란유시'이Tlanyusi′yi의 거대한 거머리가 낚시하러 오는 사람들을 잡아먹는단다. 낚시 간 사람들이 사라져 결코 돌아오지 않았어. 그 사람들에게 어떻게 알려줄까?"

강은 많은 이들에게 두려움을 안겼다. 강에는 다리처럼 밟고 건널 바위가 있었다. 사람들은 그 바위 위에 서서 낚시를 했는데, 그러다 기다랗고 붉은 뱀이 둥글게 몸을 감고 있는 걸 알아챘다. 그것은 인간의 존재를 감지하면 몸을 길게 풀어 물 밖으로 튀어나와 바위를 덮쳤고, 사람들을 물속으로 끌고 들어가 그들의 낯가죽을 먹었다. 강둑으로 떠밀려온 사람들의 얼굴은 눈과 코가 뜯긴 채였다. 한 사람은 그 입 안에 혀도 없더라고 말했다.

"꿈을 꾸긴 했어도, 내가 죽을 때는 아니야." 소년이 말했다. 그는 강을 향해 길을 나서며 기쁘게 노래를 불렀다.

붉은 거머리의 살갗을 단단히 묶으리
내 다리에다 훈장을 두른 것처럼!

그러나 소년이 바위에 다다랐을 때 그곳엔 아무도 없었다. 물속을 내려다보니 물이 끓으며 거품이 일기 시작했다. 여기부터는 그 근처에서 지켜보던 영혼들이 우리에게 해준 이야기다.

그 소년은 두려움에 사로잡혀 꼼짝달싹 못 하면서 "넌 나를 죽이지 못해!" 하고 소리쳤다.

그러자 그 거머리가 뛰어올라 소년을 데리고 물속으로 들어갔고, 소년을 다시는 볼 수 없었다.

* * *

사랑하는 아들, 우리는 군인들이 도착하기도 전에 그들이 온다는 걸 알았단다. 우리 부족 사람들은 예언자들 덕분에 한참 전부터 알고 있었어. 두려운 시간이었지만 두려움이 우리를 파묻어버리도록 두지는 않았단다.

마리아

9월 2일

아침에 차를 몰고 청소년 보호 센터에 가서 아이들에게 책을 읽어주었다. 와이엇은 오후나 되면 집에 오기로 되어 있었다. 보호 센터에 머무는 아이들은 위탁 가정에서 쫓겨났거나 다음 위탁 가정에 가려고 대기 중이었다. 아이들을 돕는 게 좋아서 퇴직 후에도 나는 이곳에 주기적으로 방문했다. 사회복지 업무에서 내가 맡은 일은 정의가 없는 듯 보이는 세상에서 정의를 찾는 것이었다. 나는 모두를, 특히 모든 걸 잃게 생긴 아이들과 가족들을 구하고 싶었다. 그들이 앞으로 잘 살아갈 기회를 얻길 바랐다.

십육 년간 체로키족 사회복지사로 일하면서 어린이들과 위험한 환경에 놓인 청소년들을 도왔다. 불우한 아이들을 위해 일하고 싶었다. 오래 걸리긴 했어도 아이들을 여러 위탁 가정이나 청소년 보호소, 치료 센터와 연결해주었다. 보호 센터에 가는 길은 왕복 두세 시간이 걸렸는데 나는 그곳 아이들에게 체로키 신화나 내가 지어낸 이야기들을 들려주곤 했다. 우리 가족 이야기도 해주고, 앤드루 잭슨[Andrew Jackson. 미국의 제7대 대통령]이 수천 명의 체로키 사람들을 고향 땅에서 내쫓았을 때, 눈물의 길을 걸으며 고통받았던 조상들 이야기도 들려주었다. 산속에 숨은 이도 있었고 누군가는 죽기도 했다. 겨우 살아남은 사람은 매서운 겨울 추위 속에서 홍역과 백일해로 고통받았고 살을 에는 듯한 바람이 그들의 울부짖음도 삼켜버렸다. 여자들은 어깨에 담요를 두른 채 몸을 웅크리고 걸었다. 남자들은 아이들을 안고 걸었다. 폐렴에 걸려 무릎을 꿇고 바닥에 주저앉기도 했다. 쫓겨난 나의 조상들은 원주민 거주 구역에, 오클라호마에 간신히 도착해 새로이 삶을 시작하려고 애를 썼다. 내가 자랄 때 할아버지 할머니께서 그 이주에 관한 진짜 역사를 가르쳐주셨다. 많은 학교에서 제대로 다루지 않는 내용이었다.

사회복지사로 일할 때 많은 아이들이 가정 방문 복지사를 겁내며 형제자매들 곁으로 움츠러드는 걸 보았다. 복지사에게 침을 뱉고 나쁜 괴물이라 부르는 경우도 봤다. 두려움으로 신음하고 흐느끼는 소리도 들었다. 어린아이일수록 사람을 잘 믿었다. 우리 사무실에는 아이들이 시간을 보내며 가지고 놀 장난감과 간식들이 있었다. 텔레비전, 인형, 크레파스, 블록도 있었다. 책도 읽고 비디오 게임도 할 수 있었다. 머리가 꽤 큰 형제자매들은 기분 나쁜 눈길로 제 동생들을 붙들고, 복지사들을 믿지도, 절대로 웃지도 않았다.

"우리는 너희를 돕고 싶어." 나는 말하곤 했다. "너희를 해치지 않을 거야. 안전한 장소를 찾아줄게. 이제 모든 게 다 괜찮아질 거야."

청소년 보호 센터에 간 나는 체로키족의 문화와 치유에 관한 책에 나온 이야기들을 읽어주었다. 다 읽고 나서 아이들에게 물었다. "치유가 뭘까?"

"죽고 싶지 않은 거요." 앰버라는 이름의 소녀가 대답했다. 그녀는 열둘인가 열세 살 정도였고 밝은 갈색 머리를 짧게 잘랐다. 얼굴과 몸이 야위어 옅은 파란색 티셔츠와 청바지가 헐렁했다. 무릎에 팔꿈치를 기댄 채 몸을 앞으로 내밀고 앉아 내 이야기를 들었다.

"맞아. 죽기 싫을 때 치유를 하지. 점점 나아지는 거야. 상담사나 의사를 찾아가도 좋고. 하지만 아주 오래전 체로키족 사람들은 자연을 통해 치유했단다."

나는 큰 소리를 내 읽었다. "이 땅의 모든 나무와 관목과 식물 들이 아픔을 치유하는 데 사용되었다." 여기서 읽기를 멈춘 나는 책을 들어 올려 노란 꽃 사진을 보여준 뒤 계속 읽었다. "검은 눈의 수잔Black-eyed Susan에는 귓병을 치료하는 수액이 함유되어 있었다." 열 살에서 열한 살 정도 돼 보이는 한 소년이 손을 번쩍 들었다. 덩치가 조그만 그 아이는 양반다리를 하고 바닥에 앉아 있었는데, 앞머리가 내려와 눈앞까지 가리고 있었다.

"우리 형 눈도 멍들어서 검은 눈인데." 소년이 말했다. "형 이름이 잭인데요, 얼굴에 약을 발랐어요."

"어떤 사람들은 검은 눈의 수정에서 추출한 액을 차나 음료에 타서 마시는 거 알고 있니?"

"그럼 멍든 걸 낫게 하는 데 도움이 되나요?"

"그건 잘 모르겠지만 기분은 좀 나아질 거야. 뱀에게 물렸을 때 발라도 좋고."

나는 사진이 실린 다른 페이지를 들어 보였다. "이건 테프로시아라는 약초란다. 체로키 사람들은 이 식물의 껍질을 물에 타서 먹으면 힘이 세진다고 믿었어."

앰버는 몸을 앞으로 내밀고 몹시 집중해서 듣고 있었다. 나는 아이들에게 또래 친구들보다 키가 작았던 어느 소년의 이야기를 들려주었다. "그 소년은 친구들과 어울려 운동할 수가 없었어. 키가 너무 작아서 운동장의 철봉에도 손이 닿지 않을 정도였거든. 아무도 소년을 좋아하지 않아서 혼자 운동장에서 줄넘기를 하거나 여학생들이랑만 어울려 놀았지. 집에 오자 소년의 아빠가 그 식물의 껍질을 탄 차를 주었는데, 그걸 먹자 소년은 키가 자라고 힘도 세져서 학년이 끝날 때쯤에는 자기 반 남학생들 중에서 키가 제일 커졌어. 이제 모든 남학생들이 소년과 함께 운동하고 싶어 했지만 소년은 여자아이들도 끼워주지 않으면 하지 않겠다고 했지."

"왜요?" 앰버가 물었다.

"남학생들은 처음엔 거절했어. 걔네들은 여학생들하고 놀기 싫어했거든. 그러던 중 체로키 소녀 하나가 그 식물의 껍질을 탄 차를 먹고 남학생들에게 레슬링 경기를 제안했어. 소녀는 모든 남학생과 붙어서 다 이겨버렸고, 남학생들을 결국 여학생들과 경기를 했지. 남학생과 여학생의 대결에서 누가 이겼을까?"

"여학생들?"

"맞아."

앰버가 미소 지었다. 그때 도서관에서 파트타임으로 일을 도와주는 젊은 친구 미티가 들어오더니, 자기는 이렇게 오랫동안 아이들을 집중시킨 적이 없다며 물었다. "그런데 아이들이 식물에 관심을 갖는 거 같아요. 대체 어떻게 하신 거죠?"

"열정이 있으니까요. 내게 식물은 언제나 열정의 대상이었거든요."

집에 오는 길에 나는 마트에 들러 와이엇에게 줄 아이스크림 한 통을 샀다. 마트 바깥에서 우연히 한 할머니를 만났는데, 어깨에 숄을 두르고 구부정하게 서 있었다. 옆으로 지나던 나는 숄의 바늘땀과 주름을 유심히 보았다.

"너무 아름답네요." 나는 할머니의 어깨를 타고 흘러내린 숄의 끝부분을 만지작거리며 말했다.

할머니는 웃으며 내 손을 잡았다. 놀랍게도 그녀의 손은 내 손보다 따뜻했다. 그녀가 내 손을 어루만지던 순간, 그녀를 예전에도 만난 적이 있는 것처럼 느껴졌다.

"그렇게 말해주니 고맙구려." 할머니가 대답했다. "나는 저 먼 데서 왔수. 내 아들 차를 타고, 아이가 죽은 집에 같이 가서 그 가족을 위로할 거유."

그 순간 할머니가 노망이 들었다는 사실을 알고 서글퍼졌다. 차 한 대가 옆에 서더니 젊은 남자가 내려 우리에게로 왔다. 그는 머리 색이 짙은 게 원주민 같았다. 웃으며 인사를 건넨 그는 할머니의 팔을 부축해 차에 가서 태웠다.

"몸조심하세요." 내가 말했다.

나는 그 젊은 남자가 어르신을 조수석에 앉히고 안전띠를 채우기까지 기다렸다. 차가 떠나자 그녀는 고개를 돌려 창밖으로 나를 쳐다보았다.

와이엇이 도착하기 전 필요한 준비를 모두 다 마쳤다. 레이-레이가 쓰던 방은 깨끗했고 낚시 도구들은 창고에 마련되어 있었다. 뒤 테라스에 있던 어니스트는 혼란스러운 듯 눈빛이 어둡고 복잡했다. 지금껏 한 번도 위탁 가정을 해본 적이 없어서 어니스트가 긴장했나 싶었다. 와이엇은 열두 살이었는데, 문득 레이-레이가 죽었을 때보다 몇 살 어리네, 하는 생각이 들었다. 어니스트는 너무도 긴장한 티가 났다. 그는 손으로 이마를 문지르고 눈을 감았다 떴다 하면서 깊은숨을 들이쉬었다.

나는 가만히 서서 호수를 내다보았다. 9월의 호수는 잔잔했다. "이제 와이엇을 맞을 준비는 다 됐어." 내가 말했다.

어니스트가 나를 올려다봤고, 나는 그가 기억이나 하고 있는 건지 의아했다.

"와이엇?" 그가 물었다.

"몇 시간 뒤면 우리 집에 온다니까."

"이름이 뭐랬지?" 그가 딴 데를 보며 묻고는 다시 나를 쳐다봤다.

나는 어니스트의 옆에 앉아 그의 팔을 쓰다듬었다. "위탁 맡기로 한 아이 이름이 와이엇이야. 며칠간 우리 집에서 지낼 거고. 버니스 말로는 금요일에 법원 심리가 열릴 때까지만이래."

그가 목소리를 가다듬더니 고개를 끄덕였다. "그렇군."

"우리가 그 아이에게 임시 거처가 되는 거지."

"이해했어." 그가 대답했다.

우리는 몇 분간 조용히 앉아서 숲과 호수로 이어지는 비탈진 땅을 바라보았다. "느낌이 좋아." 나는 어니스트에게 말한다기보다 나 자신에게 말하듯 중얼거렸다. "지금 당장 그 애를 맡아줄 체로키 가족이 우리뿐이래. 우리가 아니면 보호 센터로 보내지는 거야."

나는 상태가 나빠지기 전의 어니스트가 늘 어떤 주제를 두고 우스갯소리를 하며 대화를 이끌던 모습을 회상했다. 대체왜 그가 더 이상 웃지를 않는지, 아니면 못 웃는 건지 궁금했다. 웃을 일이 없어서? 그 어떤 추억도, 생각도, 혹은 텔레비전에서 나오는 재치 있는 농담도 그를 웃게 하지 못했다.

조금 뒤 부엌 식탁에 앉아 아이린에게 전화를 걸었다. "곧우리 집에 위탁 소년이 오는데, 어니스트 상태도 그렇고 내키질 않네. 치매가 나날이 심해지는 거 같아. 모르겠어. 와이엇앞에서 너무 우왕좌왕하지 않으면 좋겠는데. 그리고 와이엇이 학교에서 문제를 일으키면 어쩌나 걱정도 돼. 걔도 우리 집에서 잠깐 지내는 게 스트레스일 테니까."

"걱정하지 마." 언니가 말했다.

나는 창밖을 내다보며 가만히 앉아 있었다. 식탁 위에는내가 두고 간 노트가 놓여 있었다. 나는 노트를 열고 이렇게썼다.

모닥불을 피우게 된다면

그러고 나서…….

혹시라도 네가

하지만 더는 생각나지 않았다. 생각이 끊어지고 꽉 막힌 기분이었다. 뭔가를 표현하고픈 깊은 열망이 있었지만 그게 무엇인지 풀어낼 수가 없었다.

오후 여섯 시 무렵 버니스가 와이엇을 데리고 왔다. 두 사람이 현관 안쪽으로 들어왔고 버니스는 우리를 소개했다. "와이엇, 이분은 마리아야. 지금은 퇴직했지만 나와 같은 사무실에서 일하셨어."

베레모 캡을 쓰고 헐렁한 청바지를 입은 와이엇은 만면에 미소를 머금고 있었다. 약간 상기된 표정으로 모자를 벗은 그는 내게 악수를 청했다.

"만나서 정말 반가워." 내가 말했다.

"필요한 건 가방에 다 챙겨 왔어요. 금요일 한 시 반에 심리가 열릴 거예요. 그날 법원 로비에서 만나기로 해요." 버니스가 말했다.

그녀는 떠나기 전 와이엇을 가볍게 안아주었다. 그는 아무런 거리낌도 없고 당황스러워하지도 않았다. 버니스가 떠나자 와이엇의 시선이 선명해지더니 친근한 표정으로 미소 지었다. 그의 눈빛은 부끄러운 아이의 눈처럼 조용하게 그윽해졌다. 내가 뭔가를 말하길 기다리듯 어색한 눈치였다. "네 방을 꾸며놨어. 방을 보러 가볼래?" 내가 물었다.

어느새 어니스트가 방에 들어와 양손을 주머니에 넣고 와이엇을 바라보고 있었다.

"나의 남편 어니스트야."

어니스트가 가까이 다가와 손을 내밀자 와이엇이 악수를 했다. 두 사람 다 아무런 말이 없이 서로를 쳐다보고 있었다. 그러고는 와이엇이 짐 가방을 들고 나를 따라 레이-레이가 쓰던 방으로 갔다. 그는 짐 몇 가지를 침대에 내려놓고 나서 방을 둘러보았다. 어니스트는 복도에 남아 있었다.

"여기가 네 방이야, 마음에 들면 좋겠구나."

와이엇은 나를 돌아보며 웃었고 여전히 말이 없었다. 그는 짐 가방을 바닥에 내려놓고 침대 끄트머리에 걸터앉았다. 그가 손으로 눈까지 덮고 있던 앞머리를 뒤로 넘겨 나를 보았다. 그는 나이에 비해 작아 보였다. 아마 침대 모퉁이에 앉은 자세 때문에 그렇게 보였을지도. 그건 그렇고 레이-레이 방에서 마지막으로 아이를 본 게 언제였던가?

버니스는 와이엇이 수줍음이 많다고 말해줬다. 나는 그에게 장롱 안에 여분의 베개와 담요를 보여주었다. 그가 안정감을 느끼는지 알고 싶었다. "혹시 더 필요한 건 없니?" 그가 대답하길 바라며 내가 물었다. "수면 등 같은 건? 밤에 문을 열어놓니? 필요한 거 있음 뭐든 말해줘."

와이엇은 고개를 끄덕이며 골똘히 뭔가를 생각했다. 그러더니 짐 가방을 열어 내가 방문 옆에 서서 보는 중에 짐을 풀기 시작했다. 그는 몹시 편안해 보였는데, 이런 상황에 익숙해서 그렇다는 걸 알았다. 다른 위탁 가정에서도 지내봤을 테니까. 그는 가방에서 옷가지를 꺼내어 서랍에 넣으려고 반듯하게 다시 개었다. 양말과 속옷은 가장 위 서랍에 넣고, 티셔츠는 중간에, 바지는 가장 아래 서랍에 정리해 넣었다. 트위드재킷과 칼라가 있는 셔츠는 옷걸이에 걸어두었다.

"와이엇, 우리는 가서 저녁을 준비할게. 여기 있어도 되고 거실에 와서 텔레비전을 봐도 좋아."

그가 고민이 많은 듯 보여서 나는 침대 모퉁이에 앉았다. 그도 내 옆에 앉았다. 와이엇은 고개를 숙이고 울려고 했다. 그가 십 대 소년처럼 행동하지 않는다는 건 분명했다. 나는 그가 정서적으로 미숙한 건지, 조심스러운 건지 몰라도 이제 막 열 살이 되는 소년 같다고 생각하며 손바닥으로 그의 등을 살살 문질러주었다.

"나는 다른 방에 가 있을게." 어니스트가 문간에 서서 말했다.

나는 고개를 끄덕였고, 그가 사라지고 나서 와이엇에게 혹시 마음이 편안해지도록 내가 뭘 해줄 수 있을지 물었다.

그가 고개를 저었는데 머리카락에 가려진 표정은 볼 수가 없었다.

"말 안 해도 괜찮아. 하고 싶지 않은 건 안 해도 돼. 여긴 네 방이야. 안전한 곳이야. 내가 약속할게."

나는 옆에 앉은 와이엇이 몸을 숙이고 있는 동안 조금 더 등을 쓰다듬어주었다. 그러고 일어서서 문간으로 걸어갔다. 그때 그가 입을 열었다. "전 괜찮아요."

나는 뒤돌아 그를 바라보았다. 그는 여전히 몸을 숙이고 있었다. "다행이네." 내가 말했다.

"제가 성대모사를 할 수 있어요. 괜찮으시면 조금 있다 보여드릴게요."

"성대모사?"

"프랑스인 성대모사예요, 무슈. 피위 허먼 흉내도 잘 내요."

그가 레이-레이를 상기시켰다는 사실을 부인하진 않겠다. 심지어 처음 마주한 순간부터 말이다. 속이 울렁이고 격통으로 몸이 떨렸고, 아무것도 먹은 게 없는데 입에 단맛이 느껴져서 놀랐다. 나는 저녁 내내 와이엇이 지닌 몇 가지 특징이 낯설지가 않다는 묘한 감정을 느꼈다. 단순히 레이-레이와 또래 아이라서 그런 건지 의아해하면서.

부엌에서 나는 저녁 준비를 했다. 냄비에다 닭을 넣고 껍질콩 통조림을 땄다. 레인지를 켠 다음에 소스 팬에 껍질콩을 부었다. 부엌은 오롯이 나만의 시간을 갖고 생각할 수 있는 공간이었다. 나는 와이엇이 프랑스 남자와 피위 허먼 성대모사를 할 줄 안다고 말한 게 너무도 기묘한 우연이라 생각했다. 기억해보면 레이-레이는 중학생이 되기 전까지는 정말 조용한 아이였는데 크면서 성격이 밝아졌다. 그는 집에서 우리와 있을 때 가장 행복해했고 활발했다. 또 성대모사나 노래, 좋아하는 음악이나 영화에 관해 말하는 걸 좋아했다. 우리를 웃게 하려고 노력했고, 노력은 늘 성공했다. 레이-레이는 소냐와 에드가처럼 얌전하거나 내성적이지 않았다. 물론 나이가 들면서는 친구들 사이에서 조금 거칠게 행동하거나 빈정대기도 했고, 집에서도 그럴 때가 있었다.

저녁을 준비하는 동안, 가족 모두가 다시는 함께 모이지 못할지도 모른다는 생각이 계속 들어서 낯설었다. 에드가를 집에 오도록 하는 게 너무 힘들었다. 지난번 에드가를 찾아갔던 게 벌써 봄이었으니. 그가 없는 동안 나는 걱정으로 쇠약해졌다. 주신에게 조용히 기도할 뿐이었다. 부엌에 선 채로 에드가와 소냐의 안위를 위해 기도했다. 어니스트를 위해서도 기도했다. 우리 집에 온 와이엇이 편하게 지내게 해달라고도 기도했다.

거실에서는 어니스트가 텔레비전 리모컨을 붙들고 씨름 중이었다. 그가 혼란스러운 이유 중 하나는 케이블에서 비디오로 전환하는 버튼이나, 스포츠 채널, 24시간 뉴스 채널이 몇 번인지를 기억하지 못해서였다. 그는 자기 생일은 기억하면서 리모컨 버튼 기능은 기억하지 못했다. 어릴 때 대통령이 누구였는지는 기억하는데 제 고향 이름은 잊어버렸다.

"지역 뉴스 채널이 몇 번이더라?" 어니스트가 리모컨을 텔레비전 쪽으로 뻗으며 물었다.

"저녁 먹을 시간이야." 내가 말했다.

"오늘 밤 썬더[미국 프로농구팀 오클라호마 시티 선더] 경기가 어떻게 될지 궁금한데. 그 친구랑 같이 보면 되겠군."

"저녁 먹자." 내가 말했다.

그는 나를 따라 식탁으로 왔다. 와이엇이 벌써 와서 앉아 있었다. 그는 우리가 부엌으로 들어와도 쳐다보지 않고 깊은 생각에 잠긴 듯 그저 식탁만 빤히 내려다보았다. 혹시 슬프거나 걱정이 있는지, 아니면 그냥 부끄러운 건지 알 수가 없었다.

어니스트가 상 차리는 걸 도와주었고, 나는 음식을 내오면서 와이엇에게 먼저 먹어도 된다고 말했다. 우리는 몇 분간 조용히 식사했고 접시에 포크 부딪치는 소리만 울렸다. 나는 와이엇에게 학교생활은 어떤지 물었다.

"재밌어요." 그는 나를 쳐다보지도 않고 대답했다. 비꼬는 건가 헷갈렸다.

"정말? 특이하네. 학교가 재밌다니. 지금 몇 학년이니?"

"9학년이요."

"친구들은 많아?"

그제야 와이엇은 고개를 들었고, 나는 그의 얼굴에서 어떤 변화를 보았다. 내가 적극적으로 말을 건 덕분인지, 아니면 다른 누군가를 생각했는지, 아무튼 그는 살짝 미소를 지으며 포

크를 내려놓았다. 어니스트도 포크를 내려놓았다. 어니스트
의 표정을 보았는데 오래도록 보지 못했던 얼굴을 하고 있었
다. 당혹스러움과 놀라움이 어린 얼굴이었다.

"저는 사람들이 좋아요." 와이엇의 목소리는 왠지 딴사람
같았다. "학교에서 연극부를 하거든요. 연기하는 게 좋아요.
연극부 선생님이 성격이 정말 좋아요. 오토바이를 타고 다니
고요. 저도 언젠가는 오토바이를 사고 싶어요."

어니스트가 포크로 닭고기를 쿡 찔렀다. 혹시 와이엇이 오
토바이 얘기를 해서 뭐라고 하려나 생각했는데, 그는 와이엇
의 얘기를 듣고 있는 것 같지 않았다. "오토바이는 위험할 수
도 있어." 내가 와이엇에게 말했다. "우리 아들에게도 한동안
오토바이가 있었는데, 우린 그게 마음에 안 들었지. 운전할 때
가 되면 차를 마련하도록 해."

와이엇이 입술을 깨물었다. 내 말에 수긍하는 건지 무슨 생
각을 하는지 알 수는 없었지만, 그냥 조용히 있었다.

"와이엇이 성대모사를 할 줄 안다던데. 프랑스인 흉내를
낼 수 있대." 내가 어니스트에게 말했다.

"누구 흉내?" 어니스트가 물었다. "프랑스 남자라고? 너
성대모사를 할 줄 아니, 아들?"

와이엇이 접시 쪽으로 몸을 기울이더니 어니스트를 쳐다
봤다. "네, 할 줄 알지요, 무슈." 그가 프랑스 억양으로 대답했
다. "클루저 형사처럼 말할 수 있어요, 무슈. 아저씨는 뭐 잘하

시는 거 있으세요?"

어니스트가 닭고기 한 조각을 입으로 가져가면서 와이엇을 쳐다봤다. 나는 그의 표정 변화를 보았고, 혹시 레이-레이의 성대모사와 비슷하다고 생각한 건지 궁금했다.

"나는 전 세계를 여행했지." 어니스트가 말했다. "나는 타워디 같았어. 매 말이야. 독일도 가보고, 멕시코, 캐나다에도 갔어. 서부 해안도 갔다가 메인 주 뱅고어까지 갔어. 나는 삼십구 년에 태어났거든."

"멋진데요." 와이엇이 고개를 끄덕이며 말했다. "그때가 호시절이었죠. 라디오를 듣던 시절요. 당시 음악은 대단했죠, 안 그래요?"

어니스트가 어리둥절한 표정을 지었다.

"잠깐만요, 금방 다시 올게요, 괜찮죠?" 와이엇이 물었다.

그는 양해를 구하며 식탁에서 일어났고, 나는 접시들을 치웠다. 싱크대에서 접시들을 헹궈 식기세척기에 넣었다. 거실로 가보니 와이엇이 어니스트에게 음반들을 보여주고 있었다.

"제 친구들은 다 북유럽 데스 메탈을 좋아해요." 와이엇이 이야기하고 있었다. "완전 쓰레기예요, 요즘 음악들은. 저는 친구들한테 '너희들은 좋은 음악이 뭔지를 알아야 돼'라고 말해요."

"친구들이 뭐라고 하니?" 어니스트가 물었다.

"아무 말 안 해요. 그냥 뿌리를 기억하라고 걔들한테 말하죠. 머디 워터스 같은. 저는 빈티지 재즈가 좋아요. 빅 밴드도 좋고요. 블루스도 좋고."

어니스트가 주머니에서 양손을 뺐다. "그리고 시나트라도?"

와이엇이 뻐끔뻐끔 담배 피우는 흉내를 냈다. "그는 스윙 재즈를 하죠, 아부지. 스윙 재즈 중에서 제일 좋아해요."

그는 우리를 정말 좋아하는 듯 보였고, 편하게 말도 많이 해서 분위기를 즐겁게 해주었다.

"네 새들 옥스퍼드화 멋지구나." 어니스트가 그에게 말했다.

"선생님도 대전에 참전하셨나요?"

"대전?"

"2차 세계대전이요."

어니스트가 잠시 머뭇했다. "내가 삼십구 년에 태어났으니까, 너무 어렸지."

"베트남전쟁은요?"

"베트남? 아니, 그때 나는 유럽에 주둔했어."

"그때 얘기 좀 해주세요, 뭐든지 다 듣고 싶어요." 와이엇이 말했다.

나는 어니스트가 질문을 받을 때마다 모두 다 재빨리 기억해내 대답하는 모습에 깜짝 놀랐다. 물론 그 시절은 어니스트의 인생에서 아주 중요한 부분이었으니, 그리 놀랄 일이 아닌지도 모르겠으나 그래도 아주 오래전 일이었고, 그는 아주 드물게라도 그때 일을 더는 언급하지 않았었다. 희망이 솟아나는 기운이 들었다.

나는 두 사람이 옛날 영화—「리오 브라보」, 「39 계단」, 「에덴의 동쪽」—에 대해 얘기하는 걸 한동안 듣고 있었다. 그러다 둘은 음악에 관해 더 많은 얘기를 했다. 와이엇은 앨범을 가수 이름의 알파벳순으로 정리해뒀다고 하며, 사십오 년도 앨범도 있고 모두 다 음반 가게나 골동품 상점, 아니면 조부모에게 받았다고 말했다. 그는 우리에게 익숙한 엘라 피츠제럴드, 딘 마틴, 카운트 베이시 등의 이름들도 나열했으며 그 목록은 계속 이어졌다. 그가 옛 음반들에 집착하는 게 이상하다는 생각이 들었고 그걸 수집하고 우리한테 보여주는 게 왜 그리도 중요한지 의아했다.

"예전 히트곡들을 좋아하시네요, 차차차는 어때요?" 그가 어니스트에게 물었다. "좀 강력한 음악은요? 지저스 리자드 같은?"

"대체 그게 다 누구니?"

"랜시드? 스컹크 아난지는요?"

"뭐?"

"알았어요, 아저씨는 음악 취향이 부드러운 쪽이신가 보네요. 저한테 엘리엇 스미스가 있어요."

어니스트가 앨범 커버를 들여다보는 동안, 와이엇은 스프링노트를 펼쳐서 모든 음반 명을 가수 이름순으로, 연도별로, 상표별로 몇 시간을 들여 정리했을 목록을 보여주었고 옛 음반 수집가가 되고 싶다고 진지하게 말했다.

"이번에는 최고의 음반 여덟 개만 들고 왔어요." 와이엇이 말했다. "총 마흔세 개 음반이 있는데요. 나머지는 캔자스에 있는 고모 댁에서 보관 중이에요. 작년에 고모가 저를 댄스 강습에 등록해주셨어요. 사촌들이 보는 데서 고모와 찰스턴을 춰야 했어요. 스텝을 사각형으로 밟기만 하면 돼요."

어니스트가 웃음을 터뜨렸다. 그의 웃음소리를 듣는 게 몇 달 만에 처음이었다.

어니스트가 고개를 돌려 눈을 크게 뜨고 나를 쳐다봤다. "전축 돌아가지? 이것 좀 들어보자. 어때?"

그는 내게 딘 마틴의 앨범을 내밀었다. 몇 년 만에 나는 턴테이블을 열어 먼지를 후 불고 앨범 케이스에서 음반을 꺼내 턴테이블 위에 놓았다. 바늘을 음반 위에 얹자 수년간 듣지 못했던 긁히는 소리가 났다. 음악이 흐르기 시작했다.

우리는 잠시 동안 음악을 감상했다. 호른과 피아노 소리가 흘러나왔다. 오래전 이탈리아 레스토랑에 앉아 있던 때가 생각났다.

와이엇이 말했다. "저랑 함께 춤추시겠어요, 에코타 씨?"

어니스트가 도와달라는 듯 쳐다봤다. 나는 피식 웃었다.

"춤추자고? 지금?" 어니스트가 와이엇에게 물었다.

"네, 선생님."

"나는 늙었어, 아들."

"나이는 아무것도 아니에요. 저는 단지 선생님과 함께 춤 추고 싶을 뿐이에요."

"우리 둘 다 남자잖아."

"그게 뭐가 중요해요."

"나 몸도 안 좋아." 어니스트가 대꾸했다. "허리가 아파. 결 장이 파열된 거 같다니까."

와이엇이 나를 힐끗 쳐다보더니, 이내 음반을 훑어보며 정 리했고, 어니스트에게 보여준 다음 가방에 다시 넣었다. 와이 엇의 열의가 어니스트에게 최면을 걸어 눈을 떼지 못하게 한 건 아닐까, 하는 생각이 들었다.

잘 시간이 되었을 때, 나는 와이엇에게 양치하라고 말할 필 요도 없었다. 그는 준비해 온 칫솔과 치약을 욕실로 가져가 이 를 닦았다. 심지어 치실도 했다. 상체를 최대한 앞으로 내밀어 거울에 잇몸과 이를 비춰보며 입을 헹구고 가글까지 한 뒤 양 치 통에 다시 넣고 마무리했다.

"위생을 꼼꼼하게 챙기라고 배웠어요." 그가 말했다. "내 일은 일곱 시까지 일어나서 학교 갈 준비를 할 거예요."

"아침 식사를 준비해줄게." 내가 말했다.

그가 침실 문을 닫으려고 할 때 나는 잘 자라고 말해줬다. 그러고 잠시간 복도에 서서 방문에 귀를 댔다. 침대가 삐걱대 는 소리가 들렸다. 이불을 덮고 뒤척이는 소리였다. 그러고 나서 사뿐히 거실로 내려와 우리 침실로 갔다.

어니스트가 침대 옆 창문가에 서서 밖을 내다보고 있었다. 창문에 어둑하게 반사된 그의 모습을 보고 뭘 보냐고 물었지만 그는 대답이 없었다. 그가 계속 창밖을 내다보길래 나는 나이트가운을 입고 침대로 들어갔다.

"어니스트."라고 내가 부르자, 그는 창문에 두 손을 얹으며 기대었다. 뭔가를 본 듯 얼굴을 유리에 가까이 댔다.

"어니스트." 내가 다시 불렀다. "뭐가 있어?"

"우리 결혼할 때 모카신 몇 개가 있었는데, 기억해? 아버지가 돌아가시기 전에 내게 만들어주신 건데."

"그 모카신이 기억나?"

그가 창문을 향해 희미하게 미소 짓자 기적이 일어나는 듯한 감각이 내 안에 일었다. 무언가가 그의 기억을 건드렸다. 나는 너무 놀라서 숨을 내쉴 수도 없을 정도였다.

"그 친구 느낌이 좋아." 어니스트가 말했다. "그 친구 말이야, 와이엇. 그는 레이-레이야."

그 말은 날 당황하게 했다. 나는 일어나 앉아 그를 향해 말했다. "대체 무슨 소릴 하는 거야, 어니스트?"

"레이-레이가 맞아." 그는 여전히 창밖을 내다보며 대답했다. "녀석이 집에 왔어."

에드가

이른 아침 모텔방에서 나온 나는 안개 속을 걸어 어스름의 땅으로 가는 기차에 올랐다. 소녀의 목소리가 귀에 계속 맴돌았다. **집에 와, 에드가. 엄마 아빠가 보고 싶어 하셔, 에드가. 대체 너 뭐 하는 거야, 에드가.** 하지만 나는 집에 가지 않을 거다, 적어도 지금은. 가족이 내 걱정을 하는 게 싫지만 만약 내가 전화를 걸면 걱정할 거 같다. 중독 치료 센터에 왜 안 갔냐며 날 괴롭히겠지. 그러고는 다시 날 찾아온다고 겁을 줄 것이다. 그렇게 되는 건 원치 않는다. 나는 모든 걸 다 스스로 처리할 수 있다고 생각했다. 가족이 날 부끄러워하지 않고 자랑스러워하길 바라면서 일자리를 찾아 잘 지내는 모습을 보여주려고 했다. 아마도 모닥불 모임에는 가지 않을 듯하다. 아니면 갈 수도 있고. 내가 아는 거라곤 한동안은 앨버커키를 떠나야만 한다는 사실이었다.

기차에서 본 사람들은 모두 죽은 듯했다. 하지만 그들은 다 자고 있을 뿐이었다. 몸이 축 늘어져서 입을 헤벌리고 있었다. 바깥 세계가 빠르게 스쳤다. 안개 말고는 보이는 게 없었다. 유리창에 내 모습이 뿌옇게 비쳤다. 나는 그 차가운 유리에 기대어 자려고 했다. 몇 줄 앞에 앉은 한 사내가 자리에서 벌떡 일어났다. 척추가 완전 굽어 있었는데, 목을 숙이고 길게 빼더니 나를 향해 고개를 뒤로 돌렸다. 그의 눈은 툭 불거져 나온 채였고 머리 옆쪽에서 피가 뚝뚝 떨어졌다. "이 고통, 이 괴로움!" 그는 입에서 티끌과 연기가 나오도록 콜록거리며 외쳤다.

다른 사내는 아내처럼 보이는 여자와 내 맞은편 좌석에 앉아 있었다. 잠든 사내 얼굴에 모기들이 앉았다. 바로 그때 사내가 깨어나 모기들을 찰싹 때리고 손수건으로 코를 풀었다. "몸이 안 좋아." 그가 제 아내에게 말했다.

"당신 창백해요, 핏기가 없고요. 얼굴이 푸석하고 죽어 있어요." 아내가 말했다.

"몸이 안 좋아." 그는 계속 같은 말을 했다.

어찌나 납빛처럼 창백하고 아픔에 절었던지, 그가 대체 몇 살 정도나 먹었을지 나이를 가늠할 수가 없었다. 정류장에 도착할 무렵, 나 역시도 몸이 좋지 않았다. 여행 중 어느 시점부터는 오른쪽 관자놀이가 아파왔다. 기차를 오래 탈수록 몸이 안 좋아졌다. 입에서는 커피 맛이 돌았다. 나는 다른 이들이 짐을 챙겨 내리기까지 가만히 앉아 기다렸다. 나도 내 가방을 챙겨 어깨에 걸치고 기차에서 내렸다.

역에 도착해 래에게 전화를 걸려던 시도는 물거품이 되었다. 폰에 신호가 잡히지 않았다. 역은 텅 비어 어둑했고 창문들도 다 닫힌 채 오직 관리인만 바닥을 쓸고 있었다. 머리 위로는 조명이 웽 소리를 내며 깜빡거렸다. 역 입구를 향하는데 놀랍게도 어릴 적 친구였던 잭슨이 거기에 있었다. 그는 숱이 별로 없는 금발에 돋보기안경을 쓰고 있었다. 그가 눈을 찡그리며 나를 쳐다보길래, 혹시 나를 알아보았는지 궁금해 잠시 말없이 서 있었다.

"에드가." 그가 나를 불렀다. 그는 학교 다닐 때 인사를 건네던 자세로 나를 가리켰다. 나는 그에게 다가갔고, 우리는 악수를 했다.

"여기서 뭐 해?" 그가 물었다.

"나도 몰라." 내가 대답하자 그가 웃었다.

"모른다고? 좋아, 마침내 고향 사람이 여기에 왔군."

"기차에 올라탔어. 앨버커키에 있었는데 벗어나야만 했어. 몰라. 나는 떠났고, 이제 여기에 있네."

"너 달라 보인다, 추장. 우리가 널 추장이라고 불렀잖아, 기억나? 이제는 모두 탈바꿈했지, 그럴 거야. 우리 외모는 변하잖아, 안 그래?"

"내 머리가 많이 길었어. 네가 마지막으로 날 봤을 때보다 말이야." 내가 대꾸했다.

"머리는 항상 길었지, 추장. 나는 아마 이 음울한 공기 때문에 좀 아파 보일 거야. 여기는 해가 뜨질 않거든."

그는 자기 집으로 가자고 했다. 나는 알겠다고 하고 그의 차가 세워진 곳으로 걸어갔다. 썩은 음식 냄새와 담배 연기가 밴 낡은 차였다.

고등학교 때 알던 잭슨은 학교에 잘 적응하지 못한 녀석이었다. 아마 우리 둘 다 비슷했겠지. 한동안은 둘이 함께 농구를 하곤 했다. 그는 점프를 잘 못 해서 벤치에 앉아 있곤 했다. 9학년 때 나는 또래 중에 키가 거의 제일 컸고 골대에 손이 닿을 정도였다. 페이드어웨이숏도 했고 베이스라인 숏도 안정적으로 했다. 그런데 그 이듬해 경기를 하다 어깨를 다치는 바람에 완전히 관두었다. 사람들은 나더러 농구나 미식축구로 대학에 장학금을 받고 갈 수도 있었다고 말했다. 어깨를 다치기 전까지는 미식축구 경기에서 코너백 수비를 훌륭하게 해 냈으니까. 그때 코치가 백인이었는데, 나를 짐 소프Jim Thorpe*와 비교했다. "너는 심지어 생긴 것도 닮았어."라고 말하곤 했다. 나는 한 경기당 세 번씩이나 공을 가로챈 적도 있는 선수였는데, 사람들이 계속해보라고 많이들 격려해주었음에도 부상 때문에 모든 스포츠를 그만둬야 했다.

"내가 학교에 22구경 권총을 가져가서 정학당한 거 기억

---

* 미국의 육상 선수이자, 미식축구, 야구 선수였다. 오클라호마 출신으로 아버지의 아일랜드와 사크-폭스 원주민 혈통, 어머니의 프랑스와 포타와토미족의 혈통을 이어받았다.

나?" 잭슨이 운전 중에 내게 물었다.

"누가 학교에 총을 가져오냐? 존나 미친놈이네."

잭슨은 여전히 그때 일을 자랑스럽게 여겼다. 나는 항상 그가 범죄에 미쳐 있다고 생각했지만, 다른 애들은 그를 천재라고 불렀다.

차에서 그는 내가 그동안 어떻게 지냈는지 듣고 싶어 했다. 나는 래 이야기를 들려주면서 헤어지게 생겼다고 말했다. "래가 나를 집에서 내쫓을지 어쩔지는 나도 모르겠어."

"너는 여기 있잖아, 추장."

"그렇긴 하지."

"널 위한 일자리가 하나 있어. 너 사크-폭스족이지, 맞지?"

"체로키."

"난 네가 사크-폭스족인 줄 알았는데, 짐 소프처럼 말이야. 크게 다를 게 있나?"

나는 그가 무슨 의미로 하는 말인지 몰라 그를 쳐다봤다.

"우리가 그걸 잘해낼 수 있을 거야. 내 말은, 우리가 어떤 소프트웨어를 개발 중인데 네가 도와줄 수 있다는 거지. 스포츠 게임이거든."

잭슨은 도로 위에 있던 뭔가를 피하려고 핸들을 홱 꺾어 방향을 틀었다. 갑작스레 방향을 트는 바람에 나는 간신히 대시보드를 잡고 버텼다. "씨발." 하고 그가 말했다.

"뭐였어?" 내가 물었다.

"늑대 같았는데. 아님 살쾡이였나."

나는 갑작스레 두려움에 휩싸였다. 지금 내가 어디에 있는 거지? 우리는 차들이 거의 없는 도로를 달렸다. 온통 회청색 세상에 희뿌연 안개가 피어 있었다. 겨울이 아니었는데 이파리도 없는 헐벗은 나무들이 도로 양쪽으로 늘어서 있었다. 차를 달리며 지나친 집들은 모두 오래된 목재 건물로 현관 앞마당에는 단풍나무와 참나무 들이 서 있었다. 그때 표지판 하나가 보였다. '대기질 주의'

"우리 어디야?" 내가 물었다.

"어스름의 땅이지."

"뭔 소리야. 이 동네 이름이 뭐냐고."

"이름이 어스름의 땅이라니까." 그가 재차 말했다. "걱정하지 마. 걱정 돼? 병원에 가야겠어, 추장?"

"뭔 소리 하는 거야?"

"여기 병원들은 다 망했어. 사람들은 숨을 잘 못 쉬어. 기침하고 병을 앓고 있지. 나는 부러진 갈비뼈를 붙이려고 엄청나게 고통스러운 수술을 여섯 번이나 했어. 의사들이 진통제도 거의 안 줘. 모르핀이나 펜타닐 같은 좋은 약을 먹고 싶었는데. 의사들은 결국 내가 보는 데서 그 부러진 갈비뼈를 제거해 버렸어."

나는 그를 쳐다봤다.

"공공화장실에서 칼에 찔렸었거든. 자세한 건 말 안 할게.

공원에 있는 화장실이었는데, 어떤 새끼가 섹스 하러 들어온 줄 알았는데 칼로 찌르고 돈을 털어 갔어. 그놈 알고 보니 스킨헤드였어."

"너네 집에 진통제 있어?" 내가 물었다.

"있길 바라야지."

그는 한 손으로 운전대를 잡고 다른 한 손으로 셔츠를 들어 올려 내게 보여줬다. 그의 옆구리에 흉터 자국이 여러 개 있었다. 그 사건에 관해선 더는 얘기하고 싶지 않은지 재빨리 화제를 돌렸다. "여기 사람들은 기이한 방식으로 오락을 즐겨. 마을 주변에서 모든 종류의 게임을 하거든. 게임용 콘솔로는 더는 만족을 못 해. 그런데 현실 게임에서는 뭐가 실제고 뭐가 가상인지 잘 몰라. 아이들은 하루에 열두 시간, 열다섯 시간이나 게임을 하면서 보내. 어른들도 마찬가지고."

"뭔 소리야, 현실 게임이라니?"

"새로운 게임들은 증강 현실 게임이야. 우리가 지금 개발하는 게임도 바로 그거야. 홀로그램이랑 이미지들, 진짜와 가짜, 구성과 혼돈. 네가 큰 도움이 될 거 같아, 특히 스포츠 게임에 말이야."

"씨발 근데 우리 어디냐니까?" 나는 재차 물었고, 그것은 잭슨을 향한 질문이라기보다는 나 자신을 향한 질문이었다. 입에서 쇠 맛이 났다. 여전히 구역질이 올라왔고 도로는 울퉁불퉁한 데다 온통 움푹 패어서 차가 계속해서 덜컹거렸다.

"이미지들로 기분 전환을 하는 거지." 잭슨은 설명을 이어 갔다. "사람들은 현실 게임에서 상호작용이 더 많다고 느끼거든. 게임이 사람들을 집에서 나오게 하고 사회에서 의사소통하게 만들어. 대학생들이 많이 하던 그 좀비 캠퍼스 게임 기억나지?"

"아니."

"좀비인 학생도 있고 인간인 학생도 있어서 돌아다니면서 서로를 쏘는 게임이잖아. 여기서 하는 게임도 마찬가진데, 더 많은 사람이 어디서든 할 수 있어. 우리도 거기에 익숙해져야 해. 달리 할 수 있는 게 없거든, 추장."

나는 그가 말하는 모든 것에 의구심이 일었다. 그가 병적인 거짓말쟁이가 된 건지, 아니면 나를 편집증 환자로 만들려는 건지, 어느 쪽이든 간에 그에겐 뭔가 이상한 구석이 있었다.

그가 나를 쳐다보더니 라디오를 켰는데 음악은 나오지 않았다. 잡음, 오직 잡음 소리만 흘러나왔다.

이십 분쯤 더 가서 우리는 그가 사는 곳에 차를 댔다. 조그만 벽돌집에 현관이 있고 노란 현관 조명이 깜빡였다. 마당엔 잔디가 무성하고 한쪽에는 잡초들이 자라나 습기인지 비가 내려서 그런지 축축하게 젖어 있었다. 트렁크에서 내 가방을 꺼내는데 눅눅한 습기가 느껴졌다.

그 순간 나는 오래 머물면 안 되겠다고 마음을 먹었다. 마치

108

내가 어떤 대안 세계 속에 들어온 기분이었다. 예전에 집에 케이블 텔레비전이 없을 때 아빠가 보곤 했던 흑백 공포 영화가 떠올랐다. 여기 마당은 색이 바래고 모든 게 비틀린 것이, 알 수 없는 움직임이 흐릿하게 일었다. 마당에 있는 아주 오래된 나무의 갈라진 나무껍질은 죽은 이들의 얼굴과 닮아 있었다. 나무껍질 위로는 온갖 벌레들이 기어 다녔다. 벌레들은 더듬이를 씰룩대며 지이잉거렸다.

나는 잭슨을 따라 다 썩어가는 그의 집으로 들어가 마실 물을 달라고 했다. 거실은 뜨뜻하고 텅 빈 데다 벽에는 탱크와 항공기가 그려진 그림 몇 점이 걸려 있었고, 텔레비전과 선반 위 모형 비행기들이 놓여 있었다. 부엌 식탁 위에는 조립되기 전의 모형 조각들이 올려져 있었다. 잭슨이 지나가며 그것을 가리켰다. 그는 홀로그램 관련 작업을 위해 모형 비행기를 제작하고 다른 프로젝트를 진행 중이라고 말했다.

그는 집 뒤쪽으로 더 들어가 내 방을 보여줬다. 싱글 침대와 작은 텔레비전, 뒷마당이 보이는 창문이 하나 나 있었다. 탁상 선풍기가 조용하게 웅웅 돌아갔다. 나는 침대에 가방을 내려놓고 드러누웠다.

"물 가지고 다시 올게." 잭슨이 말했다.

신발을 벗어 던진 나는 두 눈을 감았다. 눈을 뜨자 그가 어느새 물 잔을 들고 내 옆에 서 있었다.

"네가 여기 와서 기뻐." 그가 말했다. 그가 침대 끄트머리에 걸터앉았다. "온통 공허함과 고립감이 여길 무력하게 만들거든. 말을 할 사람이 없어서 속이 텅 빈 것 같아. 이 장소가 즐거움을 빼앗아 가버리지. 매일매일이 회색이야, 일요일처럼. 너도 그 노래 알지. 그래도 곧 익숙해질 거야."

나는 그가 대체 무슨 소릴 하는 건지 알 수 없었다.

"내 말은, 서글픈 기분에 익숙해질 거란 의미야. 시내의 리갈 카페에 있는 다 찢어진 천막 아래서 커피를 마시면서 사람들을 만나보려 한 적이 있는데, 그 누구도 나랑 말하려고 하지 않았어. 어느 밤에는 새벽 세 시에 거기 앉아 있었는데, 한 남자랑 여자가 내 맞은편에 앉아서 자꾸만 귓속말을 하더라고. 그때 냅킨 통에 비친 내 모습을 봤는데 내가 존나게 애처로워 보이더라. 잠을 못 자서 눈은 벌겋고, 면도도 안 해가지고 꼭 아픈 사람처럼 말이야. 모두가 다 내 쪽을 쳐다봤어. 카운터 쪽에 앉아 있던 어느 공사장 인부도 나랑 눈이 마주치니까 고개를 저으면서 시선을 피하고. 정말 끔찍했어."

나는 대꾸하지 않았다. 그는 코를 심하게 훌쩍거리다가 숨을 깊이 들이쉬었다.

"말하자면 예전에는 그랬단 거지. 어릴 적부터 나는 내 얼굴이 싫었어. 우리 삼촌 기억하지? 날 키워줬던 사람. 그는 항상 내 얼굴에 대해서 바보 같은 소릴 했었지."

나는 기억나지 않았지만 그냥 고개를 끄덕이며 물을 한 모금 더 마셨다.

"삼촌은 밤만 되면 그 멍청한 나무 흔들의자에 앉아서 술을 마시고 담배를 피웠어. 안경을 쓰고는 혼자 뭐라고 중얼댔지. 밤이면 침대 위에서 삼촌이 씨발 내 옆에서 곰처럼 코를 골면서 자는 틈에 어떻게 탈출할까 고민하던 기억이 나. 삼촌은 꽤 자주 발작을 일으켰는데, 그가 침대에서 살인을 당한 채 발견돼서 다행이야."

말을 마친 그가 사과했다. 잭슨에겐 아침에 눈을 뜨자마자 누군가 말을 할 사람이 간절히 필요했다는 생각이 들었다. 그는 화제를 바꿔 제 인생 이야기를 들려주기 시작했다. 옛 여친 이야기, 돈과 다른 애인 때문에 싸운 이야기. 나는 그 모든 기이한 이야기를 들었다. 대꾸는 거의 하지 않으면서 그가 말하는 걸 듣고 있다는 걸 확인시켜주려고 고개를 끄덕일 뿐이었다. 그는 아픈 기억으로 마음이 어지러운 듯 나를 지나쳐 어딘가를 응시했다. 그는 점점 사람들에게 지쳐서 파티와 약물을 시작했다고 말했다.

"너 아직도 농구 해?" 내가 화제를 다른 데로 돌리려고 물었다.

"몸이 너무 안 좋아. 거기다가 난 농구를 그렇게 좋아하지 않았어. 너야말로 한동안은 대단한 선수였지. 짐 소프에 버금갈 정도로 말이야. 심지어 생긴 것도 비슷했잖아. 아직도 비슷해."

"나는 흥미를 잃은 거 같아."

"그것 참 안됐네. 그때 내가 존나게 큰 메비 센터에서 벤치에 앉아 있다가 준결승 경기에 나갔었잖아, 베이스라인에서 에어볼을 성공시켰지. 레이업 숏도 그리워. 왼쪽으로 트는 것처럼 속여서 에어볼로 훅슛도 했었는데."

침묵이 흘렀다.

"짐 소프 얘기가 나와서 말인데, 내가 요즘 만드는 소프트웨어에 대해서 너한테 해야 할 얘기가 있어. 이건 게임 개발이야. 스포츠 게임이고, 엄청 단순해. 요즘엔 누구나 스포츠 게임을 좋아해. 이 게임에서는 플레이어가 짐 소프랑 경기를 할수가 있어. 그에게 도전해서 일대일로 농구 대결을 하고, 야구에선 본루를 밟고, 미식축구에선 태클을 걸고 공을 던지는 거지. 이 게임 이름은 **소프 3D**야." 그는 프로젝터처럼 생긴 기기로 짐 소프의 홀로그램을 쏜다는 둥 엄청나게 길게 설명을 했다. 듣자 하니 홀로그램과는 온전한 대화도 가능하다 했다. 잭슨은 온라인에서 찾은 어떤 사진으로도 새로운 홀로그램을 만들 수 있어서 가능성이 끝도 없다고 했다.

"홀로그램이라." 내가 말했다.

"그래, 기본적으로 레이저에서 나온 고주파 광선이라고 보면 돼. 이미지들이 너한테 말도 하고 네 말도 듣는 거지. 우리는 지금 음성 구동 소프트웨어 작업 중이야. 곧 보여줄게. 지하에 내려가면 있거든. 이미지가 놀라울 정도로 진짜 같아. 같이 농구도 하고, 미식축구도 할 수 있는 거야."

"그런데 만질 수는 없고?"

"피부가 레이저에 닿으면 화상을 입어서 그게 문제야. 내 친구 하나가 홀로그램의 목을 조르려다가 얼굴에 화상을 입었어. 연방 소년원에서 교도관으로 일하다가 퇴직한 친군데, 아무튼, 지금은 다른 인디언들의 홀로그램도 만들고 있어. 네 도움이 필요할지도. 짐 소프와 삼대삼이 되면 다른 아바타가 필요하거든. 네 특징을 자세히 봐야 해."

"다른 인디언들이 필요하구나. 그래서 내 도움이 필요했던 거야? 내가 원주민이라서?"

"그렇다고 할 수 있지." 그는 웃으면서 가래 섞인 기침을 내뱉었다.

그날 밤 나는 잠들지 못했다. 너무 후덥지근한 게 내가 대체 어디에 있는 건지 모호했다. 폰은 있었는데 위치 등록이 되질 않았다. 명상에 잠겨 어떤 평화로운 생각에 집중하려 했다. 땅거미 지는 너른 들판, 바다, 구름 한 점 없는 하늘 같은 것들. 내겐 평온이 절실했다. 래나 가족 생각은 안 하고 싶었다. 아무것도 생각하기가 싫었다. 복도 욕실로 들어가서 문을 닫고 잠갔다. 거울은 얼룩져 있었다. 수도꼭지를 틀자 녹물이 후두두 튀었고 수도관에서는 꾸르륵 소리가 났다. 손바닥의 뭉툭한 부분으로 수도꼭지를 몇 번 두드려봐도 수도관에서는 꿀렁이는 소리만 날 뿐이었다. 옅은 녹색의 욕실 벽은 얼룩덜룩했다. 내가 망상에 사로잡힌 게 분명했다. 하지만 낯선 집에 처음 가면 원래 늘 불안했으니까.

침실로 돌아갔는데 밖에서 개가 짖는 소리가 들려 창밖을 내다봤다. 안개가 자욱한 바깥에서 사냥개들이 쓰레기 더미를 쑤셔대며 뒤지고 있었다. 사냥개 중 한 마리가 입에다 조그만 동물을 물고 내달았다. 다른 개들은 서로를 향해 으르렁거리고 짖어대며 싸웠고, 눈빛은 짙은 어둠 속에서 노랗게 보였다. 그때 붉은 새가 고개를 꼿꼿이 세우고 사냥개 바로 옆으로 지나갔다. 어떻게 여기까지 따라왔지? 그 새는 땅을 쪼며 느리게 지나갔다. 창틀 사이로 바람이 신음했다. 바깥으로 나뭇가지들이 축 늘어진 시커먼 나무들이 보였다. 까만 독수리들은 달빛이 퍼진 밤하늘을 날아다녔다.

소냐

9월 2일

　레이-레이가 아직 살아 있을 적에, 우리는 여름만 되면 자전거를 타고 강에 가서 헤엄을 치곤 했다. 우리는 물속에서 첨벙거리거나 물싸움을 하며 놀았다. 나는 레이-레이보다 한 학년 위였다. 우리는 아주 사이가 좋았고, 그는 남동생이라서 그런지 굉장히 나를 보호하려 들었다. 한번은 동생 학교에 다니는 한 무리의 남자애들이 우리가 얕은 물에서 수영하고 있는데 나타났다. 그들 중 몇 명이 동생더러 누나 예쁘네, 어쩌고 하면서 놀리기 시작했다.

　"야, 저 빵빵한 엉덩이 좀 봐. 레이-레이! 너네 누나 쉽냐?"

　"닥쳐, 씨발아. 우리 누나는 너 같은 새끼들이랑 말도 안 섞으니까." 동생이 소리쳤다.

　"게이 새끼가." 그중 하나가 대꾸했다.

　나는 적어도 처음엔 별로 기분 나쁘다고 생각하지 않았는데, 레이-레이가 결국엔 열이 받아서 그중 하나랑 싸움이 붙었다. 나는 다른 애들이 싸움을 뜯어말릴 때까지 계속 보고만 있었다.

"쟤들 진짜 싫어." 나중에 레이-레이는 내게 이렇게 말했지만 왜 싫은지는 말하지 않았다. 단지 개들이 괴롭혀서 싫은가 보다 생각했다. 나는 동생만큼 활발하지 않았다. 내성적이고 고등학교에서는 거의 항상 조용해서, 다른 애들은 내가 인기가 없다고 생각했다. 아마 내가 너무 조용하고 인기가 없어서 동생이 짜증 났을 수도 있다. 이유를 알고 싶다. 우리 가족은 사교적이지 않았다. 아빠는 내게 다른 사람들이 생각하고 싶은 대로 생각하게 놔두라며 위로했다. 나쁜 사람들은 그냥 나쁜 사람이게 두라고, 그렇게 말했다.

빈을 만난 다음 날, 그가 내게 전화했다. 하지만 나는 음성사서함으로 넘어가도록 그냥 두었다. 그는 계속 내 생각을 했으며, 괜찮다면 콰의 시내에 있는 로스티드 빈에서 커피 한 잔마실 생각 없냐는 메시지를 남겼다. 그때가 정오였다. 나는 한시간쯤 기다렸다가 그에게 전화를 걸었다. 사실은 그렇지 않지만 내가 꽤 바쁘며, 그의 전화를 기다리면서 폰을 자주 확인한다는 인상을 주고 싶지 않아서였다. 전화를 받은 그는 루카가 학교에 간 동안 커피나 한잔하자며, 혹시 너무 바쁜 건 아닌지 내게 물었다. 그래서 나는 한 시간 뒤 로스티드 빈 카페에서 만나자고 했다.

그를 만났을 때 나는 기분 좋은 것처럼 행동했다. 그는 나를 보자마자 조금 "두서없이" 행동한 데 대해 사과한다고 말했다. 아닌가, "연락 없이"라고 했었나, 아니면 "곁에 없이"라고 했던가. 그는 비를 흠뻑 맞고 알레르기가 올라와서 베나드릴[항히스타민제의 일종]을 먹었다고 말했다. 그러면서 나에게 차이 티를 시켜주고 자신은 모카 라떼를 시켰다. 굳이 내 것까지 다 주문하는 게 좀 이상하게 느껴졌다.

"우리 아빠가 몹시 아프셔." 그가 말했다.

"이런, 정말? 얼마나 아프신데?" 내 신경이 날카로워졌다.

"항암 중이셔. 폐암인데, 집에서 호스피스 치료 중이야. 아빠가 그 모든 과정을 다 겪는 걸 지켜보는 게 정말 슬퍼."

"아버지랑 사이가 좋은가 보네?" 내가 물었다.

"예전보다 지금 더 가까워졌어. 퇴직하고 쭉 혼자 지내셨거든. 저기 시내 북부 숲 근처에 사셔."

"시내엔 자주 안 오시겠다, 그치?"

"안 오시지, 그건 왜?"

"네가 생각하는 거보다 난 너희 가족에 대해 더 많이 알고 있거든." 그는 어리둥절한 표정으로 나를 쳐다봤고, 그래서 그냥 웃어넘기며 농담이라고 말했다.

"항암 치료가 도움이 되긴 해?" 나는 컵에다 대고 조용히 물었다. "결국엔 사람을 서서히 죽여가는 거 아닌가?"

"치료마다 다르지."

"그렇겠지. 난 체로키족인데, 너도 알다시피 우리는 영원히 살아."

"난 네가 히스패닉계인 줄 알았네. 내 말은, 네가 뭔가 그런 거긴 한데, 그게 뭔지, 확실하겐 몰랐던 거지."

"나는 뭔가야." 내가 말했다.

그는 이상하게 웃었고, 나는 그에게서 내가 좋아하지 않는 어떤 면을 느꼈다. 왜 그런 식으로 말을 했을까. **뭔가라니.** 우리는 인도를 걸어 대학교 상품들을 파는 조그만 상점들을 지나고, 타투숍과 꽃집 그리고 아빠가 좋아했던 태국 음식점을 지났다. 길을 건널 때 나는 그의 팔짱을 꼈고 걸어가는 동안 그의 활력을 느꼈다. 우리는 머스코지 애비뉴와 쇼니 스트리트가 만나는 사거리를 걸어 골목을 산책하다 모건 베이커리 뒤쪽의 쓰레기통을 지나 빈이 자주 연주하는 클럽 뒷문에 다다랐다. 거기 도착하자 그가 나를 빨간 벽돌 건물 벽으로 밀치더니 냅다 키스를 했다. 나는 그를 껴안고 손가락으로 그의 머리카락을 쓸어 넘겼다. 내가 그에게 몸을 기대자 그의 손이 내 온몸을 더듬었다. 우리는 얼마 동안 키스를 했다. 나는 손을 내려 그의 것이 딱딱해졌는지 보았고, 그걸 잡으면서 여기 이 자리에서 하고 싶다고 말했다. 그러자 그는 자기 집으로 가서 하자고 했다.

"나는 **여기서** 하고 싶어." 내가 말했다. 바로 여기 이 골목에서 하자고 말이다. 그는 어쩐지 과격하게 몸을 빼더니 여긴 안

전하지 않다고, 골목에는 늘 사람들이 지나다닌다고 말했다.

나는 그의 말을 비웃었다.

"내 말이 웃겨? 여기서 할 순 없잖아, 사람들이 다 보는데."

"그래서 사람들이 보면? 누군가는 우리를 보다가 자리를 뜨고, 아니면 사진을 찍어서 인터넷에 올리겠지. 그게 무슨 상관인데?"

나는 가방을 뒤져 담배 한 개비를 꺼내며 그를 쳐다봤다.

"그냥 우리 집으로 가자." 그가 다시금 말했다.

그의 차는 로스티드 빈 카페 앞길에 주차되어 있었다. 그쪽으로 다시 돌아갈 때 나는 그의 팔짱을 끼지 않았다. 나는 무슨 일이 일어난 건지, 그는 왜 그리 갑자기 긴장하는지, 혹시 이것이 우리 사이에 어떤 묘한 변화를 가져온 완전히 다른 무언가였는지 의아했다. 그는 나를 태우고 자기 집으로 가서 집 앞에 주차했다. 거기서는 뒷마당 철 담장과 뒤 테라스에 놓인 접이식 의자와 테이블이 보였다. 도서관에서 볼 땐 보이지 않던 쪽이었다. 바깥 어딘가 근처 같은데, 환한 대낮에 올빼미 우는 소리가 들렸다. 나는 빈에게 방금 올빼미 소리 들었냐고 물었지만 그는 듣지 않았다고 했다. 우리는 뒤 테라스에 서서 또 소리가 들리는지 기다렸고 올빼미는 다시 울지 않았다. 빈은 올빼미 소리가 확실하냐고 물었다. 아마도 저 멀리서 자동차가 경적을 울리는 소리일 거라고 그는 말했다. 그게 아니면 아마 다른 새거나 살쾡이 소리일 거라고. 하지만 나는 올빼미

소리를 들으면 딱 안다고 그에게 말했다. 올빼미들은 나쁜 소식을 가져온다고 아빠가 얘기해줘서인지 걱정이 되었다. 아빠는 내게 체로키족 옛이야기를 자주 들려주었는데, 죽은 이들이 올빼미가 되어 사람들에게 나쁜 징후를 전해준다고 했다. 빈에게 그 얘기를 했더니 그는 미신 이야기들은 굉장히 매혹적이라고 말했다. 그가 내 얘기를 진지하게 여기지 않는다는 걸 알 수 있었다.

"올빼미들에 관해서는 할 얘기가 아주 많아." 그가 잠긴 문을 여는 동안 내가 말했지만 그는 아무런 대꾸도 하지 않았다.

우리는 부엌으로 연결된 뒷문으로 들어갔고 나는 그를 따라 거실로 갔다. 모던하게 꾸며진 거실에는 텔레비전이 있고 모퉁이에 스테레오가 있었으며 벽과 벽난로 선반 위에는 추상화들이 걸리거나 놓여 있었다. 붉은색 소파와 리클라이너, 그 앞에는 커피 테이블이 놓여 있었다. 오래된 원목 마루 위에는 레고와 로봇 같은 여러 장난감이 널브러져 있었다. 빈이 다른 방으로 가서 마리화나가 든 봉투를 가져오는 동안 나는 소파에 앉아 기다렸다. 그는 커피 테이블 위에서 마리화나 담배를 조심스레 말아서 마리화나를 잘 털어 넣은 다음 한쪽을 막았다. 거기다 라이터로 불을 붙이고는 내게 넘겨줬고, 우리는 그걸 피웠다. 두 칸의 선반은 레코드 음반으로 가득 채워져 있었고, 장르별로 나누고 밴드 이름 알파벳순으로 잘 정리된 상태였다. 그는 내가 잘 모르는 팔십 년대 음악과 밴드들을 좋아

120

했다. 스플릿 엔즈, 바우 와우 와우, 보위 같은.

"진짜 록을 들어보는 게 어때?"내가 물었다.

"듣고 있는데. 근데 나는 뉴웨이브 밴드들도 좋아. 너 모리세이 좋아해?"

"넌 좀 여자애 같아."라고 내가 말하자 그는 짜증 난 얼굴을 했다. 나는 음반 재킷을 훑으며 내게 설명해주는 그를 가만히 쳐다봤다. 앨범마다 노래마다 각기 다른 사연이 녹아 있다고 했다. 그는 6학년 때 처음 여학생과 함께 춤을 춘 이야기를 해주었고, 그 외의 첫 경험들을 들려주었다. 첫 번째 키스, 첫 번째 섹스, 첫 번째 음주, 첫 번째 환각, 첫 번째 대학 파티. 앨범마다 특별한 추억이 담겨 있었다. 그의 전 생애가 음반들이 꽂힌 선반 위에 다 보관되어 있었다. 그렇게 집착하는 모습이 재밌기도 했고 약간 사랑스럽기도 했다.

저녁 일곱 시 무렵 우리는 뒷문으로 나가 테라스에 앉았다. 와인을 나눠 마시며 그는 내게 자신이 하는 음악 이야기를 들려주었다. 그는 나에 대해서는 많이 묻지 않았고 자기 자신과 활동하는 밴드, 그리고 자기가 진지하게 음악을 한다는 점을 알리는 데 더 집중했다. 나는 와인 잔에다 대고 하품을 하며 몽롱한 상태로 그의 얘길 듣는 데 충분히 시간을 썼고, 이제 그를 데리고 침실로 가고 싶었다. 우리는 말이 없었고, 나는 그의 길고 무신경하고 면도하지 않은 얼굴을 유심히 관찰했다. 그의 코는 가늘고 두 눈은 초롱초롱한 게 새까맸다. 그도 나를 쳐다봤는데, 내가 몽롱한 상태여서 그런지 그 표정이 시무룩하고 오만해 보였다. 그러다 돌연히, 그는 내게서 시선을 거두고 부엌 쪽을 쳐다봤다.

루카가 와 있었다. 집 안의 조명 아래서 밖에 앉은 우리를 망사문을 통해 쳐다보고 있었다. 나는 루카가 제 엄마한테 가 있다고 생각했었다. 그도 그럴 것이 우리가 집에 온 지 몇 시간이 지나도록 빈이 루카 얘기를 꺼내지도 않았으니까. 나는 담배에 불을 붙이고 의자를 돌려 루카가 더 잘 보이도록 앉았다. 그는 한 손에 장난감을 쥔 채 제 다리를 툭툭 치며 나를 쳐다보았다. 얼마간 우리가 한 건 그게 다였다. 서로 쳐다보고 있기. 하지만 그때 내가 몽롱한 상태여서 얼마 동안 그러고 있었는지는 모르겠다. 루카는 헝클어진 머리에도 어린애처럼 귀여웠다. 그가 장난감을 얼굴에 갖다 댔는데, 다시 보니 그 장난감은 쌍안경이었다. 루카는 그걸 눈에 대고 가만히 들여다보았다.

"나는 네가 보이는데." 내가 말했다.

루카가 문을 열더니 밖으로 나와 천천히, 조심스럽게 우리 가까이 왔다. 눈에 쌍안경을 대고 입을 벌리고 있었는데, 입 안의 조그맣고 하얀 치아와 입술 아래로 작은 턱이 보였다. 그의 피부는 올리브 빛깔이었고 팔꿈치는 건조하고 하얬다. 그러다 쌍안경을 내리고 나를 봤을 때 나는 그의 묘한 눈빛에서 뭔가 신비로운 걸 보았다. 슬픔을 넘어선, 외로움보다 깊은, 애정을 갈구하는 눈빛이었다. 이토록 섬세한 방식으로 그는 나의 얼굴을 찾고, 궁금해하고, 그동안 봐왔던 그 어떤 소년보다도 부드럽고 순수하게 쳐다보았다. 빈은 나를 콜레트라고 소개하며 새로 사귄 친구라고 했다. 루카에게 제일 좋아하는 음식이 뭐냐고 물었더니 그가 아이스크림이라고 대답해서 나는 내가 쏠 테니까 다 같이 나가서 아이스크림을 사 먹자고 제안했다. 이렇게 해서 드디어 루카가 웃는 모습을 볼 수 있었다.

다 함께 집 안으로 들어가니 거실에는 빛이 넘치도록 차 있었다. 그래도 나는 여전히 약간 몽롱했다. 빈은 선글라스를 쓰고 차에 우리를 태워 제한 속도를 확인해가며 시내의 아이스크림 가게를 향해 달렸다. 그는 차를 드라이브 스루 전용 칸의 창문 앞에 세우고 검은 테 안경을 쓴 남자 점원한테 콘 아이스크림을 주문했다. 남자 점원이 머리에 젤을 바른 게 아주 오십 년대 스타일 같았다. 주문을 받느라 창밖으로 몸을 내밀 때 보니 안경알 속에 눈이 확대돼서 보였다. 집으로 돌아가는 길에 빈은 그 남자 점원이 버디 홀리와 묘하게 닮았더라는 얘기를 계속했지만 나는 내 자리에서 몸을 살짝 돌려 루카가 숟가락으로 아이스크림을 퍼먹는 걸 지켜봤다. "콘 아이스크림을 그렇게 먹는 애는 처음 봐." 하고 내가 말하자 그는 나를 쳐다보지도 않고 대꾸했다. "나는 이렇게 먹는 게 좋아요."

빈이 준 마리화나는 정말 최고였다. 이렇게 좋은 건 살면서 처음 피워본 것 같았고, 취한 상태에서 다시 덤덤해지기까지 꽤 시간이 걸렸다. 루카가 위층 방으로 올라간 뒤 우리는 거실에서 음악을 들었고, 빈은 다시 자신이 연주했던 밴드들에 관해서 횡설수설 이야기를 늘어놓았다. 나는 그 얘기들이 너무 지루해서 음악 좀 듣게 조용히 해달라고 말하며 물었다. "이거 존나 섹시하네, 누구야?"

"샘 쿡."

빈이 내 목에다 가볍게 입을 맞추었다. 나는 눈을 감고 샘 쿡이 "브링 잇 온 홈 투 미bring it on home to me." 하고 노래하는 걸 감상하며 빈의 따뜻한 숨결과 손길을 느꼈다. 이내 우리는 키스를 했다.

그는 내가 계속 함께 있어주면 좋겠다고 했다. 저녁으로 스파게티를 만들고 와인 한 병을 더 따주겠다면서. "그러니까 같이 있어줘."

"오 정말?"

함께 부엌으로 갔더니 그가 나를 조리대로 밀치고 손으로 내 온몸을 더듬으며 키스를 퍼부었다. 그가 자기랑 하고 싶냐고 묻길래 나는 그렇다고 했다. "루카가 잠들면 우리도 위층으로 가자." 그가 말했다. 그는 잘생기긴 했어도 훌륭한 대화 상대는 아니었다. 그는 저녁을 준비하면서 자기는 정치에 관심이 없어서 투표하지 않았다고 말했다. 나는 그가 특정 이슈에 관해 생각이 있긴 한지, 아니면 단순히 상관하지 않는 것뿐인지 궁금했다. "나는 뉴스도 안 보고 세상이 어떻게 돌아가는지 별로 관심도 없어. 정치적인 거라면 너무 쉽게 질려. 다 좆같으니까. 아무튼, 뉴스를 보면 온통 공포스러운 폭력 얘기뿐이야." 그는 음악과 영화를 더 좋아했다. 총기 난사나 가난 같은 세상 소식은 깊이 생각하기 싫다고 했다.

"온 주변 사람들이 다 죽어가." 내가 말했다. 아닌가, "온 주변 사람들이 다 사랑에 빠져."라고 했던가. 하지만 그가 내 말에 관심이 없다는 건 분명했다.

그는 루카가 자폐 스펙트럼 장애라고 했다. 루카의 엄마, 즉 자신의 옛 여친은 필로폰을 유통하다 감옥에 갔다고 하면서, 그 여자 생각만 하면 너무 열이 받아서 더는 얘기하고 싶지 않다고 했다. 나는 그저 엄마 없이 아이를 돌본다는 게 어떤 일인지, 나의 엄마가 사회복지사로 일했기 때문에 안다고만 말했다. 이야기하는 동안 그는 식탁에 자리를 두 개만 준비했다. 루카를 불러서는 음식을 가져가라고 했다. 잠시 후 루카가 내려와 자기 접시를 들고 방에서 먹으려고 가져갔다.

"저렇게 사랑스러운 아들이 어딨어." 내가 말했다.

밤에 루카가 잠자리에 들고 나서 우리는 와인 한 병을 다 마셨고, 나는 빈을 따라 위층 침실로 올라갔다. 침실은 집 안 다른 곳에 비해 놀라울 정도로 어질러져 있었다. 그는 내가 이 방에 들어오는 상황을 예상치 못했던 게 분명했다. 아니면 신경을 안 쓰거나. 방바닥과 옷장에는 옷가지들이 널렸고 루카의 장난감 자동차는 방 모퉁이에, 침대 위에는 이불들이 마구 뒤엉켜 있었다. 그걸 보니 좀 웃겼다. 침실 벽면은 옅은 터키 색으로 가족들 사진 같은 게 액자에 걸려 있었다. 골동품처럼 보이는 타원형의 적갈색 프레임 거울은 서랍장 위에 자리하고 있었다. 다른 장식에 비하면 굉장히 매력적이었다.

그가 내게로 다가와 오랫동안 키스하며 손으로 옆구리와 가슴을 더듬었다. 이렇게 천천히 애무하는 게 좋았다. 나는 그를 마음대로 다루고 싶었다. 나는 손으로 그를 밀어내면서, 내가 시끄럽게 소리를 낼 수도 있는데 혹시 루카가 옆방에 있어서 문제가 되는 건 아니냐고 물었다. "뭔 상관이야." 그가 말했다. 내가 그를 침대로 밀친 후 그 위로 올라가려고 했더니 그가 내 두 팔을 잡고 몸을 돌려 침대에 눕혔다. 그는 내가 보는 데서 셔츠 단추를 풀어 벗었다. 그가 주도하려고 하는 게 빤히 보여서, 나는 어쩐지 주저하면서도 그러라고 두었다. 예전에 만난 남자 중에서도 주도적인 남자들은 부주의하고 너무 성급했다. 그래도 빈은 시간을 들이려고 애썼다. 내가 몸을 일으켜 앉아 두 팔을 들었더니 그가 내 상의를 벗겼다. 그는 여전히 선 채로 자신이 청바지 버클을 풀고 벗는 걸 봐주길 바랐다. 그는 아주 천천히 옷을 벗었다. 팬티는 벗지 않았고 대신 침대로 몸을 기대어 자제하지 못하고 키스를 했다. 그의 팔다리 근육에서 긴장이 느껴졌다. 빈과의 첫 경험에 대해 굳이 말하자면, 그동안 관계를 했던 다른 애인들처럼 세게 밀어붙이지는 않았다.

그가 내게 인디언처럼 말해달라고, 제 이름을 인디언처럼 속삭여 달라고 했다.

"엿이나 먹어." 내가 말했다. 그는 내가 농담한다고 생각했겠지만, 나는 진지했다.

나는 빈의 몸 위로 올라가 그의 머리를 쓸어 넘겼다. 그러자 그도 내 머리를 쓸어 넘겼다. 나는 그를 백인 꼬마라고 불렀다.

"힘을 내, 힘 좀 내서 해보라고!" 나는 계속 그렇게 말했다.

그는 뭐랄까, 너무 우스운 표정을 짓고 있었다. 내가 웃기 시작하자 그는 화가 난 듯 보였다.

"네 표정이 이상한데 어떡해." 하고 내가 말하자 그는 약간 웃었고, 분위기는 풀렸다. 우리 둘은 침실용 수면 등의 침침한 조명을 받으며 침대에 가만히 누웠다. 그는 몸을 돌려 배를 대고 누웠고 나는 손으로 그의 등을 가볍게 쓰다듬었다.

"장난친 거야." 내가 말했다.

"상관없어. 난 잘하니까. 여자들이 나보고 잘한대."

"웃기시네."

"다 좋으니까." 그가 말했다.

그가 뭔 소리를 하든 신경 안 썼다. 그는 내게 뭐든 말할 수 있었을 것이다. 나는 그의 살갗을, 섹스 후 축축하고 따뜻한 살갗을 느꼈다. 그의 등에 얼굴을 대고 그의 냄새를 맡았다.

빈이 잠든 후 나는 에드가에게 문자를 보냈다. 야, 너 어디

야? 집에 오긴 오는 거야? 에드가는 아빠나 엄마한테는 한 번
도 전화를 안 했고, 그래서 부모님이 속상해하신다는 사실을
나는 알았다. 에드가는 무슨 일이 생기면 내게 연락하겠다고
약속했었다. 우리는 적어도 일주일에 한 번 정도는 문자를 주
고받았었는데, 얼마간 전혀 연락이 없어서 걱정됐다. 나는 문
자를 몇 개 더 보냈다. '괜찮은 거야?', '야, 연락할 수 있으면
답 좀 해!', '전화할 수 있으면 하고!' 더 미친 듯이 다그칠수
록 에드가는 우리가 얼마나 자길 기다리는지 깨닫겠지. 에드
가가 지닌 문제의 원인 중 일부는 집안의 막내로서 사랑받지
못했다고 느낀 데 있기도 했다. 레이-레이가 죽었을 때 그는
너무 어렸기에 어린 시절을 레이-레이의 그늘에서 벗어나려
노력하는 데 써야만 했다. 엄마 아빠는 늘 레이-레이가 얼마
나 재밌었고 어떤 아이였는지 모든 걸 다 이야기하곤 했었다.
　나는, 여전히 다 벗은 상태로 복도로 나가 루카의 침실 안을
슬쩍 들여다보았다. 천장 선풍기가 웅웅 돌아가 그의 숨소리
는 들리지 않았어도 침대 위에 누운 형태가 보였다. 밖에선 천
둥이 치다가 비가 쏟아져 창문을 두드렸다. 나는 루카 침실 문
을 조심스레 닫고 조용히 아래층으로 내려와 거실의 불을 켜
고 가만히 서서 스트레칭을 했다. 점점 비가 거세게 내렸고 바
람도 몰아쳤다. 돌풍이 뒷문을 때렸다. 폭풍우가 몰아치는 시
간에 낯선 이의 집에서 벌거벗은 채로 걸어 다니는 게 얼마나
근사한지, 나는 생각했다. 처음 와보는 집에서 나체로 있으면

어딘가 모르게 흥분이 되었다. 벽난로 선반에 루카와 루카의 엄마로 보이는 여자가 함께 찍은 사진이 있었다. 나는 사진을 집어 들었다. 그녀는 야외 어딘가에서 선글라스를 끼고 앉아 있었고, 루카는 그녀의 무릎 위에 앉아 있었다. 루카는 파란색 댈러스 카우보이스 티셔츠 앞면에 8번이 찍힌 티셔츠를 입고 조그만 럭비공을 든 모습이었다. 그 사진을 보니 기운이 축 처졌다.

액자를 내려놓고 보니 빈과 어떤 어르신이 함께 찍은 사진도 있었다. 그의 아버지가 분명했다. 그 사진을 집어 들여다본 다음 다시 제자리에 두었다. 바깥 저 멀리서 천둥이 우르릉거리는 소리가 들렸다. 나무들이 바람에 몸을 흔들고 비는 세차게 내렸다. 나는 망사문을 열고 벗은 그대로 빗속으로 나갔다. 밖은 깜깜했고 내 몸에 닿는 빗방울은 차가웠다. 나는 나무들 가까이 걸어가 온통 천둥이 울려대는 와중에 쪼그리고 앉아 소변을 보았다.

어떤 감각을 기대했는지는 나도 모른다. 빈이 잠에서 깨어나 내가 사라진 걸 알고 밖으로 뛰어나올지 궁금했을지도 모르나, 집 안에선 아무런 불빛도 켜지지 않았다. 달이 구름 뒤에서 모습을 드러냈다. 나는 푸른 밤하늘을 향해 고개를 들어 그 빛을 바라보았다. 그 순간 무슨 일이 일어난 건지, 내 주위로 뭔가가 휘저으며 스쳐 갔다. 아마도 바람이거나 완전히 다른 무언가였으리라. 거짓말하지 않고 그 바람의 떨림이, 한밤중에 벌거벗고 나온 나를 보고 있는 어떤 알 수 없는 존재가 나를 흥분케 했다. 나는 그 자리에서 바닥에 무릎을 대고 앉아 흙과 잔디의 온기를 느꼈다. 울타리로 두른 나뭇가지와 덤불을 손가락으로 어루만졌다. 그곳에 무언가가 존재함을 나는 느낄 수 있었다. 누군가 부르기라도 한 듯 다시 일어선 나는 집으로 향했다.

날갯짓 소리가 들렸다. 고개를 들어보니 커다란 새 한 마리가 날개를 펼친 채 지붕 위에 앉아 나를 내려다보고 있었다. 그게 무엇이었든 간에, 그것은 나를 붙들었다. 내 관심을 붙든 것이다. 얼마나 시간이 흘렀을까? 나는 바람과 하늘과 나무 소리를 들었다. 폭풍우를 기쁘게 맞이하며, 비가 나에게로 내리도록 두었다.

찰라

사랑하는 아들. 우리의 오랜 역사를 돌아보면 민족들이 늘 함께하면서 고향 땅에서 떠나지 않으려 갈망했단다. 우리는 부족 사람들이 이 땅을 떠나서 다시는 돌아오지 않을까 우려했어. 나는 우리 땅에서 부족 사람들이 서쪽으로 내몰리는 걸 목격했거든. 우리는 제각기 자신의 이야기를 품고 있었고, 그 이야기들은 우리가 하나 되도록 해주었지.

나는 네 엄마, 클라라를 사랑했어. 살면서 만난 그 누구보다 말이야. 젊었을 때 산속을 흐르는 개울가에서 그녀를 보았단다. 나는 그녀에게 선물을 가져다주었지. 담요와 단 옥수수를. 그녀에게 다가가 그녀의 타고난 아름다움을 칭찬했어. 그녀의 눈은 한 번도 본 적 없는 눈이었단다. 마침내 우린 결혼했지만, 쉽지만은 않았다. 우리 둘의 이야기는 구전 중에 라오카를 만난 젊은이 이야기와 아주 비슷하단다. 그 이야기는 내게 아주 특별한 의미가 있어. 증조할아버지께서 나의 할아버지에게 이 이야기를 전해주셨고, 할아버지는 아버지에게, 그리고 아버지는 내게 이야기를 들려주셨지. 그러니 이제 내가 너에게 들려줄 차례구나. 위대한 교훈이 담겨 있는 이 이야기를 말이다.

라오카 이야기

몹시 외로운 한 젊은이가 산속을 지나다 어느 아름다운 여인을 만나 자신은 정직하고 능숙한 사냥꾼이라고 소개했다.

"나는 사냥꾼들이 좋아요." 여인이 말했다. "활을 얼마나 잘 쏘는지 제게 보여주세요."

고개를 들어 하늘을 올려다본 젊은이는 햇빛 때문에 눈을 찡그렸다. 그는 가방에서 활과 화살을 꺼내어 개울 건너에 있는 나무를 응시했다.

"사내들이 언제 바보처럼 구는지 저는 알죠." 여인이 말했다.

젊은이는 고개를 들고 정면을 응시하며 활을 당겼고, 화살은 개울 건너 나무에 정확히 꽂혔다. "내가 겨눈 나무에 꽂혔소." 그가 말했다.

젊은 여인은 놀라지 않았다. 그녀는 젊은이에게 나무가 아니라 하늘을 겨누지 않았냐고 물었다.

"나는 두 손으로 곰의 가죽을 벗길 수 있소. 내 칼로 곰과 뱀들을 사냥해왔지요."

"못 믿겠어요." 그녀는 젊은이가 하는 말을 의심하다가 작별 인사를 하고 사라졌다. 슬퍼진 젊은이는 반드시 그녀의 사랑을 얻겠다고 다짐했다.

떠나는 길에 녹초가 된 젊은이는 도움을 요청했다. 바위에 걸터앉아 그녀의 사랑을 얻기 위해서라면 뭐든 하겠다고 말했다. 두 손으로 머리를 감싸 쥔 채였다.

시커먼 주둥이에 기다란 꼬리를 가진 커다란 갈색 쥐 한 마리가 덤불에서 기어 나왔다. 그 쥐는 뒷다리로 섰다. 라오카라는 이름의 그 쥐는, 인간과 동물의 살만 보면 배가 불룩해졌다.

라오카는 비틀비틀 젊은이에게 다가와 앉더니 섬뜩한 주둥이를 씰룩이며 그르렁 소리를 냈다.

젊은이는 노인들에게 라오카 이야기를 들어본 적이 있었다. 다채로운 형상으로, 때로는 뱀으로 어느 때는 짐승으로 나타나 새들과 동물들을 도살하고 먹어버린다는 이야기였다. 그의 배가 불룩해지다 터지고 그러다 다시 부푼다는 이야기도 들었다. 라오카의 입에서 말벌들이 날아와 사람이건 동물이건 먹고 싶은 건 모두 공격한다는 이야기였다.

"저리 가, 안 그러면 널 죽여버릴 테니까. 난 네가 누군지 알아." 젊은이가 말했다.

라오카는 젊은이가 어떻게 하려는지 보려고 찬찬히 살폈다. 젊은이가 라오카에게 덤벼들자 라오카는 길을 비켰다.

라오카가 쉭쉭거리며 말했다. **내가 널 도울 수 있어.**

그때 신성한 돌멩이 세 개가 젊은이 앞에 나타났다. 하나는 검붉은 색 산호 석화로, 사랑의 지혜를 의미했다. 노란색 토파 즈는 미래 세대를 내다보는 능력을, 그리고 장밋빛 돌멩이는 슬픔에 사로잡힌 마음을 치유했다. 젊은이는 돌멩이 가까이 다가갔지만 라오카가 입으로 그의 손을 꼭 붙들었다. 젊은이 는 라오카의 이빨에 손이 물려 통증으로 고함을 쳤다.

라오카는 손을 놓아주며 말했다. **나를 따라 불이 있는 곳으 로 가면 이 돌들을 네게 줄게.**

젊은이는 불이 보고 싶었다. 그 불에 들어간 사람들은 아무 런 흔적도 없이 사라진다고 했다. 불에 들어가는 것은 희생물 이 되어 땅과 민족과 지구와 하늘과 좋은 관계를 다시 쌓는다 는 의미였다. 그곳은 가장 성스러운 장소로 절대로 같은 위치 에서 나타나지 않았다.

젊은이는 라오카를 따라 숲을 가로질러 갔다. 태양은 구름 뒤로 숨었고 숲은 어두컴컴해졌다. 젊은이는 자신이 발로 잎 사귀와 나뭇가지들을 밟는 소리를 들었다. 이내 둘은 숲 밖으 로 나왔고 동굴 앞에서 라오카가 멈춰 서서 몸을 돌렸다.

불을 보기 전에 너는 먼저 셀루라는 곡식을 봐야 해. 라오카 가 쉭쉭거리며 말했다. 젊은이는 알겠다고 하고 라오카를 따 라 동굴로 들어갔다. 바닥에 앉으니 라오카가 옥수수 이삭들 을 건넸다.

셀루에는 강력한 힘이 들어 있어. 이걸 가지고 가서 네가 사랑하는 그 여인에게 먹여. 그러면 그녀도 너와 사랑에 빠질 거야.

"네 말이 속임수인지 아닌지 내가 어떻게 알지?" 젊은이가 물었다.

네 젊은 혈기가 감탄스럽구나. 어서 가봐.

다음 날 젊은이는 개울가로 가서 그 여인을 보았다. "당신의 활과 화살은 어딨죠? 능숙한 사냥꾼 나으리?"

"여기 옥수수를 좀 가져왔소." 젊은이가 말했다.

"이걸 어디서 구했나요?"

"강가에서 찾았지요. 이걸 드셔보시오. 맛을 보고 느낌이 어떤지 말해봐요. 맛있는 옥수수예요. 나도 먹어봤어요."

그녀는 알맹이 몇 개를 떼어 땅으로 던져보았다. 잠시 뒤 작은 참새가 날아와 땅에 떨어진 알갱이를 쪼아 먹었다. 그 참새는 즉시 경련을 일으키며 비명을 질러댔다. "독이 들었군요." 그녀가 말했다. 그녀는 아직도 몸을 떠는 참새에 다가갔다. 참새는 날아가려 애쓰다 이내 파닥거리며 오들오들 떨었다.

"당신이 이 새를 죽였어요. 그리고 저도 독살당할 뻔했네요." 여인이 젊은이에게 말했다.

젊은이는 방금 일어난 일을 보며 당황했다. "아니, 아니요. 나는 몰랐소."

"당신은 이 옥수수를 먹어봤다고 했어요. 그럼 내게 거짓말도 했군요."

"그럴 생각은 없었소. 당신이 나를 좋아하게 하려고 이 옥수수를 준 것뿐이오."

그러나 여인은 떠나버렸다. 젊은이가 여인을 불렀지만 그녀는 대답이 없었다.

화가 난 젊은이는 동굴로 돌아가 라오카를 불렀다. "이봐, 라오카! 이봐, 나와봐, 라오카! 너를 죽여줄 테니 얼른 나와……."

동굴 안으로 깊숙이 들어가 봐도 동굴은 텅 비어 있었다. 여기저기 구석구석 찾아봐도 라오카는 없었다.

젊은이는 동굴 밖에 앉아서 기다렸다. 며칠간 그곳에 앉아 배를 곯으며, 살을 에는 추위 속에서 기다렸지만 라오카는 돌아오지 않았다. 라오카가 세상 어딘가에 있다는 사실만 알았던 젊은이는 부글부글 끓는 화를 속으로 참고 있다가 그곳에서 서서히 죽어갔다. 기다리는 동안 라오카가 쉭쉭거리는 소리가 들렸으나 결코 눈에 띄지 않았다. 숲에서는 동물들의 비명이 들렸다. 그는 달빛이 환한 하늘에서 검은 독수리를 보았다.

* * *

나의 아들아, 나는 내가 믿음직한 사람이란 걸 보여주고 네 엄마의 신뢰를 얻어야 했단다. 나는 네 엄마에게 거짓을 말하거나 배신하지 않았단다. 분노와 복수는 우리 가족에게 드문 감정은 아니었지. 라오카 이야기에서 보듯 그것은 위험하단다. 우리는 가족들에게 그것의 위험성에 대해 경고해야만 했다.

네 엄마와 나는 혼인했고, 곧 네가 태어났단다. 우리는 고향 땅에서 부족 사람들과 함께 평화롭게 살았어. 하지만 얼마 못 가서, 너무 빨리, 군인들이 몰려오는 환영을 보기 시작했단다.

에드가

9월 3일

    귀가 울면 죽은 이가 내게 닿으려 하는 신호라고 아빠는 말하곤 했다. "네 조상들이야. 잘 들어봐. 주변 것들에 주의를 기울이고." 잭슨네 집에서 보낸 첫날 밤, 귀가 계속 우는 바람에 잠들기가 힘들었다. 내가 밤늦도록 잠들지 못할 때마다 래는 나와 함께 깨어 있곤 했었다. 그녀가 침대에 앉아 수면 등을 켜면 우리는 어떤 얘기든 나눴다. 나는 엄마가 레이-레이의 망일을 상기시키려고 남긴 음성사서함을 다시 들었다.

    아침에 바깥 소음에 잠에서 깼다. 붉은 새가 아닌 고양이나 살쾡이가 여기저기를 뒤지고 다니는 소리이길 바라면서. 아침인데도 내 방은 여전히 어둑했다. 방에는 푸르스름한 빛이 돌았다. 바람 부는 소리가 들렸고, 창밖으로 흔들리는 나뭇가지들이 보였다. 나는 래가 내 옆에 누워 있다고 상상했다. 물건을 어디에다 뒀는지 몰라 집 안 구석구석을 돌아다니며 혼란스러워할 아빠를 떠올렸다. 그렇게 힘들어하는 아빠를 지켜보는 엄마의 얼굴에 서린 표정도 떠올렸다.

나는 잠에서 깬 채로 침대에 누워 몸을 일으키기까지 몇 분간 더 누워 있었다. 부엌에서는 잭슨이 싱크대에서 달그락 소리를 내며 그릇을 헹궜다. 그는 접시 닦는 행주에 손을 닦고 마시던 커피를 마셨다.

"좀 더 자는 게 좋을걸." 그가 말했다. "잘 수 있을 때 자둬. 이제 네가 여기 왔으니까, 오늘 누굴 만나서 네가 소프트웨어랑 새로운 아바타 개발에 참여하게 됐다고 말할 거야. 집에서 나가서 누굴 만나거든 네 이름은 짐이라고 말해, 짐 소프. 넌 어쨌든 그렇게 생겼으니까. 사람들이 널 공격하길 원치 않는다면 말이야."

"그건 또 뭔 소리야?"

"에드가란 이름이 의미심장한 이름이거든. 몇 년 전에 마을에 살던 에드가란 놈이 한바탕 살인을 저질렀는데, 그 이후로 사람들이 아직도 민감해. 모두들 에드가라고만 알고 있어, 단순하게 그냥 에드가. 그놈이 공격용 소총을 들고 나와서 남쪽 공원에 있는 여러 사람을 쏴버렸어. 사람들은 에드가 같은 놈, 에드가 어쩌구 이렇게들 말하기도 해. 이 마을에서 그가 유일한 에드가였거든. 그러니까 한동안은 짐이라고 하고 다녀."

나는 두 손으로 얼굴을 문질렀다.

"여긴 기괴한 곳이야." 잭슨이 말했다. "사람들이 널 이상하게 쳐다볼 수도 있어. 무시하는 게 제일 좋아. 내 말을 믿어."

내가 찬장에서 머그잔을 꺼내자 잭슨이 커피를 따라주었다. "이제 나는 일하러 가야겠다. 네가 여기 와서 기뻐, 에드가. 우리 팀 사람들한테 게임 개발하는 데 너를 자문위원으로 데려온다고 말할게. 하지만 지금은 마음대로 동네를 돌아다니면서 탐험을 해봐. 저기 내려가면 카페도 있어. 주류 판매점도 있고. 모든 게 다 괜찮을 거야."

잭슨이 나간 뒤 나는 커피를 마시고 소파에 드러누웠다. 두팔로 얼굴을 덮고, 어스름의 땅에 대해서, 여기가 대체 어디인지, 어쩌다가 가족과 멀리 떨어져 여기까지 오게 되었는지 기억해내려 애를 썼다. 나는 몸을 일으키고 앉아 잭슨의 다 썩어가는 집을 둘러봤다. 잭슨이 일을 나간 동안 나는 토스트를 구워서 선 채로 먹으며 창밖을 내다봤다. 곧 부러질 듯한 의자에 앉아 얼마 동안 텔레비전을 보다가 그의 선반에 놓여 있던 동양 종교에 관한 책을 몇 페이지 읽었다. 몹시 오래되고 이상한 책들이 있었는데, 하나는 주술에 관한 책이고, 다른 하나는 커스터 장군*에 관한 책이었다. 나는 죽은 사람들의 사진이 실린 애머스트 총독**과 폰티액 전쟁에 관한 책을 넘겨보

* General Custer(1839~1876). 미국의 장군으로 남북 전쟁 당시 북군으로 활약했고 전쟁 후 미국 정부의 서부 영토 확장 시대에는 기병연대 지휘관으로 원주민들과 싸웠다. 리틀 빅혼 전투에서 부하들과 함께 전멸당했다.
** Jeffrey, Baron, Amherst(1717~1797). 영국의 육군 원수. 북미 대륙에서 일어난 프렌치-인디언 전쟁을 영국의 승리로 종식시키는 데 큰 공을 세웠으나 현지 인디언들을 강압적으로 대해 폰티액 전쟁을 일으키는 계기를 제공했다.

다가 부정 탈 것 같아서 손에서 책을 내려놓고 산책을 나갔다.

바깥 공기에는 매연이 가득해 숨쉬기가 힘들었다. 주변을 둘러보니 땅딸막한 집들과 오래된 건물, 조그만 가게 들이 꽉 들어차 있었다. 내가 지나가자 마른 잎들은 몸을 떨었다. 나는 나무들 앞에 멈춰 서서 갈라진 틈이 만들어낸 얼굴의 형상들을 들여다보며 이게 다 누구의 얼굴인지 곰곰이 생각했다. 어느 거리에는 가지가 늘어진 분홍 꽃나무들이 죽 늘어서 있었는데, 이 어스름한 곳에서 분홍 나무들을 보니 마음이 끌려 그 길을 따라갔다. 나는 빨래방을 지나 걸었다. 몇 걸음 더 걸어가자 한 여인이 기다란 코트에 실내화를 신고 내가 뒤에서 걸어오는 걸 신경 썼다. 멈춰 선 그녀는 내가 먼저 지나가도록 기다리며 혼자서 뭐라고 중얼댔다. 빨래방 뒤편에는 '야만인들'이라고 그라피티가 그려진 쓰레기통 세 개가 있었다. 모든 건물이 거의 무너지기 직전이었고, 버려진 비디오 대여점, 식당, 자동차 부품점들도 보였다. 다리가 없는 한 사내가 길거리에서 구걸하고 있었는데, "악마의 다리를 조심하라!" 하고 외쳤다. 어떤 남자는 외바퀴 손수레에 한 소년을 태우고 길가를 따라 걸었다. 그 소년은 보이는 모든 것을 향해 장난감 총을 겨눴다. "파우!" 그러다가 지나가는 나를 향해 그 물총을 겨누며 외쳤다. "파우와우!"

무슨 의미였을까, "파우와우"라니? 아니면 "파우"를 두 번 외쳤는데 내가 잘못 들었나? 마침내 나는 오래된 건물과 가게가 모인 지역에 도착했고 러스티 스푼 레코드라는 상점에 들어갔다. 안으로 들어가니 긴 은백색 머리카락에 수염을 기른 시커먼 점주가 특별히 찾는 음반이 있냐고 물었다.

"그냥 둘러보려고요." 내가 말했다.

그는 자신의 이름이 베너리이며, 가게 건물 위층에서 미니어처 도베르만과 함께 산다고 알려줬다. 그는 너무 많은 곳을 돌아다닌 육십 년대 히피처럼 보였다.

"처음 보는 얼굴인데. 안 그래도 낯선 곳에서 낯선 얼굴이라니."

나는 그를 쳐다봤다.

"어디서 왔지?" 그가 물었다.

"앨버커키에서 왔어요."

"아니 내 말은, 자네가 어디 출신이냐고?"

"오클라호마요."

"인디언 구역이군." 그는 먹통이 된 듯 입을 딱 벌렸다. 그의 수염에 달걀 부스러기가 붙어 있었다. "우디 거스리[Woody Guthrie. 미국의 대표적인 포크송 싱어송라이터]가 오클라호마 출신인데, 그렇지?"

"맞아요."

"짐 소프도 그렇고."

"그것도 맞고요."

"자네는 짐 소프랑 똑같이 생겼구먼. 다른 사람들도 닮았다고 하던가?"

"네, 몇 명 있죠."

베너리는 제 뺨을 긁적였다. "사람들은 짐 소프가 심장마비로 죽었다고 말하지. 인종주의와 편협함으로 인한 고통의 희생자인데 말이야. 키도 컸지, 자네처럼."

나는 그와 눈을 맞추지 않았다. 내 생각엔 그도 내가 불편해한다는 걸 눈치챈 듯했다. 그는 계산대 옆 공간으로 가더니 좋은 담배와 커다란 재떨이를 가지고 왔다. "이 재떨이는 대초원에 살던 원시인들의 뼈로 만든 걸세. 농담이 아니야. 이것 좀 보라니까."

재떨이는 직사각형 형태에 옅은 색을 띠었다. 우리는 담배를 피우며 재떨이를 들여다보고 그것의 굴곡과 가는 금들을 찬찬히 살폈다. "나한테 사만 년 된 네안데르탈인의 두개골이 있어. 위층에서 마리화나를 피울 때 물담배로 쓰지. 원주민들은 두개골을 길게 늘렸다면서? 그것에 관해 뭐 아는 거 없나? 어떻게 하는 건지 내게 설명 좀 해보게, 짐 소프?"

그의 어조는 사려 깊지 않았고, 나는 그가 약간 불안정하다고 느꼈다. 상점에서 흘러나오는 음악은 시끄러운 것이 뭔가 육칠십 년대에 나온 사이키델릭한 음악이었다. 나는 그를 무시하기로 하고 음반을 둘러보다가 클래식 록 섹션에서 앨범들을 뒤적였고 그러다가 블루스와 재즈 음반들도 구경했다. 펑크 음반도 몇 개 있고 심지어 옛 서부 컨트리음악 음반들도 보였다.

그는 자신이 프로콜 하룸[Procol Harum. 육십 년대 영국 록밴드]에 완전히 빠져서 첫째 딸의 이름을 그 밴드 이름으로 지었다고 말했다. "우리 딸과 사위는 캔자스 외곽 농가에 살아. 삐딱한 얼간이들만 득실거리는 밋밋하고 황량한 동네지. 맙소사. 십삼 년 전에 내가 알약 한 움큼을 삼켰을 때 이후로 그 애들을 못 봤군."

"알약이라니, 무슨 알약이요?" 내가 물었다.

"좋은 약이지."

"저한테도 있거든요."

베너리가 웃었다. "내 이웃인 빅은 위스키에 완전히 취해서 자기 개를 죽도록 팬 다음에 전 부인 집 부엌에 가서 제 목을 갈라버렸다지. 그의 딸은 벤조스를 과다복용해서 욕조에서 죽었다나. 이제 그들은 오만 사람에 관한 헛소리나 지껄일 뿐, 집 밖으론 절대 나오질 않아."

"왜 안 나오나요?"

"공기가 안 좋잖아, 짐스터. 기다려봐, 자네도 곧 기침을 시작할 테니까."

그는 기분이 안 좋아 보였어도 나쁜 사람 같진 않았다. 그를 보니 앨버커키에서 만났던 몇몇 노인들이 생각났다. 노인들은 음악과 약에 관해 얘기하는 걸 좋아했었다. "듣자 하니 이 동네 사람들은 스스로를 죽이려고 하는 거 같네요." 내가 말했다.

"길을 따라 내려가면 헤밍웨이의 펍이 나오는데, 거기 가면 더 밴드 출신인 리처드 마누엘을 만날 수 있어. 아니면 필 옥스나. 둘 다 유명한 뮤지션이지, 자살로 생을 마감한."

그는 다음 말을 생각하려고 잠시 뜸을 들였다.

"자네 엘리엇 스미스 좋아하나? 그가 거기에서 라즈베리 티를 마시는 걸 봤거든, 버지니아 울프 책인가 뭔가를 읽으면서 말일세. 이제 좀 공통점이 보이나, 소프? 우린 모두 같은 이유로 여기 와 있는 거야."

"내가 지금 어디에 있는 건지 알아야겠어요. 말하자면, 이곳 자체가 어딘지 말이에요. 정말 소름 끼쳐요. 여기선 좀체 마음이 놓이질 않아요. 혹시 근처에 돌아다니는 붉은 새 못 봤어요?"

"여기가 바로 어스름의 땅이야, '짐보'. 공기가 안 좋아서 그 누구도 숨 쉴 수가 없지. 자네도 곧 콜록이고 폐에 염증이 생길걸세. 자네도 우리처럼 여기 왔잖나, 친구. 누구나 새 한 마리를 가지고 있지. 자네도 이 마을의 악한 마귀할멈을 견뎌내고 스스로 그걸 죽여야 하네."

"죽이다니요? 그 새를요?"

"죽여야 해, 짐 소프. 이곳 규칙들은 다르거든. 코베인은 금요일 밤마다 코브라 룸을 연주해. 헨드릭스는 DFW 위층 라운지에서 어쿠스틱 연주를 하고. 자네는 음악을 들어야

해. 그게 도움이 될 거야." 그는 내게 「Their Satanic majesties request」 앨범 재킷을 보여주었다. "이게 죽여주게 엄청난 음반이야. 「Exile on main street」도 있어. 앨버트 아일러 음반도 있고. 헨드릭스의 몬터레이 라이브 음반도 있다고."

나는 앨범 재킷을 보다가 일자리를 구할 때까지는 아무것도 살 형편이 안 된다고 말했다. "조만간 다시 올게요. 이제 막 이 동네에 와서요."

"자네 이름이 짐 소프라고 했나?"

"웃기군요." 내가 대꾸했다.

베너리가 웃었고, 티끌과 연기를 내뱉도록 콜록거렸다.

나는 아까 오던 길을 걸어 잭슨네 집 쪽으로 되돌아갔다. 고개를 들어 올려다본 누런 하늘에는 구름이 잔뜩 끼어 있고 조그만 새들이 머리 위로 뱅뱅 날아다녔다. 길바닥에 빗물이 고여 생긴 물웅덩이들 위로 가을 낙엽들이 비쳤다. 비쩍 말라서 어색하리만치 기다란 코트를 입고 중절모를 쓴 한 노인이 내 앞에 와서 악마의 다리에 가본 적이 있냐고 물었다.

"죄송한데, 없는데요."

"그렇군." 그는 가까이 다가와 내 눈을 빤히 바라보았다. "그럼 자네는 군대 출신이 아니로군?"

"네."

"정부 기관은?"

"아닌데요."

깊은 슬픔이 서린 노인의 얼굴이 보였다. 그의 눈빛은 우리 두 사람 모두 파악하지 못한 어떤 대답을 간절히 원하고 있었다. 모르긴 몰라도 내가 이해 못 할 어떤 다른 세계의 현실과 연결된 듯 보였다. 그의 눈가가 젖어 들길래 나는 시선을 돌렸다.

"젠장, 그거 잘됐군. 내가 블루스틸 콜트 권총을, 가끔은 38 스페셜을 들고 다녔거든. 칠십 년대에 엘 파소 기지의 천장에 총을 쏴서 군법 재판까지도 갔었지. 악마의 다리 옆에 가면 진흙 구덩이와 사격 훈련장이 있어."

"제가 아는 게 아무것도 없어서요. 죄송해요. 가봐야 해요."

"내가 어딘지 보여줄게. 거기 같이 가볼 수 있어. 자네가 원하면 지금 당장 가보자고. 자네는 미국 원주민인가?"

"죄송한데, 지금 바빠서요."

나는 재빨리 몸을 돌려 잭슨네 집으로 향했다. 빨래방과 쓰레기통을 지났다. 할 수 있는 한 최대한 빠르게 걸었는데도 몇 시간 동안 이 주변만 맴도는 것 같았다. 잭슨네 집이 있는 거리를 따라 걷다 보니 집 앞 도로에 주차된 차체가 낮은 잭슨의 차가 보였다.

집에 들어갔더니 잭슨은 누군가와 통화 중이었다. 그는 집에 들어온 나를 올려다보고는 수화기에 대고 말했다. "잠깐만, 그가 지금 막 들어왔거든. 곧 다시 전화할게."

나는 그의 맞은편으로 가서 소파에 앉았다.

"라일이 전화한 거야, 게임에 관해 물어본다고. 아바타에 대해 얘기하고 있었어."

"무슨 게임, 그 스포츠 게임?"

잭슨은 조급하게 고개를 끄덕였다. "맞아, 그 짐 소프 게임 말이야. 라일이 너에 대한 구체적인 정보를 원해서." 그는 다리를 꼬고 앉아 발을 차댔다. "그 스포츠 게임이 미국 원주민이랑 연관이 있으니까, 미국 원주민들이 뭘 먹는지도 알아야 할 것 같아. 인디언 스킬렛이 진짜 음식이야? 인디언 타코랑 프라이 브레드는? 미국 원주민들 문화에만 있는 특별한 음식 같은 건 없어?"

"나는 너랑 똑같이 먹어." 내가 말했다.

"콩이랑 옥수수빵은 먹어?"

"아니."

"포섬은?"

"아니."

"우리 좀 도와줘. 난 네가 이런 부분에서 도움이 될 줄 알았지. 어떤 음식들을 먹는 거야?"

"이건 말도 안 돼, 잭슨. 스포츠 게임에서 이런 게 뭐가 중요하다는 거야?"

잭슨은 혀를 끌끌 차며 생각에 잠겼다가 말을 이었다. "만약 게임 플레이어가 짐 소프랑 점심을 먹고 싶어 해, 그러면

148

참고할 만한 게 있어야 하잖아. 경기 후에 같이 식사하고 싶다는 사람이 있으면, 소프 홀로그램이 음식을 보여주는 거지. 보너스 라운드 같은 거야. 챔피언과 함께하는 식사. 짐 소프와 함께 먹는 포섬이나 토끼 고기 같은 거, 아니면 프라이 브레드도 괜찮고. 우리는 정확한 문화적 정보가 필요한 거야. 그래서 뭐든 말해줄 수 있는 네가 필요한 거고."

"돌겠네 진짜, 잭슨, 그건 진짜 별로야. 너희들이 왜 아직 진전이 없는지 이해가 가네. 보너스 라운드에서 음식을 먹는 척하고 싶은 사람은 아무도 없어."

그는 팔짱을 끼고 생각했다. 우리 두 사람 다 바닥을 내려다보았고, 둘 사이엔 오랜 침묵이 이어졌다. 내가 고개를 들자그는 두 손을 모아 양 손가락을 맞붙인 뒤 나를 보며 말했다. "그럼 다른 걸 시도해보자. 사진을 찍게 포즈를 좀 취해주면 좋겠는데."

"카메라로 사진을 찍게 나더러 포즈를 취하라고?"

"그래, 게임에 쓸 사진들. 짐 소프 홀로그램으로 동작을 제작해야 하는데, 이 동네에는 미국 원주민이 거의 없으니까. 일년인가 이 년 전에 미국 원주민 목회자랑 그 가족이 이 동네에 들어왔었어. 어떤 큰 부족의 일원이었다나, 아무튼. 그 사람들이 고속도로로 나가는 도로가 모텔에 머물면서 거기서 교회를 열더라고. 몇몇 사람들이 갔었지. 시장이랑 시의원들과 가족들도. 그런데 결국엔 그 시장이 목회자 가족을 추방했나 그랬나 봐."

"왜 다들 그렇게 짐 소프한테 집착하는 건데?"

"소프가 올림픽 금메달리스트잖아." 잭슨은 자기 손톱을 들여다보며 말을 이었다. "미국 원주민 출신이고, 바로 우리 오클라호마 출신이면서 세계적으로 위대한 운동선수니까, 존나 전설이지. 그 10종 경기 생각해봐. 멀리뛰기, 높이뛰기, 창던지기까지. 홀로그램만 가지고는 제대로 다 보여줄 수도 없을 걸. 사실 홀로그램이 짐 소프랑 비슷하다고도 할 수 없지만, 아직 개발 단계니까. 경기에서 시뮬레이션으로 상대하고 싶은 선수 중에 짐 소프보다 나은 사람이 있겠어? 우리는 올림픽 전체를 시뮬레이션할 거야. 야구, 미식축구, 농구에서 다 소프랑 경기할 수 있도록 말이야."

잭슨은 내가 알아듣지 못하는 컴퓨터 용어를 써가며 계속 설명을 이어갔다. "네가 괜찮다면, 너를 촬영할 거야. 그 전에 몇 분만 뭐 다른 것 좀 할게."

나는 소파에 등을 기대고 앉아 천장을 올려다보았다. 잭슨은 반대편에서 노트북으로 작업을 했다. 빠르게 자판을 두드리다 말고 너무 자주 쿵쿵거리는 소리를 냈는데, 그 소리가 내 신경을 건드렸다. 끊임없이 쿵쿵거리는 소리. 마치 작업하면서 일부러 그러는 게 아닌가 싶을 정도였다. 왜 저렇게 쿵쿵거리는 걸까, 일부러 날 짜증나게 하려고 그러나? 견디기가 힘들었다.

나는 래가 어디에 있는지, 내가 사라져서 속상하긴 한지 궁금했다. 레이-레이 망일에 모닥불 모임에 가게 된다면, 가서 무슨 추억을 나눌까도 생각했다. 레이-레이는 나를 업고 집 안 여기저기를 돌아다니곤 했었다. 언젠가 한번 둘이 같이 뒷마당에서 연을 날린 적이 있었다. 단 둘뿐이었다. 나는 연이 멀리 날아가 버릴까 봐 연을 풀어서 높이 보내기를 겁냈다. 레이-레이는 내 손 위에 손을 포개어 같이 실타래를 잡아주었다. 높이 나는 연을 올려다보는데, 연이 바람에 어찌나 휙휙 꺾이는지, 나는 겁에 질려버렸다. "괜찮아, 괜찮아." 형은 계속 나를 달래주었다. 하지만 연을 오랫동안 날리지 못했다. 뭔가가 그토록 높은 곳에서 움직이는 걸 보고 있자니 어지럽고, 거의 메스꺼울 지경이었다.

아빠가 올해 모닥불 모임에서 추억을 나눌 수 있을지 의문이었다. 이제는 예전에 알던 아빠가 아니었다. 래와 몇 달간 함께 지내다가 처음 집에 갔을 때, 아빠가 치매에 걸렸다는 사실을 알게 되었다. 그렇게 빨리 변했다는 걸 믿기 힘들었다. 내가 찾아간 그날에 아빠가 제일 처음 하고 싶어 했던 건 멕시칸 레스토랑에서 외식하기였다.

"거기 엔칠라다가 아주 맛있어. 살사 소스도. 약간 매운맛이지."

아빠와 엄마를 봐서 기뻤지만, 아빠는 상태가 안 좋았다. 멕시칸 레스토랑에서 아빠는 내게 오토바이 부품들로 작품을 만들어 남서부 전역에 있는 박물관에 걸어두고 싶다고 했다. 그날 밤 나는 내 방에서 어릴 적 그린 그림과 오래된 사진들이 가득한 상자를 뒤졌다. 크레파스로 내가 아빠를 그린 그림이 들어 있었다. 그림 속 아빠는 긴 수염을 기르고 있었다. 신처럼 보였다. 그에겐 거대한 날개도 달려 있었다.

잭슨이 자판을 두드리며 내는 쿵쿵 소리를 듣고 앉아 있자니 점점 더 불안해졌다. 내겐 휴식이 필요했다. 가방에 든 마리화나 담배 하나가 생각나서 뒤 테라스에 나가 반을 피웠다. 집 주위를 서성이다 창밖으로 붉은 새를 보았던 곳을 살펴보았다. 거기엔 엉망진창이 된 덤불들이 있었다. 그쪽으로 가까이 가는데 덤불에서 부스럭거리는 소리가 들리길래 재빨리 집 안으로 들어왔다.

거실로 가보니 잭슨이 나랑 작업을 하려고 가만히 서서 기다리고 있었다. 그를 따라 지하실로 내려갔는데 그곳은 지나치게 후덥지근한 데다 환하게 불이 밝혀져 있었다. 사방의 벽은 짙은 원목이었다. 한쪽으로 캐비닛이 하나 세워져 있었고, 방 가운데는 사다리가 놓여 있었다. 어떤 종이 뭉치와 전선들이 바닥에 널브러져 있고, 농구공, 럭비공, 그리고 삼각대 위에는 비디오카메라가 놓여 있었다. 잭슨은 나더러 벽 쪽에 가서 서라고 했다. 내게 농구공을 던지더니 카메라를 켰고 삐 소리과 함께 빨간 불이 깜빡였다.

"게임에 쓸 모습을 찍는 거야?" 내가 물었다.

"그래, 게임용."

"내가 뭘 어떻게 해야 하는데?"

"드리블하고, 슛. 공으로 경기하는 척을 해. 팔도 높이 올렸다가 몸을 돌리고, 뭐든지 알아서 해봐."

"슛을 하라고? 여긴 골대도 없는데."

"상관없어. 나는 그냥 네 동작이랑 이미지가 필요한 거니까."

그가 촬영하는 동안 나는 농구공으로 드리블을 했다. 돌파할 듯이 자세를 낮췄다가 슛하는 척 머리를 들기도 하고 레이업 슛을 할 것처럼 뛰어가기도 하다가 자유투도 던졌다. 방 안에서 좌우로 왔다 갔다 하며 눈에 보이지 않는 공격수를 방어하기도 했다. 한 발로 돌면서 피벗 플레이도 했다. 가상의 수비수를 막아섰다가 밀치고 왼쪽으로 가는 척하다가 돌파했다.

그렇게 한 시간 반이 지났다. 잭슨은 계속 나를 멈춰 세우고 다시 해보라고 했다. 촬영을 마치고 그가 노트북으로 장면들을 편집하는 모습을 지켜봤다. 폐에 연기가 차고 약해졌는지 기침이 났다. 잭슨은 영상을 느리게 돌리며 일부 장면들을 잘라냈다. 온통 나를 촬영한 장면들이 느리게 흘러나오다가 마침내 생동감 있게 재생되었다. 그는 드럼 소리와 일렉 기타 긁는 소리가 섞인 강렬한 배경음악을 깔았다. 나는 화면 속에서 드리블하고 슛을 하는 내 모습을 지켜보았다. 너무도 열심히 하는 모습이 가련할 정도였다. "내가 무슨 짐 소프야."라고 나는 중얼거렸다.

잭슨은 편집하는 데 정신이 팔려 반응이 없었다. 편집을 마친 그는 카메라를 껐다. 만족한 표정이었다. "존나 잘됐어, 이제 정말 그럴듯해."

나는 잭슨을 따라 위층으로 올라갔고 그는 냉장고에서 우리가 먹을 맥주를 꺼냈다.

"모르겠어." 내가 말했다. "진짜 다 이상해. 오늘 시내에 갔었는데, 누가 나보고 짐 소프 아니냐고 묻더라. 또 누구는 악마의 다리를 아냐고 묻고. 전부 다 이상해."

잭슨은 제 턱을 만지작거리며 생각에 잠겼다. "악마의 다리라."라고 그가 대꾸했다. 나는 양손으로 그를 붙들고 제대로 생각 좀 해보라며 흔들어대고 싶었다. 이런 생각들은 망상이 아니었다. 약 기운도 아니었다. 나는 뭔가 정말로 이상한 일이 내 주변에서 일어나고 있는 걸 또렷하게 목격하고 있었다. 나는 그것을 믿지 않았다. 잭슨도 못 미덥게 느껴지기 시작했다. 그는 오래전 알았던 내 친구 잭슨과는 너무 달랐다.

"의심하지 마. 봐봐, 이곳 사람들은 겁을 잘 먹어. 새로운 이웃을 보니까 예민한 거지. 여긴 사방이 막힌 좁은 곳이고, 우중충한데다가 늘 안개가 가득하잖아. 그게 모두를 서서히 파괴하지. 더는 행복 같은 건 없어. 미래엔 어디에 있을지조차 알 수가 없어. 여기 갇혀서 영원히 똑같은 짓을 하며 살 생각하니 끔찍해."

나는 몇 번인가 콜록거리며 가슴을 붙들고 말했다. "난 그냥 떠나는 게 좋겠어."

"미쳤냐, 추장? 너 못 가."

"왜 못 가?"

"기회를 줘. 여기 오기 전에 스마트폰 어플을 개발하려고
했는데 실패했어. 특허 신청해도 다 안 되고. 뭐든 시간이 걸
려. 좀 견뎌봐, 너 여기 온 지 하루도 안 지났어."

그는 손가락 관절을 꺾더니 제 폰을 들여다봤다. "우리는
그저 소프트웨어 개발 작업을 하는 거야, 그게 다야. 동료들
이 사라져. 하나는 한 달 전엔가 실종됐어. 아무 데서도 흔적
을 못 찾고 있다고. 다른 친구도 실종 목록에 올랐지. 이곳은
덫이야. 아마 네가 떠날 기회를 얻을 수 있을지도 모르겠지만,
어떻게 얻는지는 나도 몰라."

"뭔 소리야, 덫이라니?"

"내가 가긴 어딜 가겠어? 다른 지옥에라도 갈까? 이제 아
무도 없어. 갈 데도 아무 데도 없고."

"덫이라니, 뭔 소리냐니까?" 내가 재차 물어도 잭슨은 폰
으로 누군가에게 문자를 보내느라 바빠서 대답이 없었다. 그
는 계속 문자를 쓰면서 콩콩거렸다.

***

그날 밤, 잭슨이 잠들고 나서 한참이 지나도록 나는 침대에

누워 천장 선풍기를 바라보았다. 새하얀 안개 낀 바깥 세계는 기묘한 형상을 띠고 있었다. 방 반대편으로 무지개 빛줄기가 반사되어 비쳤다. 어떤 일이 일어나고 있었지만 나는 그게 무엇인지 종잡을 수 없었다. 숨을 쉴 때마다 폐 속이 가르랑거렸다. 기침을 하며 가래를 뱉어냈다. 한 번인가 두 번 집의 벽들이 삐걱거렸다. 알 수 없는 존재가 날 겁먹게 했다. 넋이 서린 신음 소리가 들렸다. 창밖에서 개의 혼령이 슬프게 울부짖는 소리도 들렸다.

마리아

9월 3일

이른 아침 식탁에 앉은 와이엇과 나는 아무 말 없이 아침을 먹었다. 어니스트는 더 일찍, 여섯 시 반쯤 일어나 산책을 나갔다가 들어왔고, 테라스에 앉아 커피를 마시며 신문을 읽었다.

나는 나도 모르게 아침 먹는 와이엇을 바라보고 있었다. 그의 갈색 눈은 졸려 보였고, 속눈썹에는 눈곱 부스러기 같은 게 약간 묻어 있었다. 그는 제시간에 학교에 가려고 미리 옷을 챙겨 입고 나왔는데, 카라가 있는 셔츠에 카키색 바지를 입고 있었다. 일곱 시에 눈을 뜬 내가 잠이 안 와서 와플과 베이컨을 구워놨더니 와이엇이 배가 고팠는지 우걱우걱 먹었다. 오렌지 주스도 두 잔이나 꿀떡꿀떡 들이켰다. 그는 놀라울 정도로 차분했고 스스로 여유롭고 침착하게 보이는 데 능숙했다.

"이번 주에는 학교까지 차로 태워줄게." 내가 말했다. "하

지만 집에 올 때는 버스를 타야 해. 저기 연못 아래 길모퉁이
에서 내려줄 거야. 걸어오기에 그리 멀지는 않아."

"버스 내리는 곳으로 데리러 오실 거예요?"

"네가 민망해할지도 모르니 혼자 걸어와도 되겠다고 생각
했는데. 우리 애들은 어니스트랑 내가 나가서 기다리고 있으
면 좀 민망해했거든."

"저는 그런 거 상관없는데." 그가 말했다. "아, 혹시 에코타
씨는 아침마다 나가서 커피를 드세요? 저희 아빠 생각이 나
서요."

"오, 그래 너희 아빠는 뭐 하시는 분이니?"

"아빠는 또 음주운전을 해서 감옥에 갔어요. 에코타 아저
씨는 술 많이 마셔요?"

"그렇지도 않아. 이제 안 마시지."

나는 와이엇이 제 가족에 관한 이야기를 더 들려줬으면 했
다. 내가 아는 거라곤 버니스가 일러준 대로 엄마는 이곳을 떠
났으며 아빠는 감옥에 갔다는 것뿐이었다. 하지만 학교에 늦
을 것 같아서 얼른 지갑을 챙겨왔고 와이엇은 백팩을 짊어졌
다. 너무 서두르는 바람에 어니스트에게는 우리가 나선다고
말하지도 않았다. 집에서 와이엇이 다니는 학교까지 가는 데
는 십오 분이 걸렸다. 나는 차를 몰고 제시간에 도착해 그를 내
려주었고, 뭐든 필요한 게 생기면 나한테 전화하라고 일러두
었다. "버니스한테 전화하지 말고 나한테 바로 전화해도 돼."

"아주머니 전화번호가 없는데요." 그는 차 문 옆에 가만히 서서 긴장한 듯 주위를 두리번거리며 대답했다. 나는 연필과 노트를 달라고 해서 거기다 내 폰 번호를 적었다.

"여기, 뭐든 필요한 거 있으면 바로 전화해. 걱정 말고 전화해, 알겠지?"

그는 차 문을 닫고 학교로 걸어가기 시작했다. 그 아이를 보고 있으니 내 안에서 뭔가가 무너져내리는 느낌이 들었다.

정신 차려야지! 할 일이 많으니 바쁘게 움직여야 한다. 나는 레이-레이 기념일의 모닥불 모임을 위해 자잘한 것들을 준비해야 한다고 혼잣말을 했고, 에드가에게 전화도 해야 했다. 집에 도착하니 어니스트는 아직 뒤 테라스에 앉아 있었고, 나는 식탁에 앉아 모닥불 모임을 위해 장 볼 목록을 적었다. 우리는 디저트가 필요했다. 고기와 신선한 채소도. 평소 식사 때도 푸짐하게 준비하곤 했지만, 그래도 가족 모두가 먹을 음식을 준비하려면 시간이 꽤 걸릴 터였다. 나는 레이-레이를 추억하며 어떤 기억을 함께 나눌지 쓰기 시작했다. **네가 어릴 적에 길을 따라 나와 함께 블랙베리를 주우러 다녔던 게 기억나. 넌 언제나 나랑 같이 블랙베리를 줍는 걸 좋아했어.** 나는 펜을 내려놓고 식탁을 가만히 쳐다보며 생각에 잠겼다. 하지만 아무것도 떠오르지 않았다.

나는 가방에서 전화를 꺼내 제발 받으라고 기도하며 에드가에게 전화를 걸었다. 통화음이 음성사서함으로 넘어갔다. "에드가, 잠시라도 시간 나면 제발 전화 좀 해. 꼭 해야 할 얘기가 있어."

식탁에 앉은 나는 에드가를 떠올렸고, 그가 집에 있는 건지, 아니면 어딘가에서 거리를 배회하고 있진 않은지 생각했다. 에드가가 비극의 끝에 내몰린 위험한 사람들 주변을 맴돌지도 모른다는 생각에 두려움이 엄습했다. 나는 조용히 그가 잘 지내고 있길 기도하며, 우리를 생각해서라도 집에 오게 해달라고 기도했다. 부엌에서 커피 한 잔을 따른 나는 어니스트가 잘 있나 베란다로 나갔다. 그는 몸을 앞으로 내밀어 호수를 바라보고 있었다.

"괜찮아? 뭐 하고 있었어?" 내가 물었다.

"신호를 찾고 있어. 영혼들이건, 전령이건, 뭐든지." 몸을 돌려 나를 쳐다보는 그의 표정이 심각했다. "그 친구 말이야."

"와이엇이야."

"아니, 레이-레이야."

나는 그 말을 못 들은 체하려고 했다. 모닥불 모임을 준비하려면 뭐부터 해야 할지, 어니스트가 정신적으로 힘들어하는 와중에 누가 무엇을 맡아서 준비할지 생각하려 했다. 어니스트가 불을 붙이다간 화상을 입게 될 것 같았다. 지금 상태로는 너무 위험했다.

"그 애 앞에서는 영혼들 같은 이야기는 조심하는 게 좋을 거야. 와이엇은 파탄 난 가정에서 왔잖아. 그 애 엄마는 떠났고, 아빠는 감옥에 있어."

"어젯밤에 우리가 나눈 음악이랑 영화들 얘기 말이야."

어니스트는 지난밤 와이엇과 나눈 대화를 기억했다. 뭔가 놀라운 일이긴 했다.

"레이-레이도 음반 수집이 취미였잖아. 레이-레이가 재즈 좋아했던 거 기억해? 음반을 알파벳순으로 정리했던 게 거의 확실해."

어니스트가 다시 산책을 나간 동안 나는 차를 끌고 모닥불 모임에 필요한 먹거리를 사러 마트에 갔다. 통로를 따라 카트를 밀다가 소냐에게 전화를 걸었다. "아빠 기억이 조금씩 돌아오는 거 같아. 어젯밤에 글쎄 네 할머니랑 할아버지를 기억하더라니까. 레이-레이가 모으던 음반들도 기억하고."

"어머나." 소냐가 말했다.

"뭐 때문인지, 무슨 일이 일어나고 있는지는 몰라도, 아무튼 뭔가 효과가 있어."

"약 때문인가?"

"모르지. 집에 와서 나랑 얘기 좀 하자."

장을 다 보고 집에 온 뒤 어니스트와 함께 정리했다.

"기분은 좀 어때?" 내가 물었다.

"기분 좋아." 그는 팬트리를 열어 선반에 캔 통조림들을 올렸다. 다 정리하고 나서는 소파로 가서 낮잠을 잤다. 의자에 앉아 잠든 그를 보던 나도 졸려서 앉은 채로 꾸벅꾸벅 졸았다.

깨어보니 와이엇이 집에 올 시간이었다. 버스는 길 끄트머리께에서 그를 내려줄 것이었다. 와이엇이 신경 안 쓴다고는 했지만 나는 어니스트에게 정류장에 가지 말고 현관에 서서 기다리자고 말했다. 그런데 버스가 도착할 시간이 지나고 십오 분이 흐르도록 기다려도 와이엇은 보이지 않았다. 거리는 텅 비고 아무도 없었다.

"어딨는 거지? 오늘 버스가 늦나?"

"누구한테 전화라도 해봐." 어니스트가 말했다.

나는 안으로 들어가 폰을 찾아 학교에 전화했다. 최악의 상황을 가정하기 시작하면서. 와이엇이 맞거나, 괴롭힘을 당하거나, 문제에 말려들어 교장실에 불려가고 방과 후 교실에 남겨진 상황. 그런 상황을 처리하는 건 악몽이었다. 그러나 서무실 직원과의 통화는 아무런 도움이 되지 않았다.

"학교에서 와이엇한테 무슨 일이라도 있었나요? 누가 괴롭혔다던가?" 내가 물었다.

나는 수화기를 들고 직원이 선생님에게 확인하는 동안 기다리면서 어니스트에게 와이엇을 찾아봐야 한다고 말했다. 길 아래로 내려가는 중, 내 옆에 서서 걷는 어니스트는 당혹스러운 얼굴을 하고 있었다. 와이엇이 버스에서 내려 도망가 버린 건 아닌가 싶어 갑자기 가슴이 철렁 내려앉았다. 무엇보다 그 애가 우리와 함께 지내는 걸 싫어했는지도 모를 일이었다. 아니면 다른 어딘가로 가고 싶어 버니스에게 자기 물건을 챙겨달라고 했을지도. 하지만 뭔가 앞뒤가 맞지 않아 보였다. 아침에 그는 내내 기분이 좋았다. 혹시 집에 오는 버스에서 괴롭힘을 당한 것일까. 아니면 다른 애들이 놀렸을까. 싸움에 말려들었을까? 그것도 아니면 잘못될 일이 뭐가 있단 말인가?

"이럴 줄 알았어." 내가 큰 소리로 말했지만 어니스트는 반응이 없었다. "와이엇이 학교에서 나쁜 일이 생길 것 같았어."

수화기 너머로 전화를 받은 학교 직원은 오늘 와이엇에게 아무런 문제도 없었다고 말했다. 버스는 모두 출발했다고 했다. 나는 전화를 끊고 버니스에게 전화를 해볼까 생각하다가 어니스트와 함께 계속 빠르게 걸었다. 길모퉁이에 다다르자 저 앞에서 와이엇이 보였다. 안도감이 확 몰려왔다. 버스 정류장 건너편 운동장에서 와이엇은 학교 애들 몇몇과 모여 있었다. 운동장에는 열 명에서 열두 명 정도의 아이들이 두 팀으로 나눠 뭔가를 하는 중이었는데, 가까이 가볼 때까진 너무도 불안한 마음이었다.

"쟤들 미식축구 하네." 어니스트가 말했다.

아니나 다를까 와이엇이 터치 풋볼 게임의 전체적인 작전을 짜고 있었다. 우리는 길을 건너 운동장으로 갔다. 그는 심판 역할을 맡아 양 팀에 지시를 내렸다. 그가 한 소년에게는 "눈치 없는 주장."이라고, 다른 소년에겐 "돌대가리."라고 외치는 소리가 들렸다. 두 소년 다 와이엇보다 덩치가 컸는데도 길 잃은 꼬마들처럼 와이엇의 지시를 따랐다. 와이엇은 쓰고 있던 모자를 벗어 바닥으로 내동댕이치더니 열 받은 체를 하며 마구 밟아댔다. 그러고는 눈치 없는 주장과 돌대가리에게 각자의 팀으로 돌아가라고 말하면서 활짝 웃었다.

"재밌게들 노네, 친구들과 같이 있었군." 어니스트가 말했다.

풋볼 게임이 계속 이어졌고, 보호대도 없이 태클을 걸기도 하며 양 팀 학생들 모두 와이엇의 작전에 따랐다. 그는 경기선 안팎으로 뛰어다니며 삼삼오오 모인 친구들에게 지시를 내리고 무릎을 대고 바닥에 앉아 바라보고 있는 친구들 앞에서 속임수나 태클 기술을 선보였다. 마침내 게임이 끝나고 소년들은 와이엇 주변으로 모였다. 그는 한 바퀴 또는 반 바퀴를 돌며 속도와 민첩성 기술을 선보이더니, 쿼터백 선수가 멀리서 던진 공이 완벽하게 회전하며 날아오는 찰나에 그는 공을 받으러 달려갔다. 그러고는 수월하게 공을 받아 임시로 그어둔 엔드존으로 들어갔다. 나머지 소년들이 손뼉을 치며 와이엇을 향해 달려왔다.

그들은 하이파이브와 주먹 인사를 나누고 해산했다. "다음에 또 보자." 와이엇은 백팩을 짊어지고 우리 쪽으로 걸어오며 친구들에게 인사를 했다.

"네가 집에 안 와서 걱정했어." 내가 말했다.

"네? 친구들이랑 여기서 풋볼 게임했어요. 6학년 때부터 알던 애들이거든요."

우리는 오던 길을 되돌아 다시 집으로 갔다. 어니스트가 느닷없이 웃음을 터뜨리더니, 아버지 같은 태도로 자랑스럽다는 듯이 와이엇의 어깨를 토닥였다.

저녁 식사 후 와이엇은 샤워를 마치고 정리 정돈을 한 뒤 숙제를 하며 레이-레이 방에서 시간을 보냈다. 뭐 불편한 건 없는지 물으러 방에 찾아가 노크를 하고 문을 열어보니, 와이엇은 그 방에 보관해두었던 어니스트의 오래된 타자기로 에세이를 쓰고 있었다. 타자기는 수년 동안, 아마도 레이-레이가 몇 번 쓴 이후로는 손대지 않은 것이었다. 와이엇은 두 손가락으로 천천히 타자를 두드리고 있었고, 내가 들어가도 쳐다보지 않았다.

"거실에 컴퓨터가 있는데 이렇게 오래된 걸로 해도 괜찮겠니? 이건 구닥다리잖아."

"상관없어요." 그는 대답하면서도 고개를 푹 숙이고 타자기만 두드렸다.

나는 잠시간 그를 쳐다보다가 말했다. "그래, 네가 혼자 있고 싶으면 나갈게. 아니면 혹시 필요한 거라도 있니?"

그는 자판을 두드리던 손을 멈추고 타자기에서 종이를 뜯어내 쓴 걸 조용히 읽어 내려갔다. 연필로 종이 위에 뭔가를 쓰더니 다시 종이를 타자기에 끼우고 자판을 두드렸다.

그래서 나는 그를 혼자 두고 나왔다. 어니스트가 방 밖에 서서 나를 기다리고 있었다.

"그래서? 뭐라는데?" 그가 물었다.

"뭘 뭐래?"

"영혼의 세계에 관한 어떤 단서라도 말했어? 내 생각엔 주신主神께서 레이-레이를 다른 모습으로 우리에게 보내신 거 같은데."

그의 표정이 너무 진지해서 당혹스러웠다. 방 안에서는 와이엇이 타자기 자판을 두드리는 소리가 계속 들렸다. 나는 어니스트에게 거실로 따라오라는 손동작을 하며 숙제 중인 와이엇을 방해하면 안 된다고 작은 소리로 말했다. "우리 집 생활에 잘 적응하도록 돕시다. 레이-레이처럼 보이지 않더라도 너무 실망하지 말고."

"너무도 빼닮았잖아."

"숙제하게 그냥 두자."

우리는 한참 텔레비전 앞에 앉아 형사물을 봤다. 나는 경찰 드라마에 별 관심이 없었는데 어니스트는 무척이나 집중해서 봤다. 나는 텔레비전을 보고 있으면서도 주로 십자말풀이나 뜨개질을 했다.

"지난밤에 우리가 나눈 대화 기억나?" 텔레비전에서 경찰들이 권총을 꺼내 들고 골목을 따라 용의자를 쫓는 장면이 나오는 동안 내가 어니스트에게 물었다.

"당연하지. 머리가 맑아진 기분이야. 느낌이 좋다고."

잠시 생각에 잠겼던 그가 말했다. "내 모카신."

"맞아, 지난밤에 당신이 그 얘길 했었지."

"아니, 내가 어릴 적에 신었던 거 말이야. 그 모카신이 기억나네. 어머니가 사슴 가죽으로 만들어주셨어. 신발에 달렸던 구슬 장식도 기억나고. 빨간 구슬이었는데."

"새로운 기억이네. 좋은 신호야. 우리가 간절하게 바라던 현상이야. 내 생각에 당신 상태가 좋아지는 거 같아."

텔레비전에서는 용의자가 바닥에 세차게 고꾸라졌고, 경찰들이 그 위로 올라가 제압하고 수갑을 채웠다.

"그 빨간 구슬 장식 말이야." 다시 말을 꺼낸 어니스트의 목소리가 점점 잦아들었다.

와이엇이 노트 몇 권을 들고 거실로 내려왔다. 그는 내 옆에 앉더니 노트를 넘기면서 자신이 쓴 것들, 그 모든 시와 이야기와 그림 들을 보여주었다. "이건 제가 열 살 때 색칠한 거예요." 그는 나무들에 둘러싸인 커다랗고 붉은 집 그림을 가리키며 말했다. 그의 그림 대부분이 집이라는 걸 알아차렸다. 그 모든 집들이 무엇을 의미하는 걸까? 와이엇은 이집 저집 옮겨 다니며 애정 결핍을 겪었고, 어딘가에서 산다는 게 무엇을 의미하는지 끊임없이 생각해온 것만 같았다.

"이건 전부 다 하이쿠 형식으로 쓴 시들이에요. 어떤 건물이나 학교, 아니면 집에 머물 때마다 다 다르게 쓴 거죠. 여기

와서 기쁜 이유 중 하나도 이 집 공간들에 대한 시를 쓸 수 있기 때문이죠."

"좋은 시가 나오면 좋겠구나. 나도 생각을 글로 쓰는 걸 좋아해. 글을 쓰면 언제나 기분이 나아지거든."

"최고의 시죠." 그가 웃으며 답했다.

"최고라니?"

"아주머니와 얘기하니까 온몸이 즐겁거든요."

와이엇의 말투와 말할 때의 습관은 정말 사랑스러웠다. 몹시 활발하면서도 과장되게 반응하는 게 꼭 장난기 넘치는 꼬마 애 같았다. 그는 학교 숙제로 쓴 에세이를 꺼냈다. 오류는 없는지 내게 확인을 부탁하며 "좀 봐주실래요?" 하고 말했다.

"물론이지, 내가 한번 볼게."

"뭘 봐달라는 거야, 철자?" 어니스트가 물었다.

"문법이나 철자 말고 내용 전개나 주장을 보고 의견을 주시면 좋겠는데요." 그가 말했다.

나는 독서용 안경을 끼고 글이 더 잘 보이도록 탁자 조명 가까이 갔다.

영어 수업 에세이(작성 중)
와이엇 엘리 채어

우리의 우수한 교과서에 실린 이 눈부신 "산문 조각" 시는 안목에 관한 것이다. 이 시는 한 체로키 소년의 환생에 관해 이야기한다.(같은 저자의 첫 책인 『공중부양과 천 개의 죽음에 관한 책』에 이 시가 나온다.) 이 "산문 조각"의 제목은 「올빼미와 독수리」로 그의 걸작이라고 할 수 있다. 보잘것없는 의견이지만, 그 공중 부양 책은 영성이라는 주제를 다룬다고 본다.(몇 년 전 나는 세쿼이아[체로키 문자 창시자] 학교에서 저자의 다른 산문시집들을 읽고 에세이를 쓴 적이 있다). 거울 속 독수리는 사람이 환생한 것이다. 그게 어떻게 가능할까? 존경하는 독자들에게 설명해보겠다. 그 독수리의 모습은 점멸하는 기묘한 빛줄기와 함께 원을 그리며 떠 있다가 사라진다. 분명 노란빛이었다가, 푸른빛이 된다. 뜬금없이 체로키 단어인 '타워디'가 미미하게 나타나 그 형상은 거울에 남는다. 만일 저자가 혼령이거나 전령사였다면 어떨까? 토착민 독자 여러분들은 알겠지만, 역사적으로 체로키 신화에서 독수리들은 전령으로 여겨졌다. 여기 이 땅에서 혼령들을 기다리길…

"음." 하고 나는 다 읽은 에세이를 와이엇에게 건넸다. "글쎄, 흠."

"손을 좀 봐야 해요. 받아들일 테니 제발 틀린 부분을 잡아주세요. 에세이를 잘 쓰고 싶어요."

"내가 책 서평을 읽어본 지가 오래돼서. 그 소년이라는 인물이 누구지?"

"시에 등장하는 소년은 다른 모습을 하고 등장해요, 매나 올빼미처럼요. 아니면 노인이나 심지어 다른 소년의 모습을 하고요."

"시에서?"

"저자가 체로키 사람인데요, 이 마을 출신이라고 저희 선생님이 그랬어요."

"나는 모르는데. 어니스트, 당신은 그 저자를 알아?"

어니스트가 다가와 와이엇 옆에 서더니 그가 들고 있는 에세이를 들여다보며 물었다. "타워디라고 했니?"

"타워디는 체로키어로 '매'라는 의미예요. 글의 끝맺음을 생략 처리 한 건 어떤가요?"

"생, 뭐라고?"

"마지막에 점을 세 개 찍은 거요."

어니스트가 턱을 만지작거렸다.

"연필로 좀 써주세요. 이 부분을 수정해서 좋은 문장으로 만들 수 있을까요?"

"괜찮아 보이는데." 내가 말했다.

와이엇은 어니스트에게 체스를 두겠냐고 물었고, 두 사람이 식탁으로 가서 체스를 두는 동안 나는 거실에 남아 와이엇의 에세이를 다시 읽었다. 펜을 들고 천천히 읽으면서 느낌표를 찍거나 괄호를 삽입했지만 달리 뭘 써줘야 할지는 알 수 없었다. 나는 몇몇 문장들에 줄을 그어 지웠다. 읽고 또 읽어봐도 어니스트가 웃는 소리가 들려와서 집중이 안 되었고, 결국엔 나도 식탁으로 가서 두 사람이 체스를 두고 있는 모습을 보았다.

아무 말 안 했어도 어니스트가 체스 규칙을 기억해내려 애쓰는 걸 알았다. 레이-레이 말고는 우리 중 누구도 체스를 쉽게 두지 못했다. 우리 집에서 체스를 좋아한 사람은 레이-레이뿐이었다.

"에세이는 내가 할 수 있는 만큼만 검토했어." 나는 와이엇에게 에세이를 건넸고, 그는 내가 쓴 것들을 보더니 고개를 끄덕였다.

"감사합니다. 아저씨가 체스 두는 법을 잊으셔서 도와드리고 있어요. 영혼들에 관해서도 얘기하고 있고요."

어니스트가 와이엇을 쳐다보며 말했다. "영혼들에 관해서 더 얘기해봐. 영혼의 세계에서 네가 본 모든 것들을 말해줘."

"영혼의 세계?" 내가 물었다.

"그래." 어니스트는 여전히 와이엇을 쳐다보며 대답했다. "말해봐, 아들. 거기서 뭘 본 거야?"

"과자 좀 먹을까." 하고 나는 화제를 돌려보려 말을 꺼냈다. "와이엇? 배 안 고프니? 아이스크림 먹을래?"

"영혼의 세계라," 와이엇은 어니스트의 말에 맞장구를 치며 몸을 앞으로 내밀고 식탁에 팔꿈치를 댔다. "물론, 굉장한

곳이죠! 개울가에서 아름다운 여인을 만났어요. 그녀의 이름
은 클라라였죠."

"머리칼이 새까맣던?" 어니스트가 물었다.

"네 맞아요, 흑발이었죠. 머리칼도 길고요. 그녀는 정말 예
뻤어요."

"또 다른 건?"

"그녀는 남편을 찾고 있었어요. 여기저기를 다 찾아다녀도
남편을 찾지 못했죠."

두 사람의 대화에 나는 허를 찔렸다. 와이엇이 이토록 세심
하게, 어니스트의 이상한 대화 주제에도 맞장구를 쳐주려는
자세가 너무도 고마웠다.

"또 다른 건 못 봤니?" 어니스트가 물었다.

"걸어 다니면서 올빼미와 독수리들, 그리고 다른 아름다
운 영혼들을 만났어요. 꼬마 정령 윤위 춘스티Yunwi Tsunsdi도
만나고, 드래깅 카누도 만났는데, 그가 제게 이렇게 말했어
요…. 들어보세요, 아저씨. '너는 예지의 은사를 지닌 선지자
가 될 게다'라고요!"

소냐

9월 3일

나는 바너클 빌스 마리나까지 걸어갔다. 집에서 조금만 가
면 나오는 선착장 위 카페에서 가끔 커피를 마시거나 점심을
먹고 책을 읽기도 했다. 여름철엔 휴가를 보내는 사람들이 라
이브 밴드의 연주를 들으며 맥주나 커피를 마시러 와서 붐비
는 곳이었다. 오후에 갔더니 거의 텅 비어 있었다. 계절이 가
을인지라 바깥 공기가 점점 차가워져서, 호수 선착장 카페에
서 시간을 보내는 사람들은 거의 없었다. 바너클 빌스는 11월
부터 동계 휴가에 들어갔기에 나는 가을 내내 가능한 한 많이
가려고 했다. 날이 차고 사람들이 거의 없을 때 말이다.

도착해보니 수면이 상승해 내가 좋아하는 자리가 있는 갑
판까지 물이 차올라 있었다. 그래도 영업은 했다. 해가 쨍했고
하늘이 맑게 갠 날이었다. 높은 습도로 공기가 묵직한 가운데
새들과 곤충들이 가벼운 산들바람을 타고 노닐고 있었고 폭

풍우가 물러가 맑은 날을 만끽하기에 충분히 좋았다. 거위 몇 마리가 해변에서 노는 아이들과 저 멀리 떨어져 걸어 다녔다. 한 아빠는 계속해서 아들에게 진흙에 발을 담그지 말라고 소리쳤다. 나는 콜레트 책을 가져와 수프를 먹고 커피를 마시며 조용히 읽을 준비를 했다.

창가 작은 테이블에 앉아 커피를 홀짝이며 물가에서 노는 아이들을 쳐다봤다. 전부 다섯 명으로 모두 남자애들이었는데, 그중 하나가 다른 애들보다 확연히 키가 작았다. 한 남자애가 막대기를 던졌고, 다른 애들이 물속에 들어가 거위들을 쫓았다. 그러더니 모두가 옹기종기 모여 이야기를 했다. 아이들이 무슨 계획이라도 짜는 건지 궁금했다. 너무 멀리 떨어져 앉아 있던 나는 그게 그냥 노는 건지 무슨 게임을 하는 건지 알 도리가 없었다. 잠시 뒤 그중에 두 명이 제일 체구가 작은 애를 붙들더니 덜렁 들고 물가로 데려갔고, 그 조그만 애는 내려달라고 발버둥을 쳤다. 두 소년은 왜소한 애를 물에 빠뜨리고 다른 두 명에게로 달아났고, 그 애들 모두 선착장에서 멀리 벗어났다. 그 조그만 애는 물에서 빠져나와 다른 네 명을 따라 뛰었고, 얼마 지나 모두가 내 시야에서 사라졌다.

그때 내 폰에 진동이 울렸다. 엄마 전화였다.

"집이니?" 엄마가 물었다.

"바너클 빌스에 커피 마시러 왔어. 엄마도 여기 올래요?"

"지금은 안 돼. 너한테 아빠 얘기 좀 하려고. 들을 수 있으면 집에 들러줘. 아빠 기억에 관한 거야."

"이런, 어떡하면 좋아."

"아냐, 걱정하지 마. 아빠가 좋아지고 있어. 오랫동안 기억 못 하던 걸, 글쎄 이제 하더라니까. 그래서 우리가 좀 놀랐어."

"기억력이 좋아졌다고?"

"그래, 진짜 놀라워, 소냐. 시간 있으면 꼭 들러, 알겠지?"

"알겠어요."

"일시적인 현상이 아니길 기도해보자. 어떤 식으로든 아빠가 회복되길 기도하자고."

전화를 끊고 기분이 좋아졌다. 몇 달간 아빠 건강에 대한 생각은 일부러 회피했다. 아빠 생각만 하면 걱정이 엄습했으니까. 아빠의 상태 호전은 뭔가 더 대단한 일이 일어난다는 걸 의미했다. 나는 아빠가 나아지면 나 자신의 행복에 집중할 수 있다고 되뇌었다. 그러다 아까 물가에서 놀던 소년들이 그 조그만 남자애가 속상해하는데도 무시했던 모습을 떠올렸다. 이른 아침에 빈의 집에서 나올 때, 오후에 자기 집에 다시 오고 싶은지 내게 의견을 묻기보다는 내가 오후에 다시 오면 좋겠다던 빈의 말도 떠올렸다. 그는 몹시 요구하는 게 많은 타입이었다. "글쎄, 그렇다면 난 네가 더 나은 애인이 되려고 노력해주면 좋겠는데." 하고 내가 대꾸했더니 그는 웃지도 않고 마음이 상한 체를 했다. 그래서 나는 사과하는 대신 그냥 농담이었다고 말했다. 내가 보기엔, 남자들은 자신의 태도가 얼마나 공격적인지 모르는 경우가 태반이다. 살아오면서 엮였던 남자들은 내가 죄책감을 느끼도록 만들곤 했다. 학교에 다니던 어린 시절에 나는 창밖을 내다보며 나무들을 부러워했다. 적어도 한동안은 습관처럼 나무를 부러워했었다. 창밖에 늘 어선 나무들의 익명성과 그 아름다움과 고요를 질투하면서. 누군가는 나무의 순전한 아름다움에 감탄해 더는 아무것도 바라지 않는다. 한 그루의 나무는 수백 년을 한 자리에 진정한 자기 자신으로 머문다.

빈과 처음으로 함께 밤을 보낸 후, 나는 그에게 덜 끌렸다. 그리 드문 일은 아니었다. 아침 내내 우리는 그의 침실에서 벌거벗은 채 혀로 서로를 탐닉했고, 나는 그의 이름을 속삭이고 강렬한 눈빛으로 그를 응시하며, 그가 나를 더 욕망하도록 만들려고 했다. 나는 격정적이란 말을 몇 번이고 들어본 사람이었다. 스스로 육체적인 성행위에서 나를 분리해, 이를테면 빈과 섹스하는 도중에 마치 다른 유부남이랑 섹스한다고 상상하며 빈과 하는 것보다 더 흥분할 수 있었다. 우리가 불륜을 저지른다는 판타지에 기대 실제보다 더 위태로운 상황이라고 믿으면서 말이다.

나는 바너클 빌스에서 커피를 홀짝이며 콜레트의 책을 한 시간 넘게 읽다가 집으로 향하는 오르막길을 걸었다. 호숫가에 멈춰 바람에 일렁이는 회색 물결을 바라보면서 어쩌다가 나는 어디에서도 안식처의 편안함을 느끼지 못하는지를 생각했다. 어릴 적부터 나는 커서 절대로 결혼하지 않으리라 생각했다. 집을 떠나 누군가와 결혼하고 가족을 꾸리고 싶어 하던 학교 친구들과는 너무도 달랐다. 그 생각을 무시하는 건 절대 아니었지만 그런 생각이 기쁘지 않았고, 혼자 살고자 하는 욕망이 이상하단 걸 알면서도 친구 중에는 왜 나와 같은 생각인 애가 아무도 없는지 이해할 수가 없었다. 호수의 고요와 고독이 나는 가장 즐거웠다. 바람이 세지면서 잠시간 차가워져 완벽한 가을날의 감각이 전해졌다. 나는 집으로 걸어갔다.

부모님 집으로 가볼까 생각했지만, 본능적으로 빈을 만나야 한다는 걸 알았다. 솔직히 말하면 그에게 덜 끌리면서도 여전히 그가 나를 욕망하길 바랐다. 아마도 이것은 묘한 강박관념일 테지만, 상관없었다. 나는 자전거를 타고 메인 스트리트에 있는 YMCA로 갔다. 빈과 루카가 오후에 자주 가는 곳이었다. YMCA 주차장에는 차가 거의 없어서 정문 쪽에 자전거를 댔다. 몇 분간 밖에서 기다리다가 두 사람이 나를 보면 뭐라고 할지 생각했다. 나는 회원권 가격을 알아보던 참이라고 말할 생각이었다. 가입을 생각 중이라고, 단지 우연에 의해 만난 거라고, 빈에게 설명할 계획이었다.

잠시 몇몇 아이들이 길가 소화전에서 뿜어내는 물을 맞으며 춤추는 모습을 보았다. 안으로 들어가니 프런트 데스크에 세 명의 남자가 있었다. 대학생으로 보이는 젊은 애들이었는데, 그중 하나만 몸을 좀 키운 듯 보였다. 다른 두 명은 깡마르고 맥아리가 없었다. 그 둘은 대학교 여름방학 동안 집에 내려와 점심때가 되도록 잠만 자다가 온종일 게임이나 하는 부류처럼 보였다. 나는 그들에게 어린이 프로그램은 어디서 진행되느냐고 물었고 그중 하나가 위층에 게임실이 있는데 곧 마치고 내려올 거라고 말해주었다. 나는 고맙다고 하고 복도에 있는 자판기 옆 탁자에 앉아 실내 수영장에서 할머니들이 수중 에어로빅 수업을 받는 모습을 지켜봤다. 얼마간 폰을 들여다보고 있으니 한 무리의 아이들이 계단 아래로 내려오기 시작했다. 아이들은 질서고 뭐고 상관 않고 왁자지껄 급하게 내려왔다. 다시 복도 쪽으로 반쯤 가는데 문에서 루카가 나오는 게 보였다. 프런트 데스크 가까이서 바라보니 루카는 빈과 함께 바깥으로 나가 점점 멀어져 갔다. 나는 두 사람을 따라가지 않기로 하고 가만히 서서 차에 올라타는 그들을 지켜봤다. 깡마른 남자 중 하나가 내게 혹시 도움이 필요한지 계속해서 물었지만 나는 아무런 대답도 하지 않았다. 나는 빈의 차가 출발하기를 기다렸다가 밖으로 나와서 내 자전거에 올라탔다.

그날 저녁 샤워를 하고 나왔더니 빈에게 전화가 걸려 왔다. 나는 서둘러 침대로 가서 전화를 받았다.

"저녁 먹으러 나갈래?" 그가 물었다.

"난 그냥 어디 가서 너랑 자고 싶은데." 내가 말했다.

"우와, 존나 좋지. 루카 봐줄 시터가 와 있어서 나갈 수 있어. 그런데 그 전에 뭐 좀 먹어야겠어. 씨발 배고파 미치겠거든."

"나도 배고파."

한 시간쯤 지나서 그가 나를 데리러 왔는데 집에는 들어오지 않고 차에서 기다렸다. 그는 어디 좋은 데 가자고 하면서도 어딜 갈지 정하지 못했다. 나는 털사에 가서 체로키 카지노에 있는 레스토랑에 가자고 했다. 거기 매니저가 지인이라 부엌을 통해 몰래 뷔페에 들어갈 수 있을 거라고 하면서. 빈은 뷔페에 가자는 제안을 맘에 들어 했는데, 단지 공짜 저녁을 먹는 게 좋아서 그러는 건지 뭔지는 알 수 없었다.

레스토랑에는 손님이 많아서 내 친구 루실이 우리를 들여보내기가 그리 어렵지 않았다. 루실은 내가 돈을 내겠다고 해도 절대 못 내게 했고, 그 돈으로 차라리 팁을 내라고 했다면서 테이블에 앉은 빈에게 말했다. 루실은 예전에 학교에서 만난 친구였는데, 그녀의 어머니는 부족 의회에서 높은 직위를 맡은 분이었다. 새로 오픈한 카지노는 부족 사람들에게 금광이나 마찬가지였고, 이후 계속 장사가 잘되고 규모를 확장하고 개발하면서 바로 옆에 호텔과 수영장도 들어서고 콘서트나 권투 경기 등 여러 볼거리가 열렸다. 한동안 만나지 못했던 루실과 나는 몇 분간 서로의 가족 안부를 물었고, 나는 그녀에게 빈을 인사시켰다.

음식을 먹는 동안 침묵이 흘렀다. 지난밤을 함께 보낸 사이임에도 이상하게 어색했다. 나는 우리 둘 사이의 침묵이 거슬렸지만, 그는 아무 말도 없이 게걸스레 음식을 먹었다. 그가 우리 관계에 대해서 무슨 생각을 하는지, 혹은 우리 둘에 대해 무슨 생각을 하고 있기나 한지 궁금했다. 나는 그에게 루카를 데리고 금요일마다 어린이는 무료인 카지노 피자 뷔페에 와본 적이 있냐고 물었다. 그는 루카가 제일 좋아하는 외식 중 하나라고 하더니, 아케이드 게임이랑 음악 소리가 너무 커서 루카에게 자극이 되는 게 마음에 안 든다고 했다. 그건 모두가 그렇게 느끼는 거라고, 내가 말했다.

"오늘 집에 가서 아버지 만나고 왔어." 그가 말했다.

"여전히 아프신 거야?"

"살이 많이 빠지셨어. 방문 간호사가 와서 봐주긴 하는데, 보고 있으면 끔찍해."

"네겐 너무 귀여운 아들이 있잖아." 라고 말하며 나는 화제를 돌렸다. "루카는 진짜 인형이야. 루카랑 함께 시간 많이 보내지? 필요하면 내가 가끔 봐줄 수도 있어."

"뭐 그러든가." 하고 그는 먹으면서 대꾸했다.

"루카는 진짜 멋진 아이야. 여기저기 흥미도 많고 말이야. 예술적이랄까, 안 그래? 상상력이 풍부하다고 해야 하나?"

"뭐 그럴지도. 기회가 되면 어린이 스포츠 리그를 하면 싶은데, 루카에겐 기회가 없을 듯하네."

분명한 건 루카는 빈이 원하는 아이가 전혀 아니라는 점이었다. 자폐를 앓는 루카는 농구공 던지기보다 야외에 앉아 쌍 안경으로 다람쥐와 새들을 보는 걸 더 좋아했다. 하지만 나는 루카가 좋았다. 뭐랄까, 그가 내 아들이어도, 혹은 내 막냇동 생이어도 좋을 것만 같았다. 레이-레이가 죽은 뒤 상처가 너 무 심했던 탓에 에드가에게 좋은 누나가 되어준 적이 없었다. 나는 루카를 더 알고 싶었다. 무슨 색깔을 좋아하는지, 어떤 음식과 음료를 제일 좋아하는지. 선생님 이름과 친구들의 이 름은 뭔지, 학교에서 제일 좋아하는 과목은 뭔지, 취미는 뭔 지도 알고 싶었다. 루카가 놀라운 아이라는 걸 난 알 수 있었 다. 그가 집 앞에서 스쿠터를 타고, 무선조종 자동차를 가지고 놀고, 또래 아이들이 하기엔 이상할지 몰라도 새 흉내 내기를 좋아한다는 걸 알았다. 나는 그에게 체로키 단어들을 가르쳐 줄 수도 있었다. 치스쿠아(새), 오시요(안녕), 아기요시, 이날 리스데이 브흐브가(배고파요, 뭐 좀 먹어요) 같은 것들. 숙제를 도와주고 여자애들이나 학교와 인생에 관해 가르쳐줄 수도 있었다. 어렸을 땐 엄마와 아빠가 너무 바빠서 내가 에드가의 숙제를 봐주곤 했다. 그 당시에는 가족끼리 보낼 시간이 많이 없었다. 나는 루카에게 사랑하는 이들과 시간을 보내기 위해 고군분투하는 심정이 어떤지 나도 안다고 말해줄 수 있었다. 나는 항상 아들이 있었으면 했다고도 말해주고 싶었다.

"루카가 중학교에 가면 학교생활하기가 너무 힘들지 않을 까 싶어." 빈이 말했다. "벌써부터 거칠게 행동하는 친구들을 상대하느라 벅찬데, 놀리는 녀석들도 있고. 루카가 운동이나 기타, 드럼 같은 데 관심이 있으면 좋겠어. 그런데 씨발 체스 클럽이나 하려고 하네."

루카가 일주일에 한 번 시내 커뮤니티 센터에서 모이는 지역 체스 클럽에 들어갔다고 빈은 얘기하면서, 거기서 한 녀석이 루카의 행동을 두고 놀렸다고 했다. 무슨 행동을 했길래 놀렸냐고 물으니 그는 루카가 가끔씩 체스를 두다 말고 다른 생각이나 불안감을 딴 데로 돌리려고 몸을 앞뒤로 흔든다고 했다. 들어보니 그리 특이한 행동도 아니었다. 하지만 자폐가 낯선 아이들에겐 별난 행동으로 보였을 것이다. 루카가 몸을 흔드는 걸 가지고 웃음거리로 만들고는 제 엄마한테 가서 뭐라고 이야기를 하는 그 녀석을 빈은 내내 지켜보고 있었다 했다.

"그 엄마는 뭐랬어?" 내가 물었다.

들고 있던 빵에 붙은 옥수수를 떼어 먹던 빈은 그 순간 그 여자 근처에 있기가 싫어서 그녀가 뭐라고 말을 하기도 전에 자리를 박차고 나와버렸다고 했다. "그 여자는 씨발 자기 새끼나 잘 간수하고 똑바로 교육시킬 것이지. 그 녀석은 남을 존중하는 법을 배워야 해."

그때의 기억 때문에 빈이 흥분하는 게 보였다. "루카가 체스 말고 좋아하는 보드 게임 있어?"

"걔는 모두가 행복할 수 있다면 뭐든 좋아할 거야." 빈은 맥주를 한 모금 들이켰다. "루카는 갈등을 싫어해. 뭐든 경쟁이

182

심하면 힘들어하지. 공격성이 영 부족해서 말이야, 난 걔가 약하게 크는 게 싫은데."

"그런 멍청한 소리 좀 하지 마." 내가 말했다.

"루카가 괴롭힘을 안 당하면 좋겠어. 친구들이랑 운동도 하면 좋겠고."

"너는 루카가 공격적이면 좋겠어?"

"만만한 상대가 되지 않길 바란다는 거지."

"루카가 얼마나 사랑스러운데. 루카를 보면 내 동생 살아 있을 때가 생각나. 심지어 생긴 것도 닮았어."

그 순간 빈에게 레이-레이 얘기를 꺼내고 싶었지만, 그 얘길 하기에는 적당한 장소가 아니었다. 아직 얘길 꺼낼 준비가 안 된 상태이기도 했다. 그래도, 나는 짜증이 났다. "내 인생 이야기는 안 듣고 싶겠지." 내가 말했다.

"잠깐 가서 돈을 따볼까 싶은데." 하며 그는 내 얘긴 듣지도 않고 말했다. "우리 저녁은 공짜로 먹었으니까 돈 아낀 거잖아, 안 그래? 여기 온 김에 한번 해보자."

나는 아무런 대꾸도 하지 않았다. 그를 따라 슬롯머신들이 모인 데로 가서 트리플 세븐 도박기에 앉아 게임을 했다. 이내 이십 달러를 잃었는데, 그 돈은 내겐 큰돈이었다. 얼마간 빈이 도박하는 걸 지켜봤다. 어느 시점에 그는 주위를 둘러보다가 야한 옷을 입고 지나가는 웨이트리스에게 맥주를 주문하겠다고 말했다. 그러고는 내게 이십 달러를 주더니 바에 가서 자기 것 하나를 사다 주고 나도 한 잔 사다 마실지 물었다. 어떤 여자든 자기가 말하면 바로 해줄 거라 여기는 태도는 뭐랄까, 완전히 터무니가 없었다. 물론 그가 내 음료까지 계산하는 거였지만, 그러면 내가 씨발 저 마실 맥주를 갖다 줘야 한다? 뭐, 내가 잘못짚었을 수도 있고, 아니면 빈은 자기가 뭔 짓거리를 하는지 정확히 알고 있을 수도 있었다. 그것도 아니면 그는 아주 오랫동안 교묘하게 이런 식으로 행동해왔을 수도. 그를 향해 너무도 갑작스레 치미는 화에 나도 놀라고 있었다.

"그래, 물론이지. 내가 얼른 달려가서 네 맥주를 갖다 줄게, 그럼 되지?"

그는 계속해서 도박기 버튼만 두드리며 멍청하게 입을 헤벌리고 있다가 나를 힐끔 쳐다봤다. "그런 식으로 말하지 마."

"그게 어떤 식인데?"

"나 지금 꽤 잘하고 있다고. 사십 달러도 넘게 땄어." 그는 쉬지 않고 버튼을 두드리며 기계를 들여다보았다.

밖으로 나오는 길에 빈은 이미 백 달러를 넘게 잃고 자신이 가진 현금을 다 축냈다는 사실에 고개를 가로저었다. 나는 어디 가서 한잔 더 하자고 말했다. "우리는 시터가 루카를 봐주는 동안 얼른 집으로 가야지." 주차장을 가로질러 걸을 때 그가 내 허리에 손을 얹으며 말했다.

"시터가 있는데 하자고?" 내가 물었다.

"상관도 안 해. 근사하잖아, 내 말만 믿어. 시터는 루카랑 같이 계속 아래층에 있을 거야. 걔 성격이 좋거든."

"안 돼." 내가 대꾸했다. "오늘 밤은 안 되겠어, 알겠지? 오늘은 부모님 댁에 가봐야 해. 아빠 치매 때문에 엄마가 힘들 거야."

"알았어." 하고 그는 대답했지만 열 받은 눈치였다.

나를 집까지 태워준 그는 아무런 말이 없었다. 그의 침묵이 날 불편하게 했다. 그가 내 집 앞에 차를 댔을 때, 나는 그에게 몸을 기대고 손으로 그의 다리를 살살 문질러주었다. 입을 맞추고 그의 입술을 혀로 어르면서 손으로는 그의 볼을 매만져주었다. 그는 몸을 뒤로 빼더니 어떻게 할지 모르겠다는 듯 쌀쌀맞게 쳐다봤다.

"나중에 전화할까?" 내가 물었다.

"그래, 나중에 얘기하자."

내가 차에서 내리자 그는 쌩하고 가버렸다.

그날 밤 잠들기 전까지 더는 빈 생각을 하고 싶지 않았다. 초조하고 불안한 게, 아무래도 그의 행동에 너무 짜증이 났던 것 같다. 빈은 그다지 좋은 사람 같지가 않았고 자기 아들을 너무 무시하는 게 아닌가 싶었다. 얼마간 그에 대한 생각을 애써 떨쳐보려 했지만, 강한 두려움이 나를 덮쳤다. 내가 늘 불안한 사람이긴 했어도 이번엔 강력했다. 그가 갑자기 집으로 찾아와 폭력적으로 나오는 건 아닌가 걱정이 됐다. 술에 잔뜩 취해 따지러 올 수도 있었다. 나는 이런 경고에 영적으로 강력히 연결되는 것을 느끼면서도, 생각을 떨쳐내고 집안일을 해보기로 했다.

어둑했지만 뒤뜰로 가서 낙엽을 그러모았다. 잔디에 물을 준 뒤 스프링클러에서 솟은 물이 얇은 막으로 호를 그리며 잔디 위로 흩뿌려지는 모습을 보는데 매 한 마리가 급강하해 마당 건너편 나무 아래에 착지했다. 그 매는 나를 의식했고, 그게 아니었다면 마치 나를 의식하는 듯 쳐다봤다. 심지어 한밤중도 아니었는데 뭔가 여전히 불안하게 느껴졌다.

나는 지하실을 청소하기로 마음먹었다. 평소에 전혀 사용하지 않는 곳이었다. 계단 불을 켜고 조심스레 아래로 내려갔다. 외풍이 심하고 대부분 공간이 비어 있었다. 어릴 때 사용하던 침대가 있었고 수년간 못 보던 물건들이 쌓여 있었다. 나는 벽 쪽에 상자들을 쌓기 시작했다. 온갖 액자와 옛날 신문을 오린 조각, 장난감들이 든 상자였다. 크리스마스 장식이 든 상자에는 반짝이와 오너먼트, 색색이 전구와 오래된 잡지들이 있었다. 선반에는 몇 권의 책들과 빈 페인트 통 두 개, 그리고 예전에 쓰던 페인트 붓 몇 개가 놓여 있었다. 지난겨울 쥐가 나와서 설치해뒀던 쥐덫과 반쯤 갉아 먹힌 쥐약도 있었다. 나는 지하실 전체가 깔끔하게 정돈될 때까지 바닥을 쓸며 먼지를 털었고, 청소 후 옷을 다 벗은 채로 콜레트 책을 들고 침대로 가서 꽤 행복한 기분을 만끽했다.

찰라

    살아생전 나는 화를 내본 적이 거의 없단다. 이토록 분노하게 될 줄은 결단코 예상치 못했다. 하지만 땅은 우리에게 경고를 보냈지. 가뭄이 찾아왔었다. 하지의 땡볕에 흙이 불타고 누구든 공기 중에 섞인 먼지 맛을 보았단다. 바람이 몰아치며 울부짖었다. 사랑하는 아들, 이런 경고들에 주의를 기울이는 건 정말 중요했단다. 때가 가까워졌다는 걸 알게 되었으니 말이다.

    예언자들 역시도 군인들이 우리 땅에 쳐들어와 우리를 몰아낼 거라 경고했었단다. 정말 끔찍한 시간이었지. 우리는 잔뜩 겁을 먹었음에도 우리 고향을 지킬 준비를 했단다. 사람들은 정부가 부당한 조약을 근거로 우리를 속이더라도 떠나길 거부하려 했다. 우리는 그들을 믿지 않았어. 그땐 희망의 시간이기도 했었다. 몇몇 선교사들이 우리에게 기독교를 전파하고 뉴에코타 사람 중 하나가 번역한 마태복음 구절을 읽어주었단다. 우리는 평화와 희생에 관해 논했다. 조약의 내용과 우리의 겸손에 관해 이야기했지. 그 시기에 나는 죽음의 환영을 보았는데, 죽는다는 게 무슨 의미인지 미처 이해하기도 전이었단다.

다가오는 군인들의 환영

군사들이 도착하기 전날 밤, 나는 저 멀리 하늘을 올려다봤고, 거기에서 죽음의 환영을 보았다. 사람들은 달구지 옆으로 아이들을 업고 먹을 것을 짊어진 채 걸었고, 군인들은 총을 들고 마차에 앉아 있었다. 건너편에서 전사들과 군인들이 싸울 때 우리 부족 사람들이 피 묻은 풀밭에 숨어든 게 보였다. 사람들이 굶주림과 질병으로 죽어가는 모습도 보였다. 가장 살찐 소들이 살육당해 사람들은 슬픔에 잠겼는데 군인들은 나팔을 불며 지나갔다. 말들이 죽고 뱀들은 밤마다 붉은 흙먼지 위에 널브러졌다. 귀머거리 소년이 들판을 내달리자 군인들이 소년을 불러 세웠고, 소년이 멈춰 서지 않자 그들은 총을 쏴버렸다. 목장과 역참들이 불타올랐고 이후 잔치와 춤판이 벌어졌다. 바람이 시체를 휩쓸고 가자 독수리 한 마리가 나타나 붉은 여명을 향해 날아갔다. 하늘이 불타오르더니 시체들이 연기처럼 사그라들었다. 사슴과 조그만 동물들은 산속으로 내달았다.

늦은 밤 혼령들이 둥둥거리는 소리를 내서, 혹은 그런 것 같아서 잠에서 깼다. 바깥으로 나가 나무들을 보았다. 둥둥거리는 소리는 그쳤고 아무것도 보이지 않았다. 하늘을 올려다보니, 거기에는 거대한 검정 뱀과 멧부엉이, 수리부엉이가 보이고, 한 무리의 사람들은 모두 하늘 위의 거대한 나무를 향해 걸어갔다. 그 나무는 불타고 있었는데, 어찌나 격렬히 불타오르던지 쳐다보는데 눈이 얼얼할 정도였다. 그러다가 연기가 그 사람들을 감쌌고, 재가 별처럼 하늘에서 떨어져 내렸다. 나는 눈을 가리고 안으로 들어가야 했고 동틀 녘까지 깬 채로 누워 있었다. 아내는 내가 앞으로 우리에게 닥칠 일에 대한 강력한 환영을 본 거라 말했다. 그 모든 고통과 괴로움. 그 모든 걸음과 그 모든 죽음을.

나 역시도 군인들이 쿠사와티이[Kusawatiyi. 오래된 개울가]에 도착하는 꿈을 꾸었고, 그제야 우리가 산속으로, 그들이 우리를 찾지 못할 곳으로 들어가야 한다는 걸 알았다.

윤위 춘스티 Yunwi Tsunsdi

산속에 사는 소인小人이라 알려진 윤위는 사람들이 많이들 겁내는 존재였다. 산속 동굴에서는 북소리가 들려왔다. 그들이 음악과 춤을 꽤 좋아했기에, 그 소리를 두고 사람들은 혼령들이 내는 소리라고들 했다. 그들은 우리 조상들이 살아 있던 오랜 옛날부터 그곳에 살았다. 천연두가 퍼졌던 어느 겨울 눈이 펑펑 내리던 날, 한 사냥꾼은 산속으로 이어진 조그만 발자국들을 발견했고 어린아이들 발자국이라 생각했다. 아이들이 동사할까 걱정한 사냥꾼은 발자국을 따라 동굴로 들어갔다. 그리고 며칠이 흘렀다. 사냥꾼을 찾아다니던 사람들은 그가 곰에게 잡아먹힌 건 아닌지 걱정했지만 몇 주가 지나 마을로 돌아온 사냥꾼은 자신이 천연두에 걸려 몹시 아팠으며, 윤위 춘스티들이 자신을 돌봐줘서 충분히 회복한 후 돌아왔다고 말했다.

그들은 키가 제 허리까지밖에 안 왔다고 사냥꾼은 설명했다. 그들이 사냥꾼을 돌봐준 것이었다. 그들의 손과 눈은 붉이었다. 올빼미처럼 밤에 돌아다니는 야행성에다 눈에 띄는 걸 원치 않았다. 이빨이 비뚤비뚤하고 눈은 툭 불거져 나왔다고 했다. 우리 사람들은 한밤중 산속 어딘가에서 음악 소리와 북소리가 들려오면, 그건 윤위 춘스티의 소리일 거라고 했다. 그들이 왜 그렇게 숨어 지내는지 아무도 몰랐지만, 산속에선 그들의 소리가 들렸다. 우리는 이내 산속을 훤히 알게 되었다. 산속은 윤위 춘스티만큼이나 신비로운 장소였다.

하지만 여기 그 소인들에 관한 아주 중요한 이야기가 있다. 처음에 사람들은 밖이 점점 더워지자 태양이 화가 났다고 생각했고 가뭄에 타 죽을까 겁을 냈다. 땅에 비 한 방울 내리지 않고 백 일이 흘렀다. 잔디와 작물들이 죽어갔고 강물은 말랐으며 뜨거운 태양 볕 아래서 사람들마저도 죽어갔다. 우리가 무엇을 해야 할까? 고민하던 사람들은 산속의 소인들에게 찾아가 조언을 구하고자 했다. 산속에 도착하자 소인들이 말하길 태양이 달을 질투한다고 했다. 사람들이 달을 쳐다보는 건 좋아하면서도 태양을 쳐다볼 땐 눈을 찡그리기 때문이라는 것이었다. 태양은 땅을 비추는 자신의 힘을 인지하지 못했고, 그저 땅에 유익한 빛을 비춘다고만 생각했다. 사람들이 왜 그토록 태양을 쳐다보길 두려워하며 눈을 가리고 그늘에서만 머무는지 이해하지 못한다고 했다.

며칠간 개 한 마리가 산속에서 울부짖었다. 사람들은 비가 오려고 개가 울부짖는다고 믿었다. 개 주인은 개가 울부짖는 걸 그만두게 하질 못했다. 개에게 먹을 걸 주고 달래보아도 그 개는 계속 울부짖고 앞뒤로 서성대기만 했다. 소인들이 약을 먹여 두 남자가 매로 변했다. 두 남자는 높이 날아 하늘로 올라갔고 곧장 태양으로 갔다가 눈이 멀고 불에 타 죽은 채로 땅에 떨어졌다.

얼마 지나지 않아 소인들이 말하길, 태양이 너무 슬퍼 숨어들었고, 그래서 엄청난 폭우가 몰려왔다고 했다. 사람들이 즐거워했다. 땅을 태워버리기에 태양은 땅을 너무도 사랑한 것이다.

여섯 날 동안 내리 비가 내려 큰 홍수가 났다. 강물이 넘쳐 집들이 허물어졌고 죽은 이들도 있었다. 그 개와 개 주인은 홍수가 난 뒤 사라졌다. 아무도 둘의 사체를 찾지 못했다. 사람들이 말하길 늦은 밤이 되면 그 개의 혼령이 슬프게 우는 소리가 들린다고 한다.

사랑하는 아들. 우리가 떠나기 전 옷가지와 짐들을 싸는데 산속에서 슬피 울부짖는 소리가 들려왔다.

* * *

군인들이 도착하기 전날 밤 네가 잠들어 있을 때, 나는 네 머리칼과 등과 이마를 쓰다듬었단다. 너는 자면서 몸을 뒤척였지. 방 맞은편에서는 네 엄마가 옥수수 껍질을 까고 있었다. 아름다운 네 엄마는 긴 머리칼을 몸까지 늘어뜨리고 내게서 고개를 돌렸지. 나는 조용히 다가가 그녀의 얼굴을 보았단다. 당시 우리는 옥수수, 애호박, 해바라기, 호박을 길렀고 사슴 가죽으로 옷을 해 입었단다. 밤이 되어 우리는 각자 집 안을 서성였고, 나는 조용히 흐느끼기 시작했지. 네 옆에 누워 흐느끼고, 널 위해, 네 엄마와 우리 부족 사람들을 위해, 이제 곧 산속에 숨어들어야 할 우리를 위해 흐느껴 울었단다. 이제 곧 두들겨 맞게 될 사람들을 생각하며 울었단다. 마차를 타고, 아니면 걸어서 서부로 떠나야 할 이들을 생각하며 흐느꼈단다. 이제 곧 고통받다 죽어갈 모두를 생각하며 숨죽여 울었단다.

아들아, 그날 밤 군인들이 도착했을 때, 넌 그들이 도착하는 꿈을 꾸었단다. 넌 울면서 잠에서 깼었지. 네 엄마가 널 달

랬고, 넌 겨우 감정을 추스르고 꿈에선 본 걸 말해주었다. 우리 주위에서 사람들이 온통 죽어갔다고, 마차에서, 들판에서, 눈 위에서 말이다. 넌 아이들 손이 동상에 걸린 걸 보았다고 했지. 사람들이 바닥에 고꾸라지는 것도 보고. 나는 사람들에게 다가오는 겨울의 위협에 대비해 땅을 지켜야 할 거라고 말했단다. 그 모든 상황에 대해 몹시 불안한 마음이 들었다. 네가 다시 잠이 들었을 때, 나는 네 예언이 네가 꾼 꿈속 상황보다 더 나쁘단 사실에 불안했단다. 예감은 옳았지. 군인들이 몇 시간 후에 당도했으니 말이다.

에드가

9월 4일

잭슨네 집에 있는데, 그가 나무 조각을 깎아 악마의 피리를 만들었다. 피리를 완성한 그는 나무에 구멍을 내더니 한 번도 들어본 적 없는 지난 세기의 음악을 연주했다. 게임 개발할 때 인디언 영상 작업을 함께 하던 친구 하나가 알려준 노래라고 잭슨이 말했다.

"그 게임들이 재밌어 보이는지 나는 잘 모르겠어." 내가 말했다.

"그냥 게임일 뿐이야, 별 건 없어. 사람들은 스포츠 게임을 좋아하니까." 그가 조각하던 칼을 들어 올려 칼날을 노려보았다. "게임은 가능성이 무궁무진하지."

그는 나무를 깎으며 쿵쿵거리는 소리를 냈다.

"시내에 다녀올게." 내가 말했다.

"어디 가려고?"

"러스티 스푼 레코드에 음반 구경하러. 거기 일하는 베너리라는 남자가 괜찮더라고."

"아, 라일도 아는 사람이야. 거기 가서 마리화나를 샀거든. 탄약도 팔게 하려고 애를 썼었지. 그 남자 분명 사냥에 쓸 온갖 탄약들을 갖고 있을 거야. 그것 좀 물어보고 나한테 알려줘."

나는 집에서 나와 시내를 향해 걸었다. 가는 길에 가지를 축 늘어뜨린 나무들과 앞 유리가 깨진 오래된 차들을 지나쳤다. 나는 일정한 보폭으로 인도를 따라 걸었다. 몇몇 아이들이 저 앞에서 스케이트보드를 타고 있었다. 그중 하나가 나를 보더니 손가락으로 가리켰다. 나는 걸으면서 그 녀석들을 쳐다봤다. 다른 애들이 보드에서 내려 한데 모였다. 녀석들은 옹송그리고 모여 몇 분인가 얘기를 나누다가 모두가 나를 쳐다봤다. 나도 녀석들을 쳐다봤더니 그들은 몸을 돌려 달아났다.

러스티 스푼 레코드에 들어가니 베너리가 음반 더미를 훑고 있었다. 나를 올려다보던 그의 기다란 은빛 머리칼이 얼굴 앞으로 흘러내렸다. 그는 오클라호마 북동쪽 깊은 숲속, 콰 외곽 어딘가에 살았을 법한 사내였지만, 가게에 오래 머물며 보고 있을수록 그가 정말 어디에 살았었는지가 궁금해졌다.

"짐 소프." 하고 그가 웃으며 말했다.

"당신은 그럼 제리 가르시아?"

그는 쌕쌕거리며 웃다가 두어 차례 기침을 콜록거렸다. "오래전에 그를 만나봤어. 칠십 년대에 샌프란시스코에서 어느 파티에 갔었지. 내가 베너리와 보이여스라는 사이키델릭 밴드와 투어 공연을 돌 때였거든. 우리는 함께 마리화나를 피웠고, 그가 내게 귀걸이를 하나 줬는데 그걸 이십 년이나 차고 다녔지."

나는 그를 쳐다봤다. 귀걸이는 하고 있지 않았다.

"누가 알았겠어, 귀가 감염돼서 망가져 버릴지." 그는 자신이 몸담았던 밴드가 오클라호마 시티의 파세오 지구, 다음엔 댈러스 포트워스 공항 터미널과 딥 엘럼에서도 공연했다고 말했다. 서부로 캘리포니아까지 가서 베니스 비치 외곽의 사촌네서 머물렀다고도 했다. 그는 거의 6개월간 거기서 지내다가 돈이 다 떨어져 돌아와야만 했다. "우리는 뭐 하나 제대로 하지 못했어. 내 친구와 나는 이렇게 했어, LA에 가서 서로 모른 체를 한 거지. 바와 클럽에 다니면서 말이야. 내 친구가 바에 앉으면, 내가 좀 있다 들어가서 따로 혼자 앉는 거야. 어느 시점에 그가 나를 알아보는 척하면서 주변 사람들에게 내가 제리 가르시아의 동생이라고 얘기했어. 우리는 페요테[페요테 선인장에서 채취하는 환각제. 북미 원주민 교회에서 종교의식에 사용한다]나 공짜 마리화나를 피우거나 맥주를 얻어 마셨어. 거기서 진짜 괴짜들도 만났어. 어떤 놈이 내게 파세오 지구의 쓰레기통들 뒤에는 일각고래가 숨어 있다더군. 나는 다른 누군가인 체하며 공상 속에서 존재했어."

"마치 여기서 일어나는 일 같네요."

"자네 말이 맞을지도. 혼란스럽나?"

"아무것도 이해할 수가 없어요."

"불안해 보이는군. 자네가 여기 들어오던 그 순간부터 난 알았지. 누구든 알 거야, 그러니 아무 데나 걸어 다니지 마. 어떤 길들은 고통으로 이어지고, 다른 길들은 자네 과거로 이어져. 누군가 다가와서 무작위로 질문을 퍼붓고 의도적으로 모호한 말을 던진다? 뭐라고 하면서 안절부절못하거나 두 눈이 불룩 튀어나왔다? 그러면 말도 섞지 말게. 자네가 할 수 있는 최선은, 추장, 그냥 가던 길을 걸어가는 거야. 모르는 사람이면 아무랑도 말하지 말게."

"왜 전가요?" 내가 물었다.

"이 동네엔 인디언들이 많이 없으니까, 짐 소프."

"좆같네요. 혹시 짐 소프 게임에 관해 들은 거 있으세요?"

"게임? 내가 하는 거라곤 가게 운영하고 위층에서 공중 부양이 될 때까지 위인전기들을 읽는 것뿐인데. 그 외에는 잘 몰라. 누구도 믿지 않고."

베너리의 휴대폰이 울렸다. 그는 카운터로 가서 전화를 받았다. 나는 음반들을 훑어보며 뭔가 내가 좋아할 만한 것에 집중하고 싶었다. 음악을 들으면 늘 마음이 편해졌으니까. 그런데 음반들을 둘러보다가 계속해서 음반을 훑어볼 동기가 없음을 깨달았다. 나는 베너리를 넘어다보았다. 그가 뭐라고 하는지 들리진 않았어도 그도 나를 넘어다보길래 손을 흔들고 가게를 나왔다.

나는 베너리가 얘기한, 다른 사람인 체하며 지내는 공상에 대해 생각하고 있었다. 내가 오클라호마를 뜨고 싶었던 이유 중 하나도 나를 아는 사람이 없는 곳으로 가고 싶어서였다. 래와 함께 이방인이 되어 돌아다닐 수 있는 곳. 한곳에 아주 오래 머물러야겠다고 생각해본 적은 아예 없었다.

다 썩어가는 잭슨네로 돌아와 보니 잭슨은 다가오는 폭우 걱정에 사로잡혀 있었다. 그는 소파 끄트머리에 걸터앉아 텔레비전에서 나오는 기상청 속보를 보고 있었다. "나 지금 완전 제대로 취했어. 모든 게 너무 겁이 나." 그가 말했다.

"너 마리화나 피웠어?"

"어, 너 없을 때. 기분이 불안하고 좀 그래서. 나 쳐다보지 마."

텔레비전에 나온 기상 전문가는 귀신처럼 파리한 게 진이 다 빠져 보였다. 레이더 영상에서는 빨강, 노랑 불빛 구역이 서서히 동쪽으로 움직이며 심한 뇌우가 닥칠 예정임을 알렸다.

"기상청에서 지난주 내내 얘기하던 폭우야." 화면을 들여다보던 잭슨이 말했다.

"토네이도 철은 끝나지 않았나." 내가 대꾸했다.

"이 좆같은 지옥엔 토네이도 철 같은 건 없어. 그냥 항상 이래. 겨울에도 토네이도가 일어나니까. 작년에 F4[토네이도의 등급 중 하나]가 여기 남부 지방에서 몰아쳐서 집들 지붕을 다 뜯어버리고 전봇대들이 쓰러졌다니까. 계절 같은 게 없는 곳이야, 눈치 못 챘어?"

"지금 날씨는 적당해 보이는데."

"폭풍이 빠르게 몰려올 수가 있어. 방송에서 십오 분 동안 홍수 얘기도 하더라고. 여기 봐, 완전 우리 쪽으로 오잖아. 저기 빨간 줄들 보여? 반짝반짝하는 색깔?"

우리 둘 다 텔레비전 화면을 쳐다보고 있는데, 기상 전문가가 제 이어폰을 두드리자 폭우 특파원이 시속 60마일로 바람이 불어온다는 둥 뭐라고 말하는 소리에 잡음이 섞여 들려왔다.

"비가 오면 다시 홍수가 날 수도 있어." 잭슨이 말했다. "이 집이 한 번 물에 잠겼었어. 집에 곰팡이가 생겼지. 집집마다 다 그래. 홍수라면 진절머리가 나. 내 허파는 아마 새까맣게 변했을 거야. 큰비가 오면 우리가 추진 중인 게임 제작에도 차질이 생길 거야." 그가 나를 쳐다봤다. "비가 안 내리게 하는 레인 댄스나 뭐 할 줄 아는 주술 없냐?"

나는 대꾸하지 않고 내 방으로 갔다. 얼마 동안 거기 있다가 창밖으로 잿빛 하늘을 올려다봤다. 래와 나는 한번 오클라호마에 끔찍한 폭풍우가 몰아쳤을 때 그녀의 집에 꼼짝없이 갇힌 적이 있었다. 소프트볼 공만 한 우박이 내리쳐 주차장에 세워진 차 앞 유리가 깨지고 지붕들이 망가졌다. 놀랍게도 그때 토네이도는 일어나지 않았다. 전기가 나가서 래와 나는 보드카에 크랜베리 주스를 타 마시고 촛에 불을 붙여 방 사면에 밤

새도록 놓아두었다. 집을 태워 먹지 않은 건 기적이었다.

　나는 그날 밤을 떠올렸다. 그날의 하늘도 여기 하늘과 똑같이 노랗게 변했었지. 생각하던 중 이내 잿빛으로 변한 하늘에서 비가 후두두 떨어졌다. 바람이 불어와 나무들이 흔들렸다. 잭슨이 누군가와 통화하며 풍속이 어떻고 하는 얘기를 하는 게 들렸다. 텔레비전 소리도 크게 울렸다. 이렇게 폭풍우가 지나갈 때 시간을 때우는 유일한 방법은 뭔가 다른 데 집중하는 것이었다.

　침대에 누워 천장을 바라보는데 잭슨이 들어와 폭풍이 방향을 틀었다고 했다. "북쪽으로 갔어, 그러니까 여긴 안전해. 좀 무서웠거든, 추장. 넌 절대 모를 거야."

　"넌 절대 모를 거야." 내가 따라 말했다.

　"폭풍우에는 뭔가가 있어. 설명할 수는 없지만."

　"널 겁먹게 만드는 뭔가가?"

　"근데 그 두려움이 뭐랄까, 나를 흥분시킨다고 해야 하나, 그런 거지. 어떻게 설명해야 할지 모르겠네."

　"너 약에 취했어."

　그는 살짝 웃더니 침대로 와서 내 허리께 가까이 걸터앉았다. 우리 둘 다 말이 없었다. 나는 두 손으로 머리를 받치고 누워 천장을 올려다봤다. 잭슨이 입고 있던 티셔츠를 훌렁 벗었다. 나는 그의 행동에 대해 아무런 생각이 없었다. 잭슨은 내쪽으로 몸을 틀더니 내가 자기를 쳐다보도록 기다렸다. 내가 쳐다봤더니 그가 손을 내 다리에 얹었다. 나는 셔츠를 벗은 그의 몸을 본 적이 없었다. 그의 살갗은 창백하고 멀쑥한 게 삐쩍 말라서 내 몸과 그리 다르지 않았다. 그러더니 잭슨은 내 쪽으로 몸을 숙이며 손으로 내 허벅지를 슥 지나 사타구니를 향해 다가왔다. 나는 그의 손을 저지하며 몸을 세워 앉았다.

"미안." 그가 손을 내빼고 고개를 돌리며 당황한 듯 말했다. 나는 상황을 이해하지 못한 채 그의 행동에 약간 충격을 받았다.

"이런, 미안해." 그가 재차 말했다. "네가 원할지도 모른다는 생각에."

나는 고개를 가로저었다.

그가 일어나 방에서 나가며 문을 닫았다. 나는 몇 분간 침대에 머무른 채로 대체 왜, 어째서 내가 그에게 오해를 불러일으켰는지, 아니면 뭔가를 잘못 말했었는지 생각했다.

나는 곧 자리에서 일어나 거실로 나갔다. 잭슨은 거기에 없었지만 지하실 문이 열려 있길래 아래로 내려갔다. 그곳은 너무 덥고 담배 연기가 심했다. 잭슨은 책상 앞에 앉아 노트북으로 작업을 하고 있었다. 바닥에는 군대나 스포츠 관련 잡지들이 널브러져 있었다. 짙은 나무 판자벽에 기대선 캐비닛 하나를 빼면 벽은 텅 비어 있었고 스크린 두 개만이 설치되어 있었다. 하나는 벽에 걸려 있고 다른 하나는 바닥에 있었다. 잭슨은 나를 올려다보고는 다시 노트북으로 고개를 돌렸다. 빛 때문에 우리 그림자가 바닥에 번졌다.

"뭐라고 해야 할지 모르겠어." 나를 쳐다보지도 않은 채 자판을 두드리던 그가 말했다.

"무슨 말?"

"불편했잖아, 나도 알아."

"그래, 나는 너한테 오해의 소지를 주려던 건 아닌데."

"내가 그러지 말았어야 했어, 에드가. 난감하다."

"그리 심각한 일은 아니잖아."

자판을 두드리다 멈춘 그가 나를 쳐다봤다. 아까 분위기를 이상하게 몰아가려던 행동 때문에 그가 상심했다는 걸 알 수 있었다. "농담 아니고, 나 진짜 난감해."

"뭐가 어때서. 정말이야, 심각하게 생각하지 마."

잭슨은 고개를 끄덕였다. "이왕 네가 여기 내려왔으니까, 게임 작업에 쓸 사진을 촬영해도 될까?"

"그래, 괜찮아."

"게임에 쓸 거야." 그가 말했다. 그는 자리에서 일어나 캐비닛으로 가더니 플라스틱으로 된 돌격 소총을 꺼내와 내게 건넸다.

"가짜야. 그냥 카메라 쪽으로 총을 쏘는 척만 해줘. 나는 카메라로 촬영을 할게."

나는 돌격 소총을 쳐다봤다. 그는 나더러 판자 벽면에 서서 자신이 촬영하는 동안 총으로 카메라를 겨누라고 했다. 카메라에서 빨간 불빛이 깜빡이는 게 보였다. 그는 내가 다양한 자세를 취하게 했고, 어떤 때는 한 손으로, 또 가끔은 두 손으로 총을 쥐게 했다. 그러고 나서는 내게 오래된 핼러윈 소품 같은 가짜 손도끼를 내밀었고, 내게 도끼로 카메라를 공격하는 척을 해달라고 했다. 나는 도끼를 들고 앞쪽으로 달려들었다. 잭슨은 한쪽 무릎을 바닥에 대고 앉아 카메라를 들여다봤다. 카메라의 빨간 불은 계속해서 깜빡거렸다.

마침내 촬영을 마쳤고, 그는 자신이 촬영한 내 모습이 만족스럽다고 말했다. "게임에서 아주 근사하게 나올 거 같아."

"그렇게 촬영한 걸 게임에 어떻게 갖다 쓴다는 건지 이해가 안 되는데. 내 말은, 그게 스포츠 경기랑 뭔 상관이 있냐는 거지."

"설명하기 까다로운데. 지금은 보너스 프로그램을 작업하는 거야, 뭐 그런 종류지. 아주 근사할 거야, 추장."

"나는 나가서 담배 한 대 피우고 올게." 내가 말했다.

"나는 여기서 좀 더 작업 할게."

나는 계단을 올라가 뒷마당으로 가서 담배를 피웠다. 잭슨에게 무슨 감정이 있는지 생각해보려 했다. 혼란스러웠다. 담배를 피우는데 근처에 개울이 보였다. 진흙탕 물에서 파문이 일고 거품이 올라왔다. 나는 가까이 다가가 물속에 있는 뭔가를 들여다보았다. 가느다란 뱀 같은 것이었는데 아주 천천히 움직였다. 얕은 물이었는데도 물이 너무 더러워서 그게 얼마나 길게 뻗어 있는지 보이지 않기도 했고, 뱀이라기엔 너무 긴 것 같았다. 머리도 보이지 않고 오직 은빛 몸통만이 물속에서 움직였다. 예전에 아빠가 들려준 체로키 전설이 떠올랐는데, 한 소년이 뱀을 향해 손을 뻗었다가 물속으로 끌려간 이야기였다. 나는 뱀 공포증이 있었다. 물 근처에 살았으면서도 강이나 호수를 좋아하지 않았다.

옆집 현관에 앉아 있던 어떤 남자가 나를 불렀다. "어이, 당신 누구야?" 그가 일어나더니 나를 향해 걸어왔다. 그가 가까이 오자 나는 그가 늙었다는 걸, 그의 얼굴이 축 늘어지고 잡티로 가득하단 걸 알았다. "누구냐니까?" 그가 재차 물었다.

"에드가예요."

"전에도 본 적 있었나?"

나는 어깨를 으쓱했다. "모르죠. 여기서 잭슨 앤드루와 지내고 있어요."

"그 게임 제작자?" 낮고 걸걸한 목소리로 말하는 그는 숨이 가빠 보였다. "자네도 약을 잔뜩 먹었나?"

"네?"

"약물 말이야. 약을 많이 했냐고. 죽도록 몽롱해져서 돌아다니는 여기 모든 이들처럼. 우린 그러다가 여기에 왔지."

"앨버커키에서 약을 했어요."

"뭐, 자네에 관해 알 건 없고, 나는 지금 나갈 방법을 찾고 있어. 우리 모두 다 그래. 자네도 우리처럼 여기 갇힌 거라고."

"무슨 소리 하는 거예요?"

그는 기침을 토해내며 고개를 저었다.

"간장이 죄어드는데요." 하고 내가 무슨 말을 하는지도 모른 채 대꾸했다.

그는 잭슨네 집을 보더니 다시 나를 쳐다보며 "나는 가야겠어."라고 말하고는 멀어져 갔다.

"잠깐만요, 그게 다 무슨 소리예요?" 내가 물었지만 그는 뒤돌아보지 않고 계속 걸어갔다. "잠깐만요." 나는 소리쳐 그를 불렀다.

집에 들어온 나는 바로 내 방으로 들어가 문을 닫았다. 침대에 누워 그가 말했던, 여기 갇혀서 떠나지 못한다는 게 무슨 뜻인지 생각했다. 언제든 원하면 떠날 수 있을 것처럼, 내겐 그렇게 보였다. 내가 시내를 돌아다닐 때 사람들이 나를 쳐다보던 모습을 떠올렸다. 갑작스레 발작적으로 기침이 났다. 눈이 축축해지기 시작했다. 몇 분이 지나고 편하게 누워 꾸벅꾸벅 잠이 들려는데 양쪽 귀가 울기 시작했다. 나는 침대에서 몸 방향을 바꿔 누웠다. 눈이 피로했다. 복도 화장실에서 물 내려가는 소리가 났고, 그러다 빠르게 잠에 빠져들었다.

이때 일이 일어났다. 어느 시점엔가 한밤중에 자다가 깼는데, 뭔가 어리둥절했다. 순간 내가 어디 있는지, 주변이 어떤지 기억이 났다. 고른 빗소리가 지붕을 때리고 있었다. 내 옆에 놓인 스탠드 위에 물컵이 올려져 있었고, 바닥에는 내 가

방과 신발이 있었다. 몸을 일으켜 앉았는데, 문간에 한 노인이
서 있었다. 허깨비였다. 누군지 알지는 못했다. 은빛 기다란
머리칼이 힘없이 늘어져 있었다. 무슨 말이라도 내뱉으려니
너무 겁이 났다.

순간 혼란스러운 동시에 우리가 서로를 인지했다는 감각
이 전해졌는데, 뭐랄까 그보다 훨씬 명확한 감각이었다. 그가
몸을 돌려 걸어가자 나는 일어나 그를 따라갔다. 그는 화장실
로 가더니 거기서 거울에 비친 자신을 쳐다봤다. 손을 들어 올
려 거울을 만지던 그는 고개를 갸우뚱하며 자신의 모습을 자
세히 관찰했다. 거울에 비친 그의 모습이 내게도 보이긴 했지
만 실제보다 너무 뿌옇게 보였다. 나는 스위치에 손을 뻗어 불
을 켰고, 그 순간 그가 사라졌다. 다시 불을 껐는데 그는 여전
히 사라지고 없었다. 나는 불을 켰다 끄기를 반복했다. 그는
다시 나타나지 않았다. "어디 계세요?" 내가 속삭였다. 계속
불러도 그는 응답하지 않았다. 조용한 집 구석구석을 다니며
그를 찾는 내내 어둠 속에서 오래된 바닥이 삐걱삐걱거렸다.
잭슨의 방을 살짝 들여다보니 문을 등진 채 모로 누워 천장 선
풍기 소리에 맞춰 코를 골며 자고 있었다.

나는 조용히 욕실로 돌아왔고, 그 노인은 보이지 않았다. 다
시 불을 켰다 껐다 하며 속삭이듯 그를 불렀다. 내 방으로 돌
아온 나는 창가로 갔다. 바깥, 뒷마당에, 매 한 마리가 담장 막
대 위에서 미동도 없이 쉬고 있었다. 짙은 하늘에서는 달이 푸

르게 빛났다. 순간 어둠 속에서 뭔가 휙 스쳐 지나갔는데, 그게 무엇인지는 알 수 없었다. 침대에 앉아 시계를 보니 거의 새벽 네 시였다. 내가 본 그 남자를 뭐라고 생각해야 하는 걸까? 나는 다시 잠들지 못했고, 방금 본 것 때문에 몹시 두렵고 불안한 마음으로 그게 대체 무엇을 의미하는지 생각했다.

그날 밤 여러 사람이 보였다. 여자와 남자 들이 어깨 위로 담요를 들쳐 메고 복도를 지나갔다. 업혀 가는 아이들이 보였다. 기어가며 내게 도움을 청하는 사람들도 보였다. 그들은 끝없이 이어져 내 침실 앞 복도를 지나갔다. 어두워서 그들의 얼굴을 볼 수는 없었지만, 그들의 몸뚱어리는 바람에 맞서 가까스로 앞으로 걸어 나갔다. 나의 조상들이구나, 나는 생각했다. 내 조상들이 눈물의 길을 걷고 있었다.

이불 속으로 들어오자 귀가 울었다. 이게 무슨 의미일까? 그 울림은 어느 때보다 심했고, 점점 더 커졌다. 나는 두 손으로 양쪽 귀를 누르고 어두운 복도를 응시했다. 그 사람들이 걸어가는 모습을 보고 있어야 할 것만 같았다. 그들은 앞만 보면서 계속해서 걷고, 꼬부라지고, 쓰러졌다.

마리아

9월 4일

어니스트는 내가 그동안 극도로 힘든 상황에서도 늘 마음의 평정을 잘 유지하더라고 말하곤 했다. 레이-레이가 죽고 나서 내 유일한 목표는 남은 아이들이 안전하게 잘 살아가도록 할 수 있는 모든 걸 다 하는 것이었다. 나는 가까이서 아이들을 돌보았고, 아이들은 몰랐겠지만 바깥에서 놀 때도 늘 지켜보았으며 혹여나 아이들이 자기들 방에서 친구들과 통화를 하면 방문에 귀를 대고 엿들었다. 언제부턴가 혈압이 올라갔고, 예전엔 단 한 번도 경험하지 못한 공황장애도 겪었다. 소냐와 에드가가 친구들과 놀러 나가면 매시간 내게 전화해 안부를 알리도록 했다. 아이들 사진 앨범을 내 의자 곁에 두고 레이-레이를 비롯한 두 아이의 사진들을 자주 들여다보기도 했다. 아이린이 애들 사진을 자주 보면 기분이 나아질 거라고 말해줬는데, 놀랍게도 언니의 말은 옳았다.

와이엇을 학교에 데려다준 뒤 집에 돌아온 나는 거실에 앉아 에드가의 사진 앨범을 넘겨보았다. 내가 가장 좋아하는 사진들은 에드가가 어렸을 때 생일과 크리스마스에 찍은 것들이었다. 그 사진들은 몇 번이고 반복해서 봐도 내게 기쁨을 안겨주었다. 방에 들어온 어니스트가 나를 보며 웃었다. 그 순간 가구 배열이 약간 흐트러졌고, 우리는 지진에서 전해진 듯한 약간의 떨림을 느꼈다.

"당신도 느꼈어?" 어니스트가 물었다.

"지진이 일어났나? 분명 지진 같았어, 안 그래?"

"그럴지도. 그리 심하진 않지만."

어니스트의 눈동자가 짙은 경이로움으로 가득 차 있는 걸 눈치챘다. 때로 그의 눈은 입보다 더 많은 것을 전했기에, 나는 그가 레이-레이의 영혼에 관해 뭔가를 말하려고 한다는 걸 알았다.

"당신이 무슨 생각하는지 알아." 내가 말했다.

그가 방 한편에 놓인 안락의자에 앉더니 운동화를 신었다. 그러고는 몸을 숙여 운동화 끈을 묶었고 다시 등을 기대고 앉아 나를 쳐다봤다.

"에드가가 집에 올 것 같은 좋은 예감이 들어. 나는 몇 달 만에, 아니 몇 년 만에 기분이 정말 좋아."

"못 믿겠는데."

"못 믿겠다니? 모든 게 나아질 거란 예감이 든다니까. 그리고 어젯밤에 그 녀석이 우리랑 한 침대에서 자려고 했잖아."

"누가, 와이엇이?"

어니스트가 고개를 끄덕였다.

"나는 내내 잠들어 있었어? 어젯밤에 깬 기억이 안 나네."

"당신은 자고 있었어. 녀석이 침대 옆으로 왔다니까, 레이-
레이가 그랬던 것처럼."

"아니야, 당신이 레이-레이 꿈을 꾼 거겠지. 나도 항상 꿈
을 꾸는걸."

"와이엇이 한밤중에 우리 방에 왔다니까 그러네. 녀석이
내 팔을 톡톡 쳤어. 잠이 깬 나는 거기 서 있는 녀석을 봤고. 와
이엇이 침대 옆에 서 있었어, 레이-레이처럼."

나는 어니스트의 얼굴을 가만히 들여다보면서 대체 그에
게 무슨 일이 일어나고 있는지 이해하려 애썼다. 나는 말없이
그의 얼굴만 들여다봤다.

"서 있는 사람이 분명 와이엇이었는데, 그건 레이-레이이
기도 했어." 그가 말했다.

나는 내 얼굴이 상기되는 걸 느꼈다. "그래서, 뭐라고 하던
데?" 내가 조용히 물었다.

"내가 녀석을 따라서 이곳으로 왔어." 그는 거실을 둘러보
며 두 손으로 사방을 가리켰다. "색색이 조명이 달려 있었어.
풍선들도 있었고. 내가 바닥에 앉았더니 녀석이 뭐 하나를 갖
다 주더라. 돌멩이였는데 내 손 안에서 환하게 빛이 났어. 그

나 나더러 자세히 보라고 하더라고."

나는 고개를 가로저었다. 드디어 어니스트가 치매에 걸린 사람처럼 말도 안 되는 소리를 늘어놓고 있었다. 나는 더는 아무 말도 듣고 싶지 않았다.

"내 손으로 그 돌멩이를 쥐었어. 거기서 나오는 빛을 쳐다봤지. 노란빛이었어. 나는 새를 다루듯 그 돌멩이를 내 손에 올렸어. 그러고는 다시 돌려주니까, 녀석이 나더러 침대로 돌아가서 쉬라고 하더라, 얼른 나아야 한다면서."

뒤 테라스 창문으로 환한 햇살 줄기가 비스듬하게 방 안으로 흘러들었다. 햇살 줄기 속에서 공기 중에 부유하는 먼지 입자들이 보였고, 어니스트가 나가기까지 나는 그 먼지들을 응시했다. 나는 뭔가를 해야만 한다는 강한 충동에 휩싸였지만 그게 무엇인지는 알지 못했다.

나는 다시 에드가를 생각했다. 커피 테이블 서랍에 전화번호들을 적어둔 게 있었는데, 나는 그 목록에 데지레의 번호가 있는지 살폈다. 어디에도 그녀의 이름이나 번호는 없었다. 그러다 겨우 에드가의 친구인 에디의 번호를 찾았다. 에디도 뉴멕시코에 사는 친구였다. 나는 내 전화를 가져와 그에게 전화를 걸었다. 그가 전화를 받자마자 나는 곧장 에드가가 어떻게 지내는지 아느냐고 물었다.

"누구세요?" 그가 물었다.

"에디, 나 마리아야, 에드가 엄마. 에드가 잘 지내니? 최근에 만난 적 있어?"

"아, 네, 며칠 전에 봤어요. 제가 보기엔 잘 지내는 거 같던데요. 무슨 일 있어요?"

"에드가가 집에 갈 거라는 말 안 하던?"

"잘 모르겠어요. 기차를 타러 간다고 그랬던 거 같은데. 아무튼 괜찮아 보였으니 걱정하지 마세요."

나는 엄청나게 안도했다. 그가 아프지 않고, 집에 오려고 계획 중이라니. "다행이구나, 에디. 에드가를 만나게 되면 나한테 전화 좀 하라고 전해줄래? 걔가 내 전화를 안 받아서 조금 걱정이구나. 그래도 네가 보기엔 잘 지내는 거 같다니 안심이야."

"네, 에드가가 래랑 헤어진 거 같긴 했어요. 걱정하지 마세요. 제가 만나면 전화하라고 할게요."

"고맙다, 에디."

전화를 끊은 나는 숨을 깊이 들이쉬며 의자에 기대어 앉았고, 에디의 말이 믿을 만한 건지 아니면 에드가를 위해 변명을 해주는 건지 곰곰이 생각했다.

나는 와이엇 안에 레이-레이의 영혼이 들어갔다는 어니스트의 말을 너무도 쉽게 믿기 시작했다. 그렇게 생각하는 게 완전히 미친 짓은 아니었다. 어느 엄마가 죽은 아이의 영혼이 가까이 있길 바라지 않겠는가? 수년간 나는 레이-레이를, 그가 우리를 지켜본다는 신호와 증거 들을 기다려왔다. 한번은 바깥에 머물 때 어디선가 깃털 하나가 떨어졌는데, 터키석 색과 빨강, 분홍, 노랑이 섞인 그동안 본 적 없는 깃털이었다. 분명 이곳 주변에 서식하는 새의 깃은 아니었다. 소냐는 그걸 보며 레이-레이가 우리에게 보낸 선물이라고 말했고, 당시엔 그저 웃어넘겼지만 나는 은밀히 그게 사실이길 바라다가 어느 순간부터는 실제로 믿어버렸다.

그날 학교에서 돌아온 와이엇을 나도 모르게 빤히 바라보았다. 뭔가 달라진 것 같았는데, 내 안의 뭔가가 바뀐 건지, 그가 달라진 건지, 확실히 알 수는 없었다. 하지만 나는 그와 몹시 강렬하게 연결되었음을 감지했다. 청소년 보호 센터에 가서 자원봉사하는 날이었다. 그곳의 아이들에게 책을 읽어줄 예정이라고 와이엇에게 얘기했더니 그는 거기 지내는 몇몇 아이들을 안다고 했다.

"학교에 같이 다녔던 애들이 있어요. 체스 클럽에서 만난 친구도 있고. 드라마 클럽을 같이했던 애들도 있고요. 같은 곳에 살아본 적은 없어도 우리는 말하자면, 가족이나 마찬가지예요."

가족이라. 타인을 표현하기엔 얼마나 이상한 단어인가, 하고 나는 생각했다. 어떤 아이들은 다리가 붓거나 멍이 든 채로 보호소에 왔다. 머릿니나 피부병이 있는 아이들도, 심지어 C형 간염처럼 심각한 질병을 앓는 아이들도 있었다. 와이엇은

자기도 같이 가도 되는지 묻더니 자기 노트를 가져가서 아이
들에게 읽어주고 싶다고 했다. 나는 당연히 그러라고 했다.

우리가 도착하자 예상했던 대로 여러 아이들이 이미 와이
엇을 알았다. 집을 잃은 소년들과 소녀들, 심지어 고등학교에
다니는 큰 애들까지도. 그들은 하이파이브와 주먹 인사를 나
누며 와이엇을 반겼고, 누군가는 그에게 다가와 여전히 '초등
학교에서의 비폭력을 위한 청소년 재단'에서 회장을 맡고 있
냐고 물었다. 나는 처음 듣는 얘기였고, 와이엇도 내게 언급한
적 없는 정보였다.

"한번은 내가 듀이 십진분류법을 두고 농담을 좀 했더니,
홀트 교장 선생님이 나더러 정규 교과 외에 너무 많은 데 관여
한다면서 뭐라고 하더라고. 솔직히 말해서, 우리가 듀이 십진
분류법을 꼭 알 필요가 있냐? 있냐고요? 있냐고요?"

여기저기서 웃음이 터졌고 몇몇 아이들은 주먹 인사를 날
리기도 했다. "좋은 친구들만 모였어요." 청소년 센터 담당자
인 사라가 내게 말했다. 얼마 동안 와이엇은 저보다 나이가 많
은 안토니오라는 친구와 탁구를 했다. 한때 갱단에 몸담았던
친구였다. 안토니오는 6개월간 앨터스의 구치소에 있다가 주
의 보호 관리를 받았다. 사람들은 그가 늘 "화난" 상태라고 묘
사했지만, 사라는 내게 사람들이 잘못 생각했었다면서, 그는
이곳 보호소에 와서 3개월 동안 한 번도 사고를 치거나 분노
한 적이 없었고, 심지어 청소나 부엌 일, 집기를 정리하는 일

들을 시켰을 때도 잘 따랐다고 했다. 탁구 게임에서 진 와이엇이 안토니오에게 승리를 양보했다고 농담을 했다. 그가 안토니오의 귀에다 대고 뭐라고 속삭이니 안토니오가 너무 심하게 웃어 허리를 못 펼 정도였다.

"너 진짜 미쳤구나." 하고 말하며 안토니오는 계속 웃어댔고, 다른 아이들은 모두 휴게실로 모이기 시작했다. 모인 아이들은 와이엇 앞쪽 바닥에 앉았다. 모두가 다 있었다. 심지어 농구공과 탁구채를 쥔 큰 학생들도 그의 이야기를 들으러 다 모였다. 그 모습을 지켜보던 사라와 나는, 와이엇이 현명한 조언자로서 아이들을 휘어잡는 그 모습이, 그러기엔 아직 어린 나이인데도 불구하고 너무도 자연스러워서 살짝 놀랐다.

"오늘 들려줄 이야기의 제목은 '도 스타 다 누 데이Doe Stah Dah Nuh Dey'야." 이렇게 말을 시작한 와이엇은 듣는 아이들을 위해서, 혹은 나를 위해서라도, 의미를 영어로 번역해줄 생각은 하지 않았다. 체로키어를 조금은 아는 내게도 그 제목은 낯선 어구였다. 어려 보이는 아이 하나가 오늘 들려줄 이야기가 드라마 클럽에서 해줬던 「절대 늙지 않는 소년」이랑 비슷한 얘기냐고 물었다. 일이 년 전 무렵 피터팬 이야기를 참조해 와이엇이 쓴 이야기였다. 그러자 와이엇은 여러 이야기를 바탕으로 긴 설명을 해가며, 때로는 같은 캐릭터들이 다양한 형태로 이야기에 등장할 수 있다고 말했다.

"자, 들어봐, 그 이야기들 모두에 어떤 공통점이 있어, 알겠어? 이야기들은 약이랑 같은 거야. 하지만 약처럼 맛이 없진 않아, 알았지? 너희들한테 좋은 거야. 팔이나 엉덩이를 아픈 주삿바늘로 찌르지 않아도 되지." 마침내 그는 새로운 이야기를 한다는 점을 아이들에게 이해시켰다.

오랜 옛날, 콰라는 조그만 마을 검은 강가에 한 조용한 소년이 살았어. 어느 날 그 소년은 아버지 말씀을 거역하고 집에서 도망을 쳤지. 소년은 강에 들어가 헤엄을 쳤는데, 그 강물이 거대 뱀, 에 나 다 nah dah의 집이라는 사실을 몰랐어. 그 뱀은 물 밖으로 튀어나와 사람들을 끌고 들어가 어둠이 가득한 지하 세계로 데려간다고 알려져 있었지. 그 뱀은 입을 크게 벌려 헤엄치는 소년을 잡았고, 강바닥으로 끌고 내려갔는데….

와이엇이 두 손을 들어 발톱을 세우는 흉내를 내며 할퀼 듯한 표정을 짓자, 이상하게도, 레이-레이의 표정과 겹쳤다. 정말 이상한 비교지만, 나는 그렇게 느꼈다. 이제야 어니스트가 와이엇의 얼굴에서 뭘 본 것인지 이해가 되었다. 그게 아니라도 적어도 그 표정을 지을 때 그는 레이-레이를 닮아 있었다. 그의 얼굴, 아래로 내민 입술, 말하고 웃는 그 표정이 말이다. 내 눈엔 그게 보였다.

…그러자 주위를 둘러본 소년은 자신이 다른 세계에 왔다

는 걸 알았지. 바로 어스름의 땅이었어. 주위에는 온통 뱀에게 끌려온 사람들이 보였어. 길가에는 죽은 말똥가리와 물고기들이 널려 있었고, 하늘에는 한 무리의 독수리가 날아다녔어. 아무도 그를 쳐다보거나 말을 걸지 않았지. 그때 저 멀리서 총소리가 들렸어.

"혹시 누구 없어요!" 소년이 외쳤으나 누구도 대답하지 않았어.

그래서 소년은 달렸지. 어디로 가는지 몰랐지만, 그는 사람들 무리를 발견할 때까지 내달렸어. 몇몇 남자들은 소총을 들고 있었고, 그 뒤로 한 무리의 사람들이 걷고 고꾸라지고 쓰러졌어. 총을 든 남자들이 발로 차고 고함치며 사람들을 걷고 또 걷게 했고, 그들이 쓰러져도 개의치 않았어.

소년은 다 허물어가는 건물 뒤에 숨어 지켜보면서 무력감을 느꼈어. 그때 새들이 소리를 내며 모여들었고, 비는 땅에서 하늘로 들려 올라갔어.

이야기를 듣던 아이들은 모두 넋을 잃었다. 와이엇은 정말 카리스마가 넘쳤다. 이렇게 보니 그가 레이-레이와 너무도 닮아서 당황스러울 지경이었다. 나는 레이-레이가 성대모사를 하거나 손동작을 크게 취해가며 우릴 즐겁게 해주던 모습을 떠올렸다. 와이엇 역시 같은 몸동작을 취하고 고약하게 웃어가며, 그토록 절망스럽고 고통스러운 이야기를 들려주었다.

갑자기 거대한 독수리가, 소년보다도 큰 독수리가, 그의 앞으로 내려와 앉았어. 독수리는 날개를 활짝 펴더니 은빛 머리칼을 길게 기른 남자로 변했지. 그 남자는 소년에게 다가가 무엇을 보았든 겁먹지 말라고 말했어. "저들은 너를 위해 고통받고 있는 거란다. 이제 집으로 가거라."

"집에 어떻게 가야 하나요?" 소년이 물었어.

"내가 데려다주지." 남자가 말했어. 그러더니 그는 다시 독수리로 변해 소년을 등에 태웠어. 소년은 조심스레 독수리 등에 올라탔고, 둘은 파리한 서쪽 하늘을 향해 날았지.

와이엇은 노트를 덮고 아이들을 쳐다봤다.

"잠깐만, 그게 끝이야? 그래서 어떻게 됐는데?" 한 소년이 물었다.

"이야기 하나를 더 들려줄게."

이제는 마치 꿈을 꾸는 것만 같았다. 와이엇에게서 천상의 다정한 영혼들에 둘러싸인 신비로운 모습이 보였다. 그는 한순간 구름 속에서 치솟는 독수리였다가 바로 다음 순간엔 보호 센터에서 상처받은 아이들을 즐겁게 해주는 소년이 되어 있었다. 그가 병원에서 심신 질병이나 장애, 중독으로 고통받는 이들과 함께 있는 환영이 내게 보였다. 허리나 목에 자살

총격으로 입은 상처나 흉터가 남은 죽은 자들과 함께 있는 모습도 보였다. 그가 어른이건 어린이건, 눈물의 길을 걷다가 병이나 피로로 쓰러져 죽은 우리 조상들을 위로하는 환영도 보였다. 그리고 이제 이 아이들이 모두 여기 모여, 기묘하고도 놀라운 우리의 와이엇, 뭐든 할 수 있을 것처럼 보이는 우리의 와이엇이 들려주는 이야기를 듣고 있었다.

찰라라는 이름의 남자가 있었어, 눈네히Nunnehi지.

"눈네히가 뭐야?" 한 소녀가 물었다.

"정령이야. 어디에든 존재하는 불멸의 존재지." 와이엇이 말했다.

어느 날 그는 아내로 삼을 아름다운 여인을 만나려고 숲속의 빈터마다 찾아다녔어. 그는 걷고 또 걸었지만 결국 아내가 될 여인을 찾지 못했어. 그날 밤 꿈을 꾸었지. 거대한 매 한 마리가 그의 앞에 나타났어. 그 매는 날개를 활짝 펼치더니 그의 목소리처럼 들리는 목소리로 말했어. "저 멀리 산속으로 들어가면 네 아내가 될 여인을 찾게 될 것이다."

"누구시죠?" 찰라가 물었지만 매는 밤하늘 속으로 날아가 버렸어.

와이엇은 자신의 두 팔을 날개처럼 활짝 펼쳐서 저 멀리 하늘로 날아가는 새를 표현했다. 그 모습에서 다시 레이-레이를 떠올린 나는, 이 장소에서 같은 동작을 취했던 레이-레이를 어렴풋이 기억해냈다. 데자뷔였다. 그러나 레이-레이는 살아생전 나와 여기 온 적이 한 번도 없었다. 나는 그가 언제 새의 날개처럼 양팔을 펼쳐 펄럭였던가 기억해보려 애썼으나 떠오르질 않았다. 레이-레이가 초등학교에서 연극을 한 적이 한 번 있었는데, 아마도 그때였지 싶었다. 그 환영은 빠르게 생겨난 만큼이나 빠르게 흩어졌다.

다음 날 아침 느지막이 그는 한 무리의 아이들에게 둘러싸여 있었어. 아이들 모두가 그를 내려다보고 있었는데, 놀라움으로 다들 눈이 휘둥그레졌지. 그중 하나가 말했어. "당신은 찰라인가요? 우리를 구원해주실 그분?"

"나는 내 아내를 찾고 있단다. 그런데 먼저 너희들이 집을 찾도록 도와줄게."

아이들을 안전하게 되돌려 보내겠다고 마음먹은 그는 우선 아이들을 이끌고 마을로 돌아갔어. 그들은 윤위 춘스터가 사는 산속을 지나 숲속에 난 오솔길을 따라갔지. 먹구름 아래서 저 멀리 천둥이 우르릉대는 소리가 들렸어. 이내 가벼운 비가 내리기 시작했지. 그 무렵 그들은 마을에 도착했고, 천둥소리가 점점 더 우렁차게 울리더니 강한 비가 내렸어.

"나는 가봐야겠구나." 찰라가 말했어.

"군인들을 조심하세요." 아이들이 찰라에게 경고했어.

"잠깐." 이야기를 듣던 한 소년이 말했다. "윤위 춘스티가 누구야?"

"소인들. 체로키 구전에 나와. 하지만 오늘날에도 여전히 존재해. 이제 가서 내가 해준 이야기에 대해 생각해봐."

나는 그의 이야기를 들으며 약간 놀랐달까, 거의 넋을 잃고 말았다. 심지어 와이엇이 자리에서 일어나 다시 탁구를 치러 갔을 때까지도 그랬다. 보호 센터에 머문 나머지 시간 동안 와이엇은 다시 보통의 아이들처럼 영화나 음악 얘기를 나누었다.

"와이엇에겐 뭔가 특별한 점이 있어요." 센터 관리자인 행크가 내게 말했다. 그는 천식 흡입기를 입에 물고 쑥 빨아 당겼다. "저는 온종일 불을 끄러 다녀요, 날마다요. 여긴 가출한 아이들도 있고 범죄 청소년도 있어요. 약물을 하거나 직원 물건을 훔쳐서 오랜 기간 구금 조치를 받았던 경우도 있고요. 경찰이 붙잡아 여기로 데려오기도 해요. 오늘처럼 불 끄러 다니지 않아도 되는 날은 아주 드물죠."

나는 이십여 년간 보호 센터에 들락거리는 아이들을 봐왔다. 아이들은 법원에서 사회봉사 처분을 받기도 했고, 여기서 다른 수용시설로 보내지길 기다리기도 했다. 그러다 그들은 도망가거나 다시 거리로 내몰렸고 이 모든 악순환은 반복되었다. 센터에서 일할 때 여기 처음 들어오는 아이들을 만나는 게 내 담당이었다. 그들은 길거리에서 입던 옷을 벗고 샤워를 하고 지닌 돈과 귀중품을 가방에서 꺼내놓은 뒤, 침대 시트와 베개를 받아서 복도를 지나 의약품 보급실을 들렀다가 방으로 들어갔다. 나는 아이들과 마주 앉아 그들이 거리에서 겪었던 모든 일을 들어주곤 했다. 그들이 내게 마음을 여는 건 선물 같은 일이었다. 나는 뭐 대단한 걸 해주는 게 아니었고, 뭐랄까 그냥 미소 지으며 그들에게 도와주겠다고 말해주었다. 그들의 이야기를 들어주는 게 내 업무의 일환이었는데, 그런 아이들은 반년만 밖에서 떠돌아도 삶의 악몽을 다 겪고 왔다.

나이가 꽤 들어 보이는 소년 하나가 행크에게 다가와 약을 달라고 하자, 행크는 직원에게 전화를 걸어 약을 갖다 달라고 했다.

"파올로도 천식약이 필요해요." 행크는 소년에게 자신의 흡입기를 보여주었다. "내 것도 여기 있어. 네가 어떤 느낌인지 잘 안다, 아들. 잠깐 기다려봐, 이제 괜찮을 거야." 파올로가 가고 나자 행크는 내게 파올로가 열여섯이며 열두 살 때부터 일곱 군데 위탁 가정을 돌며 생활했다고 말했다.

"나도 일할 때 저런 친구들을 정말 많이 봐왔어요, 기억나네요." 내가 말했다.

"파올로의 아빠는 그런 약간 얼간이 부류예요. 왜 플란넬 셔츠를 입고 1993 파이어버드를 몰고 다니면서 레드맨[원주민들이 즐기던 씹는 담배]이나 질겅질겅 씹는 사람들 있잖아요. 그래도 파올로는 착해요."

"일하는 동안 몇몇 아이들에게 내가 도움이 되었나 모르겠네요. 그랬으면 좋겠는데, 아무튼."

우리는 와이엇이 조그만 아이들과 하이파이브를 하는 모습을 지켜보았다. 그러다 그가 우리에게 다가왔고, 나는 아까 들려준 이야기의 제목이 어떤 뜻이냐고 물었다.

"체로키어를 아시는 줄 알았는데요." 그가 말했다.

"아주 조금만 알아. 그런데 아까 네가 제목을 말할 때는 이해를 못 했어."

"도 스타 다 누 데이, '나의 형제'라는 뜻이에요."

* * *

집에 오는 길, 마을은 고요하고 적막했다. 텅 비고 망가진 건물들이 늘어선 길을 따라 동쪽으로 달리다 집으로 이어지는 다리를 건넜다. 개조한 트럭 몇 대가 오래된 모텔만 달랑 자리한 황량한 주차장에 세워져 있었다. "저 멀리 고속도로 입구 보이지." 나는 와이엇에게 말했다. "한때 우디 거스리가 나무와 언덕들 사이 먼지 날리는 도로 위에서 어깨에 기타 줄을 두르고 포크송을 연주하며 가사를 중얼거렸었지."

"우리도 세쿼이아 학교에 다닐 때 삼 년 내내 「이 땅은 당신의 땅This Land Is Your Land」을 불렀어요."

한동안 우리는 말없이 달렸다.

"좋은 엄마라고 생각해요." 와이엇이 대뜸 말했다.

그때 나는 선글라스를 쓴 채로 조용히 울었다. 와이엇은 몰랐을 것이다. 집에 도착했을 때 그는 제 방으로 숙제하러 갔고 나는 부엌에 가서 저녁을 준비하려고 프라이팬을 꺼냈다. 어니스트가 있나 싶어 뒤 테라스에 나가봤더니 그가 보이지 않았다. 이름을 불러봐도 대답이 없었다. 순간 덜컥 겁이 났다. 내가 무슨 짓을 한 거지? 치매 환자가 혼자 헤매고 다니도록 집에 두고 간 건가? 집 안으로 들어가 방마다 뛰어다니며 어니스트를 불렀지만 그는 어디에도 없었다. 와이엇이 방에서 나와 왜 그러냐고 물었다.

"어니스트가 없어." 내가 말했다.

눈이 휘둥그레진 그는 당황한 기색이 역력했다. "바깥에는 가보셨어요? 집 밖에 계시겠죠. 저도 같이 찾아볼게요."

와이엇이 바깥으로 나간 뒤 나는 가방에서 휴대전화를 꺼내 소냐에게 전화했고 전화를 받지 않아 음성 메시지를 남겼다. "소냐, 엄마야. 네 아빠가 나가서 헤매고 있는 것 같아. 메시지 확인하면 바로 전화해." 나는 곧장 현관으로 나가 다시 그를 불러댔다.

밖으로 나가는 그 순간 갑작스러운 가슴 통증이 올라왔다. 그건 두려움의 증상이었다. 급히 옆 뜰 쪽으로 가는데 어지럽고 숨이 가빠왔다.

그리고 거기, 정원 옆에 어니스트가 있었다.

"어니스트." 나는 가슴을 부여잡은 채 그를 불렀다. 여전히 숨이 가빴다. "당신이 나가서 헤매는 줄 알았잖아."

그에게 다가가 그의 손을 잡으며 말했다. "아우, 정말."

어니스트는 마치 아주 오랜만에 나를 만난 사람처럼 나를 쳐다봤다. 그가 내 다른 한 손을 잡으며 말했다. "마리아, 나 그동안 기억 못 했던 것들 이제 다 기억해. 우리 옷장 금고 비밀번호 같은 거 말이야. 삼십육, 십일, 이십이." 그는 주머니에서 열쇠들을 꺼내 하나씩 보여주며 무슨 열쇠인지를 나에게 다 설명했다.

두 눈으로 보면서도 믿을 수가 없었다. "당신이 열쇠를 다 구분하다니."

"갑자기 기억이 나. 파텔 박사님은 골프 칠 때 타이틀리스트 모자를 쓴다고 그랬었잖아. 지난주에 체로키 국경일 행사에서 열린 미스 청소년 체로키에서는 샐리소 출신 소녀가 우승했고. 이름이 아이야나였고, 자기 할머니가 입었던 드레스를 입고 나왔었잖아. 학교에서 제일 좋아하는 과목은 과학이랑 역사, 기억나지?"

"이게 대체 무슨 일이야?"

그는 웃기 시작했고, 내가 그의 가슴에 머리를 대자 나를 꼭 안아주었다.

기적들이 한창 일어나는 시기일지도 모른다고, 나는 생각했다. 아마도 땅은 지진과 가뭄에서 스스로 치유되고, 벌들은 죽지 않으며, 메뚜기 떼는 소리 없이 굴러다니면서 그 모든 설치류와 파충류, 땅에서 기어 다니는 생명체들의 먹이가 되어 주는지도. 구름 뒤에서 해가 모습을 드러내자 어니스트는 내게 지금 파텔 박사님한테 전화할 수 있는지 물었고, 나는 우리가 스스로 치유되는 시기에 접어든 건 아닌가, 하고 계속 생각 중이었다. "박사님한테 전화해서 내 상태가 완전히 좋아졌다고 말하고 싶어." 그가 말했다.

"그래, 그러자."

"오늘 박사님이 진료를 쉬는 날 같긴 하지만."

상관없었다. 나는 휴대전화를 꺼내 파텔 박사님 진료실 번호를 눌렀다. "파텔 박사님께 전해드리고픈 소식이 있어서요. 저는 마리아 에코타예요. 어니스트 에코타의 아내인데요, 그의 기억력에 뭔가 엄청난 일이 일어나고 있어요. 우리 생각엔 치매가 사라진 거 같아요. 갑자기 다 기억이 난대요. 믿어지세요? 제 생각에는 뭐랄까, 다 나은 것 같아요!" 전화를 끊은 손이 떨리고 있었다.

우리 쪽으로 다가오며 깊은숨을 내쉬는 와이엇의 얼굴이 상기되어 있었다. "아저씨를 찾으셨네요. 와, 아저씨는 완전히 다른 사람처럼 보여요."

"그 어느 때보다도 상태가 좋아." 집에 들어가고 조금 지나자 어니스트가 말했다. "그리고 존재만으로도 우리에게 축복인 이 친구를 좀 봐."

와이엇이 부엌으로 왔다. 칼라가 있는 셔츠에 카키색 바지를 입고, 샤워 후 젖은 머리를 말끔히 빗은 모습이었다. "좋은 일을 하고 샤워를 마치면 언제나 기분이 나아져요. 부드러운 물과 샴푸 냄새."

내가 뒤 테라스로 가서 바닥을 쓸자 어니스트가 낙엽을 그러모으며 이틀 남은 모닥불 모임을 함께 준비했다. 나는 저녁을 조금 미루고 그와 함께 바깥에서 이 아름다운 저녁을 만끽하고 싶었다. 어니스트의 활기를 믿을 수가 없었다. 그는 그러모은 낙엽을 포대에 담았고 잘 묶어서 집 옆에다 갖다 두었다. 그가 다시 테라스로 오자 우리는 아이들 얘기를 시작했다. 레이-레이 이야기도 했는데, 어니스트는 레이-레이가 어릴 적 핼러윈 행사 때 유령으로 변장했던 이야기를 하며 깔깔깔 웃어댔다. "기억나, 그때 안 쓰는 흰색 침대 시트를 녀석한테 그냥 씌운 다음에 눈 쪽에 구멍 두 개만 달랑 뚫었던 거?"

그 추억을 떠올리니 나도 웃음을 참을 수가 없었다. 우리는 함께 웃었다. 그러다 어니스트는 자기 상태가 좋아진 기념으로 아이스크림이 먹고 싶다고 말했다.

"나 취한 것 같아. 온종일 마셔댄 기분이야. 근사한 저녁 먹고 아이스크림도 먹고 싶어. 좋은 와인도 한잔 마시고 싶고."

"당신 몇 개월 동안 술은 쳐다도 안 봤잖아." 내가 말했다.

"작년 4월 이후로는 안 마셨지. 그때 시내에서 웨스 스투디 만난 날이었잖아. 그가 장례식에 참석했었지, 기억난다. 그 친구 모자가 마음에 들었는데."

"그래, 나도 기억나."

그는 이미 신발을 신고 있었다. 그래서 나도 빨리 옷을 갈아입었고 셋이 함께 차를 타고 시내에 근사한 저녁을 먹으러 나갔다. 어니스트가 로제 와인 한 병을 주문하자 나는 좀 불안했지만, 그는 손가락을 들어 아무 말도 듣고 싶지 않다고 말했다.

"상태 좋을 때 즐기게 그냥 둬. 아주 오랫동안 이런 기분을 못 느꼈어. 내 몸에 활기가 돌아. 허리도 안 아프고. 차에서 내려서 여기 들어오는 길에 숨도 안 차던데."

"다 나으셨네요." 와이엇이 말했다.

"당신 허리도 안 아프다고?" 내가 물었다.

그러자 그가 자리에서 일어나 주변 시선도 아랑곳없이 앞으로 팔을 뻗고 한쪽 무릎을 구부렸다. 제자리에서 살짝 달리기도 해보였다. 나는 당황해서 그에게 앉으라고 말했다.

"아마도 우리 기도가 마침내 응답을 받나 봐." 어니스트는 등받이에 몸을 기대며 컵에 따른 와인 한 잔을 들이켰다.

우리는 서두르지 않고 오랫동안 즐겁게 저녁을 먹고 나서 시내로 산책을 나갔다. 모건스 베이커리에 들러 와이엇에게 크림 퍼프를 사주었더니 그가 기뻐했다. 나도 기분이 좋고 마냥 행복한 느낌이 들었다.

"에드가만 함께 있었다면." 어니스트가 차를 타러 가는 길에 말했다.

나는 곧바로 에드가에게 전화해 음성 메시지를 남겼다. "아들, 제발 전화 좀 해. 네가 꼭 레이-레이 모닥불 모임에 와주면 좋겠어, 착한 아들. 나도 아빠도 화 안 났어. 그저 네가 오기만 하면 좋겠다. 꼭 전화 좀 해줘."

* * *

집으로 돌아오자 어니스트가 말했다. "수염을 두려워하라[fear the beard. 미국 언론이 제임스 하든의 활약을 표현한 말], 썬더가 제임스 하든[NBA 농구 선수]에게 패배한 거 기억하지?"

"저도 언젠가는 수염을 기르고 싶어요." 와이엇이 말했다.

"이제 열두 살이니까, 지금부터 기르면 되지."

"누구한테 물어본 거야?"

"똑똑한 내 아내한테 물었지." 어니스트가 나를 향해 눈을 찡긋했다. "마리아는 수염을 기른 뛰어난 선수들을 잘 알아. 조니 데이먼, 제임스 하든. 그치? 내가 농담하는 것처럼 보이겠지만, 아들, 한번 물어보라니까."

"어니스트가 날마다 스포츠 경기만 보고 있었거든. 몇 년 동안 본 거라곤 스포츠 경기뿐이라, 나도 같이 보기 시작했지." 내가 와이엇에게 말했다.

"카림도 수염을 길렀지." 어니스트가 말했다.

나는 어니스트가 언제 마지막으로 운동선수들 이름을 외우고 있었는지 기억해보려 했다. 마치 와이엇이 눈에 안 보이는 어떤 기묘한 천사의 가루로 어니스트의 기억을 되돌려준 것만 같았다. 일시적인 현상일지라도 말이다. 어니스트는 텍사스 알링턴에서 열렸던 야구 경기를 떠올리면서, 텍사스 레인저스가 웨이크필드의 변화구로 레드삭스를 눌러버린 일화를 떠올렸고, 계속해서 "웨이크필드."라고 중얼거렸다. "그 변화구는 휙 소리를 내면서 빗나갔지. 가끔 빅 리그 경기를 보러 가봐. 물론 오클라호마 스포츠계에서만 보면 짐 소프를 능가할 선수는 없었지만. 누구에게든 물어보라고."

와이엇은 더 듣고 싶다고 했다. 목소리만 들어도 어니스트는 기운이 넘쳤고, 생각해보면 와이엇이 수개월, 심지어 수년간 정체돼 있던 어니스트 내면의 활기를 끄집어내 준 것 같았다. 어니스트가 하는 말을 듣고 있자니 꼭 삼십 년 전의 어니스트를 보는 듯했다. 모든 질병에 걸리기 전, 관절염 통증과 고혈압과 치매 초기 증상이 나타나기 전, 조금 더 사회생활을 많이 하던 시절의 어니스트처럼. 다시 젊어져서 이야기를 들려주고, 웃고, 이 얼마나 놀라운 일인가. 뒷마당 잔디에 간이 의자를 펴고 앉아 하늘로 솟아오르는 불꽃놀이 구경하기. 습한 여름 저녁 레모네이드 마시기. 이 모든 일이 이제 다시 가능해질 거란 걸, 난 깨달았다.

230

"마리아." 그가 흥분을 감추지 못하고 나를 부르며 말했다. "칠십 년대에 내가 타고 다니던 그 오래된 쉐보레 기억나? 접좌석으로 되어 있던 거?"

"당연하지." 내가 말했다.

"네 마음에도 쏙 들걸." 어니스트가 와이엇을 향해 말했다. "리커버했던 게 기억나는데, 의자 뒷부분에 고무 범퍼랑 호그링들을 떼어내고 두꺼운 갈색 천을 뜯었잖아. 등받이를 떼고 머리 받침대도 없애고. 기억나지, 마리아? 그때 내 친구 오토가 도와줬지. 그때 특수한 철사로 호그링을 제작해서 스펀지를 덮었는데."

"쉐보레의 무슨 차였나요?" 와이엇이 물었다.

"노바였어."

와이엇은 수긍하듯 고개를 끄덕였다. "튼튼하게 잘 만든 차죠."

"그땐 구레나룻을 길렀었어." 어니스트가 말했다. "오토는 시내 자동차 수리 공장에서 일하던 친구였어. 우리는 라디오에서 흘러나오는 로커빌리를 들었지. 엘비스와 에디 코크런의 노래들. 오클라호마에는 완다 잭슨이 있었지. 오토가 필이라는 동료와 함께 일했었는데, 그는 쳇 앳킨스나 제리 리드만큼이나 기타 치는 손이 빨랐어. 다 들어본 이름이지, 아들?"

"진정한 연주자들이죠."

"끝내주는 전설들이지. 지하에 음반도 있어."

"멋진데요." 와이엇이 고개를 끄덕였다.

두 사람은 지하로 향했고, 어니스트가 앞장섰다. 그는 활기가 넘쳤다. 그의 자세와 전체적인 신체 형태마저 어쩐지 달라 보였다. 도대체 어떻게 이리도 빨리 자세가 바뀔 수 있는 것인가? 그들이 지하실에 간 사이, 나는 언니에게 전화를 걸어 어니스트에게 일어난 일들을 설명했다.

"농담하는 거지? 다 나았다고? 그게 가능하기나 해?" 언니가 물었다.

"말도 안 되지. 하지만 진짜야. 어니스트가 다 나았다니까."

"먹던 약이 결국 효과를 내는 건가?"

"기분도 아주 좋아 보여 생생히 살아 있어. 허리도 곧게 펴졌어."

"그렇게 갑자기 기억이 돌아오는 게 이상한데."

"아주 선명하게 기억해. 아까는 사십 년 전에 우리가 타던 자동차의 좌석 커버 얘길 하더라니까. **사십** 년 전이라고. 나는 차가 무슨 색이었는지조차 기억이 잘 안 나는데, 좌석 커버를 어떻게 기억하는지."

"혹시 모르니까 너 담당 의사한테 전화해보는 게 어때? 갑자기 아주 오래전의 특정 사건을 자세히 기억한다면, 내가 볼 땐 너무 이상해. 그래도 예전으로 돌아간 것처럼 대화를 나눌 수 있다니 정말 놀랍긴 하다."

232

"정말 놀라운 일이지." 나는 약간 머뭇거리면서 창밖 어둑한 나무들의 형체와 복잡하게 휘어진 나뭇가지들을 내다보고 있었다.

소냐

9월 4일

한밤중에 끔찍한 꿈을 꾸다 번뜩 잠에서 깼다. 꿈에서 나는 콰에 있었는데, 레이-레이가 죽은 그 도로에서 쫓기고 있었다. 빈과 캘빈 호프가 내게 따라붙었고 캘빈은 거의 나를 붙잡아 목을 조르려고 했다. 나는 그의 얼굴과 축 늘어진 턱, 이글거리는 두 눈을 응시했다. 그는 내 목을 졸라 질식시키려 했다. 그가 온몸으로 나를 짓눌렀지만 내가 느낄 수 있는 거라곤 내 목을 움켜쥔 그의 손뿐이었다. 빈은 내게 닥치고 움직이지 말라고 소리쳤다. 나는 거기서 빠져나오려 버둥질치다가 잠에서 깼고, 가슴에서 이전에 경험해보지 못한 묵직함이 느껴졌다.

잠에서 깬 뒤 다시 잠들지 못해 겨우 몇 시간밖에 자지 못했다. 결국엔 침대에서 일어나 부엌 식탁에 앉아 커피를 한잔 마셨다. 에드가한테 음성 메시지를 남겼다. 모르긴 몰라도 그동안 백 번 정도는 남겼을 것이다. 그러다 화단을 손보러 마당으로 나갔다. 해가 떠올라 따스하고 습했다. 벌레와 모기 들이 떼를 지어 날아다녀서 밖에 오래 있지는 못했다. 다시 들어온 나는 길게 샤워하고 옷을 갈아입었다. 폰을 확인해보니 빈에게 문자가 와 있었다.

'오늘 밤에 집에 들러. 널 만나고 싶어. 어젯밤에도 자기가 보고 싶었어. 시간 나면 전화해줘.'

나는 그에게 전화하지 않았다. 내 안에 그를 향한 어떤 욕망이 있었는지는 몰라도 그 욕망을 잃어버렸고, 그를 향한 분노만 남아 있었다. 지난밤 카지노에 다녀와 어색하게 헤어진 후, 그를 향한 내 감정은 분노와 냉담 사이에서 오락가락했다. 조금은 슬프기도 했다. 귀여운 루카와 나름 친해졌다고 생각했으니까. 루카를 보면 레이-레이 생각이 많이 났다. 그러나 빈과는 이미 너무 멀리 와버린 듯했다. 그가 제 아버지한테 나에 관한 얘기를 했을지 궁금했다. 지난밤 꿈을 떠올릴 때마다 어안이 벙벙했다. 호프 집안사람들과는 거리를 두라는 경고일까? 내 선택이 잘못되었다고 영혼들이 말해주려 했던 걸까?

신경안정제를 찾으려 부엌 찬장을 뒤졌으나 찾지 못했다. 다시 안정을 되찾기까지 한참이 걸렸다. 부모님 집에 자낙스나 다른 안정제가 있을 것 같아 집을 나섰다. "엄마, 나 왔어." 현관을 들어서며 엄마를 불렀다. "엄마네 집에서 지내는 친구를 만나보고 싶어서." 거짓말을 하니 조금 찔렸다.

"와이엇은 학교 갔지." 거실에서 엄마의 목소리가 들렸다. 나는 욕실 좀 사용한다는 핑계로 욕실에 가서 의약품 보관함을 뒤졌는데 아무것도 찾지 못했다. 엄마가 내게 아빠와 산책을 다녀오라고 하길래 빈 생각도 떨칠 겸 함께 나가기로 했다. 우리는 길을 따라 수목이 우거진 곳으로 갔다. 아빠는 그곳 나무들을 그림으로 그리곤 했다. 수년간 아빠와 나는 혼자 조용히 있고 싶을 때마다 이곳을 찾았다. 아빠는 사과, 배, 플럼 나무들이 꽉 들어찬 과수원을 그리고 싶다고 말했다. 아빠는 노랑, 빨강, 초록처럼 쨍한 색깔로 채색하길 좋아했다. 어릴 적 아빠의 모습을 지켜보던 게 기억났다. 비탄에 잠긴 눈빛으로 관찰하며 어찌나 세세하고 예민하게 작업하던지. 아빠의 그림에는 예술적 그늘과 불안정한 세계의 아름다움이 담겨 있었다. 아주 오래전 어느 여유로운 오후에 눈부신 볕 아래서 놀던 때가 떠올랐다. 주위로는 키 큰 풀과 단풍나무, 참나무가 무성했었다.

"난 어렸을 때부터 그림 그리는 걸 좋아했었다. 브릭스 근처 조그만 집에서 살았었지. 식구 열한 명이 다 같이 말이다. 그 집 바닥이 삐걱거렸다고 내가 말해줬었나? 네 고모들과 나는 단지 어머니를 화나게 하려고 바닥 위에서 발을 굴렀어."

"아빠 어릴 때 얘기 듣는 거 좋아요." 내가 말했다. 그리고 이 얘긴 하지 않았지만, 아빠의 기억력에 엄청 놀라는 중이었다.

"아주 오랜만에 기분이 참 좋아."

"무슨 일 있었어요?" 내가 물었다.

"와이엇 그 녀석을 보면 레이-레이가 생각나." 아빠는 생각에 잠긴 듯 내게서 고개를 돌리며 말했다. "아마도 우리 기도가 응답받는 게 아닌가 싶다."

"우리 조상들이 우리를 지켜보고 있겠죠."

"맞다. 그렇겠지. 와이엇에게 예전 우리 집안에 대한 이야기를 들려줬어."

"저도 기억나는 이야기들이 있어요."

"에드가와 네가 어릴 때 내가 찰라 이야기를 들려주면 아주 좋아했지. 고향 땅에서 떠나길 거부했다는 이유로 군인들이 그를 쏴 죽인 일에 대해서. 아주 중요한 이야기지." 잠시 동안 아빠는 자신의 두 손을 내려다보면서 아무 말이 없었다. "전에 에드가를 찾아갔던 날 이후 한 번도 보지를 못했어."

"이번에 집에 오겠죠. 제 생각엔 여기서 일자리를 알아볼 거 같아요. 지난번에 통화했을 때 데지레와 헤어지고 아무 계획이 없더라고요. 계속 닦달했는데 앞으로 어떻게 할 건지 말을 안 해요. 자기도 잘 모르겠죠. 차라리 집으로 와서 우리 도움을 받는 게 나을 텐데."

"본인도 알겠지. 우리가 저를 기다리는걸."

"제가 수도 없이 말했는걸요."

아빠가 모호한 표정으로 나를 쳐다봤다. "데지레는 에드가한테 좋은 애였어. 며칠 전에 전화가 와서는 에드가 걱정을 하더구나."

"뭐라고 하던가요?"

"별말은 없이, 둘이 헤어졌다는 사실을 알려주려고 전화했다더군. 네 엄마한테 우리가 앨버커키에 다시 가보는 게 좋지 않겠냐고 말했다."

아빠는 진지한 얼굴을 하고 있었다. "다시 한번 더 설득해보려고요?"

"필요하면 뭐든 해야지. 우리와 함께 살도록 데려오면 에드가는 돈도 절약할 수 있잖아. 지금의 상황에서 벗어나게 할 수만 있다면 뭐든 해야지."

집으로 돌아온 우리는 뒤 테라스에 한동안 앉아 있었다. 다시 예전처럼 돌아온 아빠를 보니 감격스러웠다. 자식들이 힘든 일을 겪을 때 적극적으로 보호하려 나섰던 아빠였다. 레이-레이가 죽고 나서 그랬던 것처럼 말이다. 이내 엄마가 나와서 다 같이 호숫가로 산책을 가자고 했다.

"와이엇이 집에 오면 꼭 만나고 가야 해. 정말 매력적이고 똑똑한 아이야. 그리고 더 중요한 건, 와이엇을 보면 꼭 레이-레이를 보는 것 같다는 거지."

"아빠도 그러더라. 전에 내가 만난다는 남자한테 루카라는 아들이 있는데, 걔도 어떻게 보면 레이-레이를 닮았어. 생긴 거랑 표정이. 참 이상하지."

"와이엇은 그냥 닮은 수준이 아니야." 아빠가 말했고, 엄마는 무슨 이유에선지 아빠의 팔을 툭툭 쳤다. 두 분은 내게 뭔가를 숨기고 있었다. 가끔 이렇게 비밀스러운 면이 있었는데, 나는 더는 묻지 않기로 했다. 솔직히 나는 그 위탁 학생에게 크게 관심이 없었고, 내 문제로 이미 머리가 복잡했다. 빈과 연락 없는 에드가 때문에.

그때 매 한 마리가 집 앞 길가로 휙 내려왔다. 아빠가 그 매를 가리켰다. 매는 바닥에 내려앉아 우리 쪽을 보고는 다시 숲으로 날아갔다. "가끔 저 매가 보여." 아빠가 말했다. "혹시 레이-레이가 우리를 보고 가는 건 아닌가 싶어. 아니면 우리 조상일 수도 있고."

"레이-레이의 영혼일지도 모른다는 생각이 좋네요. 걔가 분명 우리한테 속임수를 쓰고 있는 거예요, 안 그래요? 확실히 이해가 돼요."

함께 걸어가는데 조금 떨어진 곳에서 어떤 여자아이 목소리가 들렸다. 잠시 후 그 여자아이가 보였다. 아이는 우리 쪽으로 달려오며 "울피! 울피!" 하고 불러댔다. 가까이 갔더니 아이가 가쁜 숨을 몰아쉬며 물었다. "우리 개 못 봤어요? 개이름은 울피예요."

"어떻게 생긴 개니?" 내가 물었다.

"셰퍼드 믹스견이요." 아이는 여전히 다급하게 숨을 몰아쉬었다. 여덟아홉 살쯤으로 보였다. "울피가 뛰어가 버렸어요. 털은 밝은 갈색이고 목줄에 이름이 적혀 있어요."

엄마는 아이의 손을 잡더니 함께 개를 찾아주겠노라 약속했다. 우리는 서둘러 물가로 내려가며 큰 소리로 울피를 부르고 휘파람을 불어댔다. "울피가 어디 있을까요?" 아이는 계속 우리에게 물었다.

몇 분이 지난 뒤 엄마는 무릎을 땅에 대고 앉아 아이에게 물었다. "네 이름이 뭐니? 엄마나 아빠는 근처에 계시니? 네 부모님도 함께 찾아보려고."

"제 이름은 사라예요. 아빠랑 저기 저 집에 살아요." 아이는 호수 건너편 회색 집을 가리켰다. "아빠도 지금 울피를 찾고 있어요."

엄마가 다시 물었다. "그런데 왜 여기에 혼자 있어? 무슨 일 있었니?"

"울피를 찾으러 이쪽으로 뛰어왔어요. 아빠는 반대편으로 갔고요."

나와 아빠도 땅에 무릎을 대고 아이 앞에 앉았다. "하지만 너희 아빠는 아마 널 찾고 계실 거야. 우선 아빠를 찾으러 가보자."

"괜찮을 거다. 다 괜찮을 거야." 아빠가 아이에게 말했다.

소녀는 거의 발작을 일으킬 정도로 울었고, 엄마가 잠시간 아이를 붙잡고 있었다. 아빠는 오므린 입술에 새끼손가락 두 개를 대고 휘파람을 불려고 했다. "이렇게 하면 소리가 잘 났었는데." 실망한 아빠는 눈물범벅이 된 사라의 얼굴을 내려다봤다. 아빠가 아이를 측은히 여기는 게 느껴졌다. 개가 다시는 돌아오지 않을까 봐 불안해서 숨도 제대로 못 쉬는 아이의 상황을 이해했다. 아마 우리 모두 그 심정을 이해하리라. 이런 순간에는 그 어떤 것으로도 두려움을 떨쳐낼 수가 없다.

엄마가 사라를 데리고 아이 아빠를 찾으러 가겠다고 했고, 나와 아빠는 계속 울피를 찾아보기로 했다. 아빠와 나는 다시 집 쪽으로 가며 울피를 불러댔다. 군데군데 숲이 우거져서 어두울 수도 있었다. 거의 집에 다다랐을 때 내 폰이 울렸다. 발신자는 빈이었고 난 전화를 받지 않았다.

부엌에서 물을 따른 컵에 얼음을 넣어 거실에 있는 아빠에게 가져갔다. 마당으로 열린 창문을 통해 새들이 바닥을 쪼며 돌아다니는 모습이 보였다. 새들은 이내 흩어져 날아갔다. 어렸을 적 에드가와 레이-레이는 토요일 아침마다 거실에 모여 아빠와 함께 흑백 영화를 보곤 했다. 로럴과 하디, 마르크스 형제, 미키 루니가 출연했다. 하지만 슬랩스틱코미디는 내 취향이 아니었고, 그 유치한 유머를 이해할 수 없었다.

나는 부엌으로 가 내가 먹을 샐러드를 만들었다. 냉장고에 블루베리와 사과 슬라이스가 조금 있고 샐러드드레싱도 있었다. 화이트 와인도 반병 남았길래 잔에 따라 식탁에 앉았다. 나는 준비한 음식을 먹으며 폰으로 풍선 게임을 했다. 다 먹고 나서는 뒤 테라스로 나가 담배를 한 대 피웠다. 밖을 내다보니 엄마가 아까 그 여자아이, 그리고 그 아이의 아빠로 보이는 남자와 길에 서서 대화를 나누고 있었다. 그 남자는 짙은 머리칼에 다부지게 생겨서 조끼를 입고 부츠를 신고 있었다. 내가 선 곳에선 정확히 어떻게 생겼는지 알아볼 수는 없었지만 그는 영화나 텔레비전에서 본 누군가와 닮은 듯했고, 아마도 전체적인 체구나 입은 옷 때문에 그렇게 보이는 것 같았다. 그의 얼굴을 조금은 알아볼 듯하면서도 또렷하게 알아볼 순 없었다. 멀리서는 체격이 좋고 다부져 보였다. 그는 엄마와 대화하는 내내 자신을 껴안은 사라를 보듬으며 다정한 아빠답게 행동했다. 그러다 엄마는 방향을 틀어 집으로 걸어왔고, 나는 그가 사라와 함께 반대 방향으로 걸어가는 모습을 지켜보았다.

"어떻게 됐어?" 현관으로 들어오는 엄마에게 물었다.

"사라 아빠는 만났는데, 걔는 못 찾았어. 안타깝지, 애가 너무 속상해하네. 사라 아빠 이름은 에릭이래."

"그렇구나, 잘됐네. 그 남자 결혼은 했어?"

"결혼? 그런 말은 안 했는데."

"거기 산 지는 얼마나 됐대? 한 번도 못 본 남자거든."

"그런 얘긴 안 했어. 아, 이제 곧 와이엇이 올 거야. 만나고 갈 거지?"

"난 집에 가봐야 해. 얼른 전화할 데가 있어서."

"에드가한테 전화해봐. 네 전화는 받을 수도 있잖아."

"그동안 얼마나 많이 전화했는데. 걔가 내 전화를 받으면

242

나도 놀랄걸. 그래도 누가 알겠어? 걔는 종잡을 수가 없으니."

나는 집으로 돌아왔다. 적요한 내 집에서는 슬픔의 기운이 풍겼다. 들어가는 방마다 어스레한 침묵이 흘렀고 나는 그 방들이 내게 드러내는 존재의 웅성거림에 귀를 기울였다. 방들의 속삭임, 아니면 조상들의 속삭임일지도 모르는 것을 나는 들을 수 있었다. 아빠가 얘기해준 조상 찰라가 우리 주위의 땅을 돌아다니던 얘기를 떠올렸다. 용기를 얻기 위해서는 그의 목소리를 들어야만 한다는 걸 알았다. 아빠가 바람이나 하늘과 이야기하고 우리 조상들은 우리를 지켜보는 장면을 상상해봤다. 고요한 집에 귀를 기울이자 다시 공포가 밀려왔다. 너무 심하게 겁이 나서, 말하자면 토네이도가 몰려오기 직전의 불안감에 떨며 애를 먹었다. 내 불안감이 다시 짙어졌고 빈이 집에 찾아올 것 같은 예감에 긴장이 됐다.

거실 안락의자에 앉아 얼마간 텔레비전을 보는데, 한 파일럿이 눈이 멀었는데도 아내의 도움을 거부하는 장면이 나왔다. 집에서 온갖 집기들을 바닥에 내던지고 전등과 탁자를 뒤집어엎어 유리가 깨졌다. 바깥을 내다보니 창틀에 홍관조가 보였다. 그 새는 날개를 펼치고 날아가 버렸다.

텔레비전을 끄고 편안하게 마음을 가다듬으려 했으나 잘되지 않았다. 에드가에게 전화하니 받지 않았다. 이번에는 음성 메시지를 안 남겼다. 따뜻한 물에 몸을 담그니 잠깐은 기분이 나아졌다. 이내 피곤함이 밀려들었고 어떤 어수선한 기운이 집을 통해 흘러가는 느낌이 들었다. 따뜻한 물에 몸을 담근 탓인지 졸린 기운이 몸을 짓눌렀다. 마치 뭔가가 나를 내리누르는 감각이었다.

그날 밤 예상대로 빈에게 전화가 걸려왔다. 이번에도 전화를 받지 않고 음성사서함으로 넘어가게 두었다가 그 메시지를 들었다. 그는 조금 취한 상태였다. "조금 뒤에 만나러 갈게." 그게 다였다. 더는 아무 말도 없었다. 나는 폰으로 단순한 풍선 게임을 하다가 침대 옆에 수면 등을 끄고 어둠 속에서 담배를 피웠다. 콜레트는 담배 연기로 피어올라 방에서 방으로 집 안 여기저기를 흘러 다녔다. 어둠 속에서 그녀의 존재를 느꼈다. 최근 들어 어디서나 그녀의 존재가 느껴졌다. 내 침실에서, 복도에서, 밤의 욕조에서도. 아니면 그것은 완전히 다른 누군가의 존재였을까?

나의 오감이 한밤중 어둠 속에서 어찌나 예민해지는지, 마치 밝은 대낮에는 닿지 못했던 어떤 곳에 접근할 수 있을 것만 같았다. 나는 방의 맥동하는 심장과 숨결을 느낄 수 있었다. 그뿐만 아니라 리드미컬한 소리, 저 멀리서 군인들이 진군하는 소리도 들었다. 불법 침입차가 창문을 통해 나를 쳐다보다가 문을 부수고 들어와 나를 끌고 나가는 환영이 보였다. 소음을 듣고는 겁에 질려 아빠를 깨우고 싶을 만큼 다시 어린 소녀가 된 기분이었다.

나는 잠이 들었다 깼다를 반복하며 꿈과 환영 사이의 공간에서 맴돌았다. 어느 시점엔 내 귀에 속삭이는 체로키 말이 들렸다. "아니요스키 아나힐리, 아니요스기 아나힐리." 군사들이 진군한다, 군사들이 진군한다. 악몽을 꾸는 듯 그 소리가 계속해서 들려왔다.

새벽 세 시 노크 소리에 번뜩 놀라서 깼다. 침대에서 일어났는데 다시 노크 소리가 들렸고, 창문 블라인드를 살짝 열어 내다보니 빈의 차가 세워져 있어 그나마 마음이 놓였다. 거실 불을 켰더니 문을 열자마자 담배와 위스키 냄새를 풀풀 풍기며 그가 들어왔다.

"취했어?" 내가 물었다.

그는 몸을 잘 가누지 못해서 넘어질 뻔했고, 내게 가까이 와 키스를 했다. 잠시간은 그가 하는 대로 그냥 두었다. 그러다 그를 밀어내고 어디 갔다 왔냐고, 루카는 어디에 있냐고 물었다. 그는 인상을 찌푸리며 내게 다가와 다시 키스를 퍼붓고 내 팔을 어루만졌다. 그가 내 목덜미에 입을 맞추기 시작했고 조금 뒤에 몸을 뗐다.

"너 원하는 게 뭐야?" 그가 웃었다. "네가 원하는 걸 말하라고."

그가 섹스 할 때 그랬던 것처럼 내 머리칼을 움켜쥐었다. 하지만 이번에는 더 강하고 훨씬 아팠다.

"그만해." 나는 그를 밀쳐내며 말했다. 그는 내 팔을 심하게 꽉 붙들었다. 예상치 못한 상황이었다.

그때 뭔가가 뇌리를 스쳤고, 빈과 눈을 맞추려 고개를 들었더니 제복을 입은 그가 옛사람의 얼굴로 나를 위협했다. 그의 얼굴에 서린 그 표정은 마치 처음 보는 듯 낯설었다. "아프다고, 진짜야. 빈, 그만해."

"왜 이럴까." 그가 내 허리를 감싸 안으며 말했다. "단지 널 보려고 이 밤에 운전해서 온 거야. 이리 와봐."

이번에는 더 세게 팔을 확 빼내 그를 밀어냈다. "그만해, 빈. 아프다고 했잖아." 나는 화가 났다.

"넌 미친 인디언이야. 그냥 나이나 퍼먹은 걸레라고." 그가 내 허리에서 손을 떼며 말했다.

생각할 겨를도 없이 나는 그에게 주먹을 날렸다. 하지만 그가 내 팔을 다시 잡아 꺾더니 나를 바닥으로 끌고 갔다. 내가 비명을 질러도 그는 놓아주지 않고 내 뺨을 세게 때렸다. 얼굴을 감싸 쥔 나는 바닥에 내박쳐졌다.

지금껏 단 한 번도 아는 남자에게 얼굴을 그렇게 세게 맞아본 적이 없었다. 손으로 얼굴을 감싸고 앉아 있는데 뺨이 시뻘겋게 달아오르고 점점 심하게 따끔거렸다.

"경찰을 부를 거야!" 나는 그를 향해 소리치며 거실 욕실로 들어가 문을 잠갔다. 심장이 버둥질쳤다. 하지만 내게 폰이 없다는 걸 금세 깨닫고 일단 욕실에서 호흡을 가다듬었다. 다행히 그가 욕실 앞으로 쫓아온 거 같진 않았다. 다시 비명을 지르며 욕실 물건을 다 박살 내고 싶은 마음이 들었다. 입술을 어찌나 세게 깨물었던지 입에서 피 맛이 났다. 거울을 보니 뺨과 입술이 빨겠다. 나는 얼굴에 찬물을 끼얹었고 옆에 있던 수건을 찬물에 적셔 얼굴에 댔다.

욕조 끄트머리에 앉아 두 손에 머리를 파묻었는데 그 와중에도 눈물은 나오지 않았다. 순간 어떤 느낌이, 불안이, 짜증이 닥쳐왔고 뭔가 끔찍한 일이 벌어지기 전에 나가야 할 것만 같았다. 그 느낌이 나를 짓누르고, 질식시키고, 그에게서 얼른 벗어나라고 경고했다. 이제 뭘 어떻게 해야 하지? 욕실엔 기어나갈 창문도 없었다. 나는 휴대폰도 없이 혼자 욕실에 갇혀 있었다.

적어도 이십 분, 아니면 더 오래 욕조에 머물렀다. 그 시간은 마치 영원처럼 느껴졌다. 고맙게도 그가 문을 열려는 기척은 전혀 없었다. 어느 시점에 이르자 그가 아직 있는지 가버렸는지도 알 수가 없었다. 너무 조용하고 밖에서는 걸어 다니는 소리가 안 들렸으니까. 그렇다 해도 나는 안심할 수 없었다. 내겐 나를 보호할 장치가 필요했다. 나는 욕실 서랍을 열어 가위를 찾았다. 필요할 경우 그의 얼굴에 뿌릴 소독용 알코올도 찾았다. 그래 봤자 그를 마주할 마음의 준비가 되진 않았다. 나는 잠시 문 앞에 섰다가 문에 귀를 대고 들었는데, 여전히 침묵만 흐를 뿐 아무런 기척이 없었다. 마침내 가위를 단단히 손에 쥔 나는 잠갔던 문을 열고 밖으로 나갔다.

나는 살금살금, 천천히 거실로 갔다. 빈은 소파에 푹 쓰러져 자고 있었다. 나는 얼른 바닥에 떨어진 내 폰을 주워 벽에 기댄 채 그가 자는 데로 갔다. 그의 이름을 부르자 그는 입을 헤벌리고 뭐라고 중얼거렸다.

"빈." 하고 나는 다시 불렀다. "지금 경찰을 부를 거야, 그니까 얼른 나가. 내 말 듣고 있어? 야, 빈."

그는 대답도 못 할 만큼 만취한 상태였고, 딱 봐도 운전해서 집으로 갈 수 있는 상태가 아니었다. 그가 잠든 틈에 뺨을 날리고 싶었다. 그 순간 뺨을 때릴 수도 있었고, 그런다 해도 그는 아무 대처도 하지 못했을 것이다. 경찰에 신고할까 생각도 했지만 루카가 떠올랐다. 아빠가 감옥에 가면 루카는 어떻게 될까? 루카 때문에라도 경찰을 부를 순 없었다. 나는 심지어 똑바로 생각할 수가 없었다. 빈은 완전히 정신이 나갔고, 나는 이 순간만큼은 내가 안전하다고 되뇌었다.

누군가에게 와서 빈을 좀 데려가라고 전화하고 싶었는데, 시간이 새벽 네 시였다. 누구에게 전화한단 말인가? 나는 부엌에 가서 와인 한 잔을 따라 아침에 빈이 일어나면 어떻게 해야 할지 곰곰이 생각했다. 몇 분이 지나도록 나는 절대 빈을 용서하지 않을 거라고 계속 되뇌었다. 그가 자는 모습을 보면서 얼마나 불쌍하고 약한 놈인지도 생각했다. 그는 입을 벌린 채로 깊이 잠들어 코를 골았다. 그 모습을 보고 있으니 견딜 수 없었다. 같은 공간에 있는 것조차 참을 수가 없었다.

복도에 불을 켠 나는 지하실로 내려가는 문을 열었다. 조용히 거실로 돌아가 그를 흔들어 깨워보았다. "빈" 하고 계속 부르다가 "침대로 가자, 얼른. 빈, 침대로 가서 자." 하고 말했다. 그가 몸을 뒤척이다 눈을 떴다. 나는 그의 팔을 계속 당겼고 마침내 그가 일어나 뭐라고 중얼거려서 나는 그의 손을 잡고 복도를 지나 지하실 계단으로 데려갔다. 그때 그가 루카가 어쩌고 하고 중얼거렸지만 무시했다. 난 그저 그를 얼른 지하실로 데려다 놓고 싶었다. 일단 지하로 내려와서는 그를 눕히며 말했다. "다시 자, 얼른 자."

그는 내가 옛날에 쓰던 침대에 모로 누웠고 다시 잠이 들었다. 나는 너무 긴장돼서 계단에 앉아 잠시 쉬어야만 했다. 그가 뒤척이며 뭐라 중얼거려서 불안했다. 여전히 술 냄새가 풍겼다. 그에게 다가간 나는 그의 앞주머니에서 조심스레 폰을 꺼냈다. 그는 지갑과 차 열쇠를 잘 갖고 있었다. 그러고 거실로 올라온 나는 문을 닫고 그가 나오지 못하도록 빗장을 질러두었다. 그를 지하에 가둬두니 안전한 느낌이 들었다.

부엌에 가서 그의 폰을 식탁 위에 두고 뒤 테라스로 나가 담배를 한 대 피웠다. 그러고는 지난 밤들에 숱하게 그래왔듯, 호숫가로 향하는 산책로로 갔다. 달빛이 호수에 반사되고 부드러운 흙이 발아래 밟혔다. 나는 이 깜깜한 밤에 밖에 홀로 있으면서도 몹시 침착했다. 호숫가 둑에서 조금 떨어진 데 앉아 엄마가 불러주었던 자장가를 흥얼거렸다. **늑대들아 저리**

가거라, 늑대들은 저리 가거라, 귀여운 우리 아기 잠잘 시간. 어릴 때 들었던 다른 노래들도 흥얼거렸는데, 무슨 뜻인지 이해도 못 했고 가사들도 거의 기억나지 않았다. 그러다 주신께 나를 보호해주시고 평안한 마음을 달라고 기도를 읊조렸다.

이십 분 정도 시간이 흐르고 나는 집으로 돌아왔다. 빈이 푹 자둬야 좋을 것 같아서 지하에는 내려가지 않았다. 하지만 방마다 들어가서 확인하고 싶은 충동을 느꼈다. 침실로 슬그머니 들어가 창문 블라인드를 모두 내렸다. 복도 옷장들을 다 확인하고 욕실, 침대 밑, 샤워실도 모두 확인했다. 그러고 나서 조용히 부엌 바닥에 앉아 귀를 대고 혹시 빈이 일어났나 하고 지하실 소리를 들어보았다. 새벽 다섯 시였고, 곧 해가 뜰 참이었다. 나는 전혀 피곤하지가 않았다. 그의 휴대폰을 집어 들고 모든 문자, 메일, 사진 들을 훑었다.

씨발 새끼, 하고 생각했다. 그의 폰에는 다른 여자들 사진이 몇 개 있었다. 그 사진들을 삭제했다. 루카가 나온 사진만 빼고 다른 사진도 다 지웠다. 폰에 저장된 연락처들도 다 지웠고, 그런 다음 그의 소셜미디어 계정에 들어가 이렇게 썼다. "오늘 밤 여자를 때렸다. 여자를 때렸다고. 내가 인디언을 때렸다."

찰라

    사랑하는 아들, 우리가 땅의 말을 꼭 들어야만 할 때면 땅은 항상 우리에게 말을 한단다. 심지어 나는 살아생전에도 우리가 바닷물에 잠길까, 가뭄이 심해질까 걱정할 때면 항상 경고들을 기다렸지. 우리 가족은 테쿰세[Tecumseh. 북아메리카의 토착민인 쇼니족의 지도자]가 경고한 대로 군인들이 쳐들어와 우리를 우리 땅에서 몰아낼 거라 강하게 믿었단다. 그때 가뭄이 있었지. 바람도 거세게 불고 겨울이 지독히도 추웠단다.

    너도 알겠지만 그 시절은 정말 끔찍했다. 겁이 났어도 우리는 고향 땅을 지킬 준비가 되어 있었단다. 우리 부족 사람들은 정부가 엉터리 조약을 빌미로 속이려 들어도 떠나길 거부했다. 우리는 그들을 믿지 않았으니.

    그날 밤비가 내렸고 몇몇 가족들이 모여 조용히 마을에서 빠져나가 산속 동굴에 숨어들었단다. 나는 체로키 말로 사람들에게 말했단다. 지금 우리의 행동이 앞으로 우리 후손들에게 영향을 미칠 거요. 나는 내가 본 모든 환영을, 우리의 환영을, 앞으로 닥칠 이주의 예언을 떠올리며 그 환영들이 모두 거짓이길 바랐단다. 그날 밤 동굴에서 신생아를 데리고 있던 어떤 부인이 너무 겁을 먹은 나머지 빗속을 달려 손도끼를 들고 도망치며 "죽여라! 죽여라!" 외쳤단다. 그는 정령의 힘을 너무도 강하게 느껴 비 내리는 밤하늘을 향해 손도끼를 던졌고, 그 손도끼는 사라졌으며, 누구도 그것을 찾지 못했단다. 그날 밤 커다란 우박이 내렸지.

우리가 동굴에서 숨어 지낸 지 열흘이 지나자 군인들이 쳐들어와 우리의 집들을 파괴했단다. 우리는 멀리서 한 무리의 늑대 같은 놈들이 우리 땅으로 몰려와 그들의 무기를 발사하는 모습을 지켜보았단다. 이제 우리에게 엄청난 위협이 닥쳐왔지. 그 군인들은 정중하게 행동하라는 명령을 받고 왔음에도 우리의 오두막과 헛간들을 무자비하게 망가뜨렸다. 우리가 기르던 닭과 돼지와 소 들도 잡아 죽였지. 그들은 우리 부녀자들과 노인들을 총검으로 위협해 집에서 끌어내 울타리로 몰아넣었어. 우리 부족 사람들은 옷가지 말고는 끝내 아무것도 가진 게 없었고, 모든 걸 잃고 말았단다. 우리 땅에 어마어마하게 비참한 기운이 퍼졌지. 군인들은 우리 조상들의 무덤을 파헤쳐 금괴를 훔쳤고 시체에서 퍼지는 악취에도 눈 하나 깜빡하지 않았다. 우리는 숨어 있어서 안전했지만 나와 다른 두 명의 사내는 도저히 견딜 수가 없어 우리 무기들로 무장한 채 사람들을 도우러 갔단다. 그리고 너, 나의 용감한 아들아, 네가 우리를 따라왔지.

군인들은 우리를 보자마자 다가와 주위를 둘러쌌다. 우리는 그들을 공격하고 싸웠지만 군인들 수가 너무 많았지. 그중 한 놈이 삽으로 널 내리쳤고, 나는 칼을 쥐고 그에게 달려들어 그의 팔을 잘라버렸다. 다른 군인들이 날 떼어내 바닥으로 내박쳤지. 그러고는 밧줄로 우리를 결박했단다. 나는 나를 먼저 죽이라고 말했지만, 그들은 내 말을 듣지 않았단다. 그들이 우리에게 총구를 겨누자 나는 눈을 감고 고개를 떨구었다. 그들이 네게 눈을 뜨라고 시켰지만 나는 네게 절대 눈을 뜨지 말라고 간구했단다.

에드가

9월 5일

기침하느라 자다가 자꾸만 깼다. 꿈에서는 한 여인이 무지개 색 곡식과 칠면조 모래주머니, 능소화 씨앗이 담긴 바구니를 갖고 내게 왔다. 그녀는 무척 아름답고 호리호리했으며 검고 윤기 나는 긴 머리를 늘어뜨린 채였다.

"당신을 위한 선물이에요." 그녀가 말했다. "잿빛 세계에 분홍빛 벚꽃을 피우려고 심고 있답니다. 춤추는 일곱 자매가 모여 있는 플레이아데스 성단星團에서 왔어요. 길을 따라 활짝 핀 저의 벚꽃들을 찾아 그 길을 따라오세요. 찰라기(Tsalagi. 체로키 언어)가 조화에 관한 것임을 기억하시고요." 멀어져 가는 그녀의 입에서는 연기가 흘러나왔다.

꿈을 꾼 뒤 날이 밝아올 때까지 잠을 뒤척였는데 어느새 아침이었다. 이제 잭슨네 집을 떠나야겠단 느낌이 왔다. 잠시 침대에 누웠다가 일어나 보니 잭슨은 나가고 없었다. 부엌에 가서 오믈렛과 커피를 준비한 나는 거실로 가져와 텔레비전을 켰다. 뉴스 진행자가 어스름의 땅에 불이 났다고 말했다. 여기저기서 불꽃이 치솟고 있었다. 8번 헬리콥터가 어느 다리 위를 날아다니며 촬영한 장면에서는 시커먼 연기 기둥과 불꽃이 솟아올랐다. 리포터가 소방관 브리핑을 확인한 결과, 누군가가 악마의 다리 근처에서 불을 질렀다고 했다. 그 리포터는 빨간 헬멧을 든 한 젊은이를 목격자로 인터뷰했는데, 그는 다리 근처 방사성 진흙 구덩이들이 있는 제한구역에서 사람들을 찾는 중이었다고 말했다. "예전에 이 근방에 온통 사람들이 있었어요." 그가 말했다.

"그 헬멧은 왜 갖고 있으시죠?" 리포터가 물었다.

"이건 게임용이에요. 자세히 말씀드릴 수는 없어요."

텔레비전 화면에서 다리 위로 시커멓게 피어오르는 연기가 보였다. 불길들이 춤을 췄다. 나는 아침을 다 먹고 계속 뉴스를 봤다. "이곳은 과거 핵무기를 실험하던 군사기지였는데요."라고 시청 관리자가 리포터에게 말했다. "지난 오십 년 동안 지하 핵폭발을 감지했기 때문에, 확실히 말씀드릴 수 있는 건 그 폭발로 이 지역이 방사능에 노출되었다는 겁니다. 그래서 여긴 제한구역이에요. 누군가 방화를 저질렀습니다."

나는 뒤 테라스로 나가 담배를 한 대 피웠다. 보슬비가 내렸다. 마당 건너에서 흐릿한 형상이 마치 짙은 안개처럼 덤불 주위를 맴돌았고 보슬비 사이로 보이는 지평선 위로 새 한 마리가 홀로 날고 있었다. 그 새는 하늘에서 원을 그리다 낮게 깔린 구름 속으로 사라졌다. 바깥은 고요했다. 너무도 고요했는데 얼마 못 가 저 멀리서 교회 종소리가 울렸다. 안으로 들어온 나는 바우하우스 앨범을 들었다. 오후 다섯 시가 지나 있었다. 바닥에 드러누운 나는 음악을 들으며 천장을 응시했다. 음악이 끝나고 나서 레코드판을 뒤집어 다른 면을 들었다. 계속 이렇게 한쪽을 듣고 뒤집어 다른 한쪽을 들었다.

잭슨이 왔을 때 바깥은 어둡고 음악은 계속 흐르고 있었다. 그는 서류 가방을 내려놓고 내 앞에 섰다. "오늘 밤 모임이 있어. 게임을 만드는 친구들 몇 명이랑. 별로 멀지 않은, 아마 여기서 1마일 정도 거리에 있는 곳에서 만날 거야. 라일이라고, 나랑 소프 게임 만드는 친군데, 널 만나고 싶어 해. 아마 영상 몇 개 찍고, 머리 장식을 쓰고 쿵쿵 뛰고 짐승처럼 머리 흔들고 그 정도만 시킬 거야."

"짐승처럼 머리를 흔들라고?"

"사람들이 빠져들 거야, 추장. 누가 알아, 혹시 양껏 취할 만큼의 좋은 코카인을 누가 줄지. 아주 좋은 걸로, 추장. 찰리는 가끔 멕시코 스피드볼[코카인, 헤로인, 모르핀, 암페타민을 혼합한 주사]도 한대."

그가 샤워하는 동안 나는 또 음반을 뒤집어 다시 들었다. 부엌에 가서 남은 피자를 전자레인지에 데웠다. 잭슨은 나갈 준비를 다 마치고 부엌에 와서 내가 남겨둔 피자를 먹었고 나는 칫솔을 찾으러 가방을 뒤졌다. 칫솔을 찾지 못한 나는 마지막으로 양치를 한 게 언젠지 곰곰이 생각했다. 필로폰 때문에 내 치아 상태는 엉망이었다. 나는 티셔츠를 갈아입고 나갈 준비를 마쳤다.

잭슨이 빨리 가고 싶어 하길래 내가 차를 몰아 처음 보는 길을 지나갔다. 어느 기찻길을 지나는데 까만 새 떼가 어두운 하늘로 날아올랐다. 한동안 붉은 새가 안 보였다는 생각이 번뜩 들었다. 여전히 주변을 돌아다니면서, 언젠가는 내리 닥쳐 나를 공격하고 내 어깨나 머리를 발톱으로 찌를 것이다. 우리는 적막한 길을 달려 어떤 창고에 도착했다.

창고 안은 사람들로 북적였다. 밀짚모자를 쓰고 회색 수염을 기른 나이 든 사내들로 구성된 밴드가 서글픈 컨트리 뮤직을 연주했고 슬라이드 기타를 웅웅거리며 낮은 목소리로 노래를 불렀다. 주위 사람들은 헐렁한 플란넬 셔츠에 부츠를 신고 유일하게 여기서 파는 술인 국산 맥주를 빨간 플라스틱 컵에 따라 마시고 있었다. 사람들은 저마다 휴대폰을 들여다보며 심각한 얼굴로 대화를 나누었다. 그들의 집중한 얼굴에는 고통이 묻어났고 웃음기라곤 없었다. 파티가 열리고 있는 줄 알았는데 의외였다. 창고 사방에는 '사격 금지'라고 쓰인 표지판이 붙어 있었다.

잭슨이 맥주를 가지러 갔다. 그가 자리를 비운 사이 근처에서 두 사내가 나누는 대화가 들렸다. "스물일곱 시간을 내리 게임만 했다니까, 잠깐 소변볼 때만 빼고." 한 사내가 말했다. "중독성이 장난이 아니야. 온 동네가 이 게임 얘기로 떠들썩해."

다른 사내가 자리에서 벌떡 일어섰다. "나는 잠도 안 자고 삼 일 내내 게임만 했어. 거의 스물네 명의 인디언이랑 싸웠지. 집사람은 텔레비전 보는 걸 좋아하는데 나는 뭔가 상호작용할 수 있는 게 필요해."

갑자기 그중 한 남자가 나랑 눈이 마주쳤다. 그제야 내가 그를 쳐다보고 있었다는 걸 깨달았다. 그가 인상을 찌푸려서 나는 고개를 돌렸다. 누굴 쳐다보든 다들 위협적으로 느껴졌다. 래는 나를 떠나기 전, 나더러 왜 그리 사람들이랑 어울리는 걸 싫어하는지, 왜 혼자 있는 걸 좋아하는지, 왜 항상 집에만 있고 싶어 하는지, 상담을 좀 받아보라고 했었다. 그녀의 말에 따르면, 내 문제는 감정을 직접 마주하지 않고 항상 도망 다니는 거라고 했다. 래가 이런 말을 할 때면 나는 그녀의 눈을 잘 쳐다보지 못했다. 아마 그녀의 말이 옳았을지도.

잭슨이 라일과 함께 자리로 왔다. 라일은 깡마르고 창백해 보였다. 잭슨이 내게 맥주를 건넸고, 라일은 내게 자신을 소개했다. "소프 게임 제작에 큰 도움을 주는 친구를 만나 엄청나게 기쁘군." 그가 말했다. "우리는 짐 소프가 신체를 이용해 스포츠 경기를 장악하는 방식이 있다는 걸 알아. 그는 무게 중심을 낮게 잡고 특정 자세를 취하면서 엄청난 힘을 발산했지."

258

잭슨은 주먹으로 입을 가리고 심하게 기침을 해댔다. "글쎄, 그건 순전히 추측일 뿐이지, 라일."

라일은 가느다란 눈매에 잘 다듬은 커트 머리를 하고 있었다. 키가 작고 양 볼이 홀쭉한 게 코가 뾰족했다. 약간 오소리 같이 생긴 얼굴이었다.

"우리가 조니 뎁처럼 생긴 인디언을 만났었는데 자기 할아버지가 여기서 정부 일을 했다고 하더라고." 그가 말했다.

"엄밀하게 말하면, 조니 뎁처럼 생긴 그 친구는 진짜 인디언이 아니야. 내 생각은 그래." 잭슨이 말했다.

"염병. 그 노인네는 나이 팔십에 아빠가 됐다잖아. 씨발 매일같이 거의 5킬로미터를 뛰고 아직도 정부에서 일한대. 완전 신이야."

잭슨이 초조하게 고개를 끄덕였다. "여기서 흥분하지 말자, 라일."

두 사람 다 나를 쳐다보며 내가 무슨 반응을 보이길 기다렸지만, 나는 아무 말도 하지 않았다.

"우리 진짜 이제 게임에 관한 얘기를 좀 해보자." 라일이 말했다.

그는 우리더러 따라오라는 시늉을 하더니 시끄러운 음악과 붐비는 사람들 틈을 벗어나 창고 벽 쪽에 테이블을 펼쳤다. 라일은 입에 담배를 물었는데 라이터가 켜지질 않았다.

"라일이 너한테 물어볼 게 있대." 잭슨이 말했다. "전에 말했던 것처럼 우리는 게임의 베타 검사를 진행 중이거든. 우리가 사용하는 진흙 구덩이가 있는데, 나보다 라일이 설명을 잘해줄 거야."

"진흙 구덩이라고?" 내가 대꾸했다.

라일은 계속 라이터를 칙칙 켜다가 마침내 담배에 불을 붙였다. 그는 입술을 옆으로 비틀어 연기를 내뱉더니 몸을 앞으로 쑥 내밀고 말했다. "악마의 다리 근처인데, 거기가 어딘지 알아?"

"나 여기 온 지 이틀 정도밖에 안 됐어. 내가 거길 어떻게 알겠어?"

"마을 외곽이야. 거기 네게 보여주고 싶은 진흙 구덩이가 있어."

"나한테 구덩이를 보여주고 싶다고?"

라일이 고개를 끄덕이며 잭슨에게 눈짓을 했다.

"사실 네가 진흙탕에 들어가 줬으면 해. 촬영 때문에. 그냥 구덩이에 들어가기만 하면 돼."

나는 맥주를 한 모금 들이켜다 말고 인상을 쓰고 둘을 쳐다봤다. 그들이 진지하게 얘기하는 건지, 아니면 나를 놀리려고 이상한 농담을 하는 건지 이해할 수 없었다.

"미식축구 시뮬레이션 때문에 말이야." 라일이 거들었다. "더 나은 장면들이 필요하거든. 흐린 날 진흙탕에서 하는 경기처럼. 뭔 말인지 알 거야. 진짜 엄청나게 멋진 게임이 나올 거야, 친구." 그가 하던 말을 멈추고 지나가는 여자를 쳐다봤다. 그녀는 검은 가죽 재킷에 청바지를 입고 있었다. 새까맣고 기다란 머리가 허리까지 내려왔다. 나는 그녀의 얼굴을 못 봤지만, 라일은 그녀를 계속 쳐다봤다.

"다 같이 내일 가보자고." 잭슨이 말했다.

나는 맥주잔을 비우고 컵을 내려놨다. "이게 다 짐 소프 게임을 위한 거지?" 내가 물었다.

"그럼, 짐 소프 게임 때문이지. 죽여주는 게임이야." 잭슨이 말했다.

라일이 웃자 두 사람이 같이 웃었다.

나는 소변이 급해 화장실을 찾아본다며 일어나 자리를 벗어났다. 씨발, 하고 생각했다. 잭슨 개새끼가 괜히 날 데려와 가지고. 나는 피해망상에 사로잡힌 듯 이곳에서 어울리고 싶지 않았고 여길 벗어나야겠다고 생각했다. 조용히 벽을 따라 걸어 입구를 통해 밖에 나오니 선선한 공기 속에 푸른 달빛이 스며 있었다.

나는 창고를 벗어나 남쪽으로 향하는 길을 따라 조그만 들판으로 갔다. 들판 건너편으로 보이는 길은 산책 다닐 때 다녀본 길처럼 보였다. 키 큰 덤불과 나무담장을 겨우 빠져나와 풀이 무성한 좁은 내리막길을 걸어 어두운 들판으로 가니 밤중에 주변에서 뭐가 삐걱거리는 소리가 들렸다. 아직 따뜻해서 그런지 밤 곤충들의 오싹한 소리가 들렸다. 갑자기 약에 취하고 싶어졌다. 느닷없이 느낌이 왔고 그때 갑자기 그 새가 보였다. 나를 향해 날개를 펼치고 달려오고 있었다. 나는 도망쳤다. 그 붉은 새가 나를 쫓아와서 나는 재빠르게 어두운 들판을 달렸고 뒤도 돌아보지 않은 채 발밑으로 부드러운 흙을 느끼면서 숨 가쁘게 거리로 나왔다. 저 앞으로는 도로 위 차들에서 나오는 빨간 빛이 어슴푸레 보였다. 뒤돌아보았더니 새는 사라지고 없었다.

겨우 잭슨네 집에 도착했다. 여전히 불안감에 몸이 떨려 약을 하고 싶었지만 남은 마리화나가 없었다. 냉장고에서 맥주 두 병을 꺼내 마시고 얼마 동안 의자에 앉아서 휴식을 취하려고 했다. 얼른 이 어스름의 땅을 벗어나고 싶다는 욕구 때문에 마음이 가라앉지 않았다. 래도 보고 싶었다. 그녀는 한 번도 전화하지 않았다. 그래서 더욱 끔찍했다. 이제 더는 나와 함께하고 싶지 않은 것일 테지. 거짓말하면서까지 약을 하는 나 같은 놈이랑. 하지만 아직은 그 사실을 받아들일 수가 없었다.

해결되지 않은 의문들이 너무 많이 남아 있었다. 나는 잠시 소파에 앉아 꾸벅꾸벅 졸았다. 얼마간 잠이 들었는지 몰라도, 이내 잭슨이 집에 들어오는 소리가 났다. 그는 약간 술에 취한 듯 보였고 내게 왜 갑자기 나가버렸냐고 물었다.

"깜빡 잠들었나 봐." 내가 말했다.

"아니, 왜 먼저 가버렸냐고?" 그가 재차 물었다. "라일이 엄청 화났어. 널 얼마나 찾았다고."

"사람이 너무 많아서. 넌 알잖아. 거긴 너무 북적댔어."

그는 비틀대며 부엌으로 가서 냉장고 문을 열었다. 뭔가를 꺼내어 포장을 뜯더니 전자레인지에 데웠고, 부엌 식탁에 앉아 그걸 먹었다.

"난 자러 가야겠어." 내가 말했다.

"잠깐만." 잭슨이 나를 붙잡았다. 그의 발음이 좀 불분명했다. "너한테 새로운 걸 보여줄게, 내려가서. 프로젝터에서 나오는 짐 소프 이미지야. 홀로그램 말이야."

나는 어쩐지 내키지 않았지만 알겠다고 하고 그를 따라 지하실로 내려갔다. 그가 지하실 불을 켰고, 공기는 후텁지근하고 묵직했다. 거기 사다리가 놓여 있었다. 잭슨이 위쪽을 가리켜서 보니 프로젝터처럼 생긴 회색 기기가 천장에 설치돼 있었다. "이거야." 그는 사다리를 밟고 기기 쪽으로 올라갔다. 그는 취한 사람처럼 약간 기우뚱해서 떨어지진 않을까 걱정스러웠다.

"아무래도 내일 해야 할 것 같은데." 내가 말했다.

그는 내 말을 무시하고 계속 말을 이어갔다. "이게 와이파이에 연결하는 건데, 연결이 잘 안 될 때가 많아. 여기 프로젝터에서 빛이 나와서 바닥을 비추면 저기 벽에 마일라 스크린으로 반사될 거야. 그러면 존나 실감 나는 홀로그램이 생겨나는 거지." 그는 술에 취해 겨우 균형을 잡았다. "이제 곧 보게 될 거야."

나는 그가 하는 걸 지켜봤다. 집중한 그의 표정이 일그러졌다. 그가 기기의 전원을 켜자 파란 불빛이 깜빡거렸다. "그렇지, 드디어 짐 소프 형상을 보게 될 거라고."

프로젝터가 깜빡거리기 시작했고, 잠시 후 기계적인 컴퓨터 목소리가 흘러나왔다. "나는 인디 안입니다. 인디 안을 쏘세요."

기기에서 빛이 깜빡였고 나는 프로젝터에서 나오는 파란 불빛을 쳐다봤다. 눈앞에서 구름의 형태로 뭔가가 생겨나더니 어떤 사람같이 생긴 게 나타났다. 천천히 생겨난 그 이미지는 짐 소프가 아니라, 머리에 장신구를 쓰고 깃털을 단 인디언 남자의 홀로그램이었다. 가까이 가서 마주 서보니 키는 182센티미터 정도였고, 두 손을 허리에 얹고 있었다. 몸통은 선명했는데 얼굴이 약간 흐릿하게 보였다. 마치 새파란 불빛 아래 선 것처럼 몸에 서늘한 색이 돌았다.

나는 아주 잠깐이었지만 이곳이 어딘지도 잊은 채, 이미지와 기술과 잭슨에 대한 생각도 잊은 채, 허공에 푸른빛으로 맺힌 상에 사로잡혔다. 그 순간 거의 즉시, 이 상황이 모순적이라고 느꼈다.

"이건 짐 소프가 아니잖아."

"작은 결함이 생겼네. 씨발 소프트웨어에 문제가 생긴 게 분명해. 올라가서 기계를 열어봐야겠어."

"작은 결함? 이건 머리 장식을 쓴 남자잖아."

나는 잭슨이 사다리에 올라가 기기를 들여다보는 동안 깜빡거리는 남자의 형상을 바라보았다. 잭슨은 작은 마이크를 집어 들더니 거기다 대고 "테스트, 테스트."라고 말했다.

그 허깨비가 느릿느릿 우리에게 다가오기 시작했다. 그는 걷는다기보다는 천천히 미끄러지듯 우리를 향해 왔다. 나는 두 눈으로 보면서도 그 장면을 믿을 수가 없었다. 내게 다가온 그의 머리 부분에서 틱틱 소리가 났다. 그의 얼굴은 끔찍한 표정으로 도움을 청하며 울부짖고 있었다.

"테스트." 잭슨이 작은 마이크에다 대고 다시 말했다.

그 허깨비가 입을 열었다. "나는 야만인입니다. 야만인을 쏘세요." 그러더니 동작을 멈추고 저 먼 데를 응시했다. 나는 기기가 절전모드에 들어가 아무런 반응도 없이 가만히 멈췄다는 걸 알았다.

"씨발, 씨발, 씨발." 잭슨이 소리쳤다. 그는 프로젝터 뚜껑을 열어 몸을 구부리고 뭔가 잘못된 것을 다시 설치하거나 고쳐보려 했다. "잠깐만 기다려줘. 아직도 그대로 멈춰 있어?"

"씨발 이게 다 뭔데?" 내가 물었다.

"짐 소프 이미지가 나타나게 하려고 그러잖아. 이건 저장된 모델 이미지야. 이게 나오면 안 되는데. 제발 그냥 무시해줘."

그는 입술을 깨문 채 작업에 열중했다. 눈을 커다랗게 뜬 원주민 남자의 이미지가 내 앞에서 깜빡거렸다. 잭슨이 기계를 고쳤는지 마침내 그 이미지가 사라졌다.

"장치가 미쳐버렸네." 잭슨이 비틀비틀 사다리를 내려오며 말했다. 그는 의자에 풀썩 주저앉았다. "목소리 활성화가 존나 어려워. 음성 패턴이 있거든. 작은 결함이 생긴 거 같아."

"이거 스포츠 게임 아니야." 내가 말했다. "방금 그 사람, 짐 소프가 아니었어. 이게 다 어떻게 된 거야?"

"씨발."

"사실대로 말해, 잭슨."

술에 취한 그는 땅만 쳐다보고 있었다.

"보아 하니까 인디언에 대한 뭔가 다른 게임 같은데, 이것 때문에 날 촬영한 거야?"

잭슨은 아무 말이 없었다. 날 쳐다보려고도 하지 않았다.

"대체 무슨 상황이냐고?" 내가 소리쳤다.

"너한테 말하고 싶지 않아."

"대체 왜?"

"아무것도 아니야, 그냥 아무런 해도 없는 게임일 뿐이라고. 게임 얘기는 하고 싶지도 않네. 이제 그냥 올라가자. 잠이나 자야겠다."

잭슨은 내가 따라오는지 신경도 쓰지 않고 조금씩 비틀대며 느릿느릿 계단을 올라갔다. 나는 방금 본 것 때문에 동요해 잠시 가만히 서 있었다. 그러다가, 내가 뭘 확인하고 싶은지도 모르면서 잭슨 물건들을 뒤지기 시작했다. 캐비닛을 열었다. 그 안에는 종이, 영수증, 낙서 노트 들이 있었다. 그것들을 마구 뒤졌다. 내가 뭘 찾는지도 모른 채로. 사다리 옆에 게임 설명서가 떨어져 있었다.

야만인(SAVAGE)
—즉시 베타 검사 가능!

플레이어 목표: 상호작용을 통해 야만적인 인디언들이 진짜인지 홀로그램인지 가려낸다. 잡아서 고문한다. 총을 쏴서 죽인다.

세부 사항: 단일, 혹은 다사용자 플레이 가능. 1인칭 슈팅 게임. 10세 이상 사용가. 플레이어는 어스름의 땅 지정 구입처에서 게임 무기를 구매한다(DT 총포상, 콘웨이 하우스 오브 건즈 앤 아머, 건저러스 등). 게임 시작 전 코드 추적 넘버를 등록해야 함.

위치: 어스름 지구 경계 내로 국한됨. 해수면 아래 대략 600m (35.20388S, 97.17735E)

게임 목적: 플레이어들은 경찰, 특수부대, 군인 또는 암살자 역할을 맡아 지역 내 야만인(SAV)의 위협과 싸운다. 발사를 위해 항상 총기 소지가 가능하나 낮은 점수를 받게 됨. 플

레이어는 야만인들에 사격한다.

빨간 헬멧 보너스: 플레이어는 야만인들에게 정보를 얻었을 때 빨간 헬멧을 받으며, 보상 단계에 도달하기 위해서는 빨간 헬멧 10개를 모아야 한다. 빨간 헬멧은 경험 점수와 교환 가능.

고문 보너스: 플레이어는 악마의 다리에서 약 69킬로미터 남쪽에 위치한 고문 방사성 진흙 구덩이(TRMP)에 야만인을 집어넣을 수 있고, 야만인에게 질문을 던져 야만인이 방사능 고문으로 서서히 파괴되기 전 정보를 얻고 점수를 받을 수 있다. 방사성 진흙은 서서히 기억 감퇴를 불러온다(악마의 다리 근처에서 일어난 역사적 사망 기록을 바탕으로 함). 그러므로 플레이어가 더 많은 고문을 가할수록 많은 정보를 얻기는 어렵다. 야만인에게 TRMP는 최악의 고문이며 장기 사용 플레이어는 전략적 게임 플레이를 통해 빨간 헬멧을 획득할 수 있다.

보상 단계: 경험 점수는 시스템에 저장되어 장기간 게임 플레이를 독려하며, 점수가 모이면 드문 경우이긴 하나 야만인이 TRMP에서 탈출하는 상황을 대비한 미사일 발사 장치 전투기(MLF)나 석유 연료 고속도로 전투기(PFFF)와 교환할 수 있다. *참고: PFFF를 획득한 플레이어라도 PFFF와 MLF의 상

호 교환은 불가함. MLF로 교환하려면 훨씬 높은 경험 점수를 모아야 함. **플레이어가 각기 다른 MLF를 다 획득했다면, 보석 구역(JZ)에 들어가 TRMP에서 고통받는 야만인들에게서 약탈한 원주민 보석을 구매할 수 있다.

커뮤니티 규칙: 다른 플레이어 혹은 야만인들과는, 그들이 TRMP에 있을 때라도 개인 정보를 공유해서는 안 된다. ㈜앤드루 잭슨 미디어에서 PFFF나 MLF 교환을 원치 않더라도 개인 정보 공유 행위는 금지된다. 부정행위, 모방 연기 및 가짜 메시지 배포자는 TRMP 참조. ㈜앤드루 잭슨 미디어에서 당신의 조심스럽고 즐거운 플레이를 응원합니다.

이 설명서를 갈기갈기 찢은 나는 사다리를 밟고 올라가 프로젝터 안을 살펴봤다. 손으로 더듬어 버튼을 이것저것 누르다 보니 전원이 켜졌다. 렌즈에 불이 들어오길래 나는 사다리 아래로 내려왔고 인디언 이미지가 나타나길 기다렸다. 스크린이 처음엔 흐릿하다가 몇 분 지나자 한 아이의 홀로그램이 나타났는데, 짙고 헝클어진 머리를 한 어느 소년이 다리를 꼬고 무릎에 팔꿈치를 기댄 채 손으로 턱을 받치고 있었다. 나는 가까이 다가갔다. 그 이미지는 내가 바로 앞에 무릎을 꿇고 앉을 때까지 미동도 없었다. 순간 그가 나를 쳐다봤고, 나는 그 얼굴을 알아봤다.

"레이-레이." 나는 조용히 읊조렸다.

그는 천천히 눈을 깜빡거리며 의아한 듯 나를 응시했다. 그의 새까만 두 눈이 나를 꿰뚫어 봤다. 마치 내가 그의 영혼을 들여다보기라도 한 듯, 그의 시선은 복잡했다. 얼굴의 구조, 머리칼과 신체, 모든 게 집에 있는 사진 속 레이-레이 그대로였다. 내 기억이 흐릿해진 지경에 이르렀다고 생각했다. 재빨리 일어나 초조하게 뒤로 물러섰다. 내가 뭘 두려워하는 거지? 아마 늦은 밤의 적요에 압도당했거나, 아니면 무언가가 나의 형이랑 정말 똑같이 생겼는데 완전히 날조된 것일 수도 있다는 생각이 들어서였다. 움츠러들려는 충동 때문에 어지러웠고 점점 아파왔다.

"말 좀 해봐. 뭐라도 말해보라고." 내가 속삭였다.

나는 입을 손으로 가리고 기침을 하며 기다려봤지만, 그는 계속 나를 응시할 뿐이었다. 나는 그에게 가까이 다가갔다. 내가 손을 들어 올리자 그가 내 손을 쳐다봤다. 내가 손을 흔들자 그도 손을 흔들었다.

"안녕." 하고 내가 속삭였다.

그의 입이 움직였는데 소리는 들리지 않았다.

"레이-레이." 하고 내가 다시 속삭이자 그는 계속해서 뭔가 말하려는 듯 입술을 움직였다. 아무것도 들리진 않았다. 나는 그의 팔을 만지려 손을 뻗었는데 내 손이 홀로그램에 닿자 화면이 심하게 뭉개져 재빨리 손을 뺐다. 나는 손을 움켜쥔 채 괴로움으로 끙끙 앓았다. 레이-레이는 이미지일 뿐, 그 이상 아무것도 아니었다. 그냥 홀로그램이었다. 환영이고, 신기루였다.

마침내, 그의 목소리가 들렸다. "동생." 하고 그가 느릿하게 말을 했다.

심장이 버둥질쳤다. 무슨 의미지? 그가 날 알아본 건가? 어쩌다가 형의 영혼이 이 프로젝터 안에 존재하지, 아니면 이렇게 설정되어 있었나?

그가 눈을 들어 위를 쳐다보는데 순간 절전모드에 들어갔다. 그는 얼어붙은 듯 꼼짝도 하지 않았다. 나는 사다리를 밟고 올라가 어떤 반응이든 나오게 하려고 손에 닿는 모든 버튼을 눌렀다. 그러자 고개를 들고 나를 쳐다보던 레이-레이가 서서히 흩어져 아무것도 없었다.

마리아

9월 5일

    선선한 가을 아침, 야유회 나가기에 완벽한 날씨여서 아주 오랜만에 함께 나가보기로 했다. 교사 학회가 열리는 날이라 학생들도 쉬었다. 와이엇이 독특한 물고기와 상어를 한 번도 본 적이 없다고 해서 우리는 그를 데리고 털사 카운티 근처 젠크스로 가서 규모가 큰 아쿠아리움을 구경하기로 했다. 내가 운전하는 동안 어니스트는 와이엇과 한참 동안 대화를 나누었다. 옛 음악과 찰스턴, 폭스트롯, 왈츠 등 옛날에 유행한 춤에 관한 대화였다. 와이엇은 정교하게 정리해둔 노트 하나를 꺼내 알파벳순으로 써둔 목록 중 가장 좋아하는 옛 노래들을 읊었다. 「올 오브 미All of Me」, 「해브 유 멧 미스 존스?Have You Met Miss Jones?」, 「인 어 센티멘털 무드In a Sentimental Mood」 등과 장르별로 음악가 목록도 읊었다. 두 사람은 재즈를 주제로 얘기를 꺼내기도 했다. 와이엇은 콜트레인, 길레스피 등 다양한 온라인 자료를 통해 알게 된 많이 알려지지 않은 가수들 관련 일화들도 들려주었다. 그의 이야기를 듣는 어니스트는 즐거워 보였다. "이 친구는 걸어 다니는 백과사전이야, 수준이 달라. 요즘 이런 취향을 가진 애들은 거의 없을걸." 그가 내게 말했다.

백미러를 통해 와이엇을 보니 그는 창밖으로 펼쳐진 너른 초원을 응시하고 있었다. 어니스트가 이렇게 행복해 보이는 건 정말 오랜만이었다.

젠크스 아쿠아리움에서 관람 지도를 훑은 와이엇은 모든 전시를 하나하나 다 보고 싶다고 했다. 바다거북섬, 남태평양 산호, 에코존 등이 있었다. 우리는 익스트림 어류 전시관에 들어갔는데, 그 안은 커다랗고 어둑한 게 거대한 수조로 둘러싸여 있었고 탱크 안에서는 이국적인 어류들이 헤엄치고 있었다. 전시관에 들어서는 순간 마치 심해로 들어간 듯, 신비로운 고요에 휩싸였다. 물고기들이 유리 수족관 안에서 이리저리 헤엄쳐 다니자 무지갯빛이 반사되기도 했다. 어니스트가 수조 탱크 가까이 다가가 유리에 손을 댔다. 파란색 물고기가 유유히 헤엄치다 그를 쳐다봤다. 물고기와 그는 서로를 바라보고 있었다. 그가 손가락으로 유리를 탁탁 두드려도 그 물고기는 놀라지 않았다.

"이 물고기가 나를 기분 나쁘게 쳐다보네." 어니트스가 와이엇을 향해 눈을 찡긋하며 농을 쳤다.

"분명 암컷일 거야." 내가 말했다.

"마리아가 물고기를 질투하나 봐." 어니스트가 와이엇에게 말했다.

오래도록 선망해오던 순간이었다. 이렇게 행복할 수가. 대체 어떻게 다시 이렇게 될 수가 있지? 나는 스스로 감정을 다스리며 충만감을 느꼈고, 다시 모든 게 안정적으로 돌아간 듯했다. 이제 무엇이 나를 행복하게 하고 슬프게 하는지 알게 되었다. 어니스트의 저런 모습이 나를 마냥 기쁘게 했다.

다른 가족이 전시관으로 들어왔고, 와이엇은 유아차에 탄 아기와 금세 친구가 된 듯했다. 아기의 오빠와 언니는 저들 아빠와 함께 신이 나서 수족관 속 노란 물고기들을 구경했다. 유아차에 탄 아기는 분홍색 겉옷에 머리에는 리본을 달고 있었다. 와이엇은 아기를 웃게 했다. 그는 조그맣게 아기 목소리를 내고 있었다. 아기의 엄마가 정중하게 웃고는 유아차를 밀어 자기 가족 곁으로 갔다. 나는 와이엇에게 다가갔다.

"물고기들 보니 어때?"

"환상적인데요. 하지만 아기들은 더하죠. 제가 아기들을 엄청 좋아하거든요."

그는 유리 앞에 선 어니스트에게 갔고, 우리는 전시관을 따라 걸으며 거대한 물속 세계를 관람했다. 그때 휴대전화가 울려 나는 두 사람과 약간 거리를 두고 떨어져 전화를 받았다. 인디언 가족복지과의 버니스였다.

"와이엇하고는 잘 지내고 있어? 행동에 문제는 없지?"

"와이엇은 천사야. 그냥 우리가 데리고 있으면 안 될까?"

"이런, 법원 심리가 내일인데. 보아하니 와이엇은 조부모와 지내게 될 것 같아."

"금방 결정 났나 보네." 내가 대답했다.

"오래 걸릴 때도 있지. 학교에서도 와이엇이 예상대로 적응을 잘한다고 했고. 그는 정말 착해. 그의 조부모가 이 근처에 사니까 그를 데리고 살고 싶어 하지. 심리는 내일 오전 열 시야."

어니스트에게 바짝 기대어 선 와이엇이 보였다. 뒤에서 보니 두 사람은 할아버지와 손자 같았다. "보내고 싶지 않은데." 나는 수화기에다 대고 한숨을 내쉬었다. "그냥 우리가 데리고 있고 싶어. 그게 가능하긴 할까?"

"이런, 마리아, 진심인 거야? 무슨 일 있는 건 아니지?"

어니스트와 와이엇은 유리에 손을 대고 물고기들을 들여다보고 있었고, 그 모습을 지켜보자니 두 사람이 함께하는 게 오늘이 마지막이란 생각이 들어 가슴이 아팠다.

"마리아?" 수화기 너머로 버니스가 불러댔다.

집에 오는 길에는 침묵이 흘렀고, 나는 어니스트와 와이엇에게 내일 있을 심리 얘길 꺼내고 싶지 않았다. 내일 떠나야 한다는 소식을 들으면 와이엇이 어떤 반응을 보일지 운전하는 내내 상상했다. 슬퍼하려나, 아니면 안도하려나? 어니스트는 어떻게 받아들일까? 생각하기도 싫었다. 집에 도착해보니 부엌에서 소냐가 소스 팬에다 블랙베리를 젓고 있었다. 뒤돌아선 소냐는 우리와 와이엇을 보고 웃으며 인사를 건넸다.

와이엇은 없는 모자를 벗는 체하며 고개 숙여 인사했고, 그 모습을 본 어니스트는 큰 소리로 웃었다.

"이 친구가 성대모사를 잘해. 프랑스 남자 흉내 내는 걸 들어볼래?" 어니스트가 소냐에게 물었다.

소냐는 어리둥절한 얼굴이었다.

"나중에 하는 게 어떨까, 그건 그렇고 나랑 소냐랑 할 얘기가 있으니까 두 사람은 거실로 가요." 내가 말했다.

와이엇이 다시 고개 숙여 인사하며 거실로 향했고, 어니스트는 그 뒤를 따라갔다.

"귀엽네." 소냐가 말했다.

"아주 귀엽지."

"그동안 에드가한테 문자를 보냈거든." 하고 소냐가 진지하고 낮은 목소리로 말했다.

"집에 올 거래?"

"몰라. 답장을 안 해."

"전혀 안 해?"

소냐는 소스를 젓던 숟가락을 내려놓고 조리대에 기대어 서서 한숨을 내쉬었다. "나도 모르겠어. 그런데 어쩐지 에드가가 올 것 같은 예감이 들긴 해. 다른 거 생각할 것도 좀 있어서."

"무슨 생각?" 내가 물었다.

"아니야, 중요한 거 아니야."

잠시 침묵이 흘렀다. 소냐가 뭔가 말해주길 기다렸지만 아무 말이 없었다. 소냐는 다시 블랙베리 소스를 저으러 갔고, 나는 침실로 가서 빨래를 모았다. 그걸 다 들고 지하실로 가서 세탁기를 돌렸다. 부엌에 다시 갔더니 소냐는 가버리고 없었다.

* * *

점심을 먹은 뒤 어니스트와 나는 예전에 녹화해둔 비디오테이프를 넣어 범죄 드라마를 봤다. 소냐는 지구상에서 아직도 비디오테이프를 보는 사람은 우리밖에 없을 거라고 여러 번 말했지만, 우리는 작동이 쉽고 텔레비전으로 볼 수 있는 비디오를 사용하는 게 좋았다.

"내일 법원에서 와이엇 심리가 열린대."

어니스트는 쟁반 위 작은 접시에 담긴 땅콩을 먹으며 텔레비전을 보는 중이었다. "벌써?"

"그는 떠났어, 그가 죽었다고." 텔레비전에서 드라마 대사가 흘러나왔다.

어니스트는 대답을 기다리는 듯 나를 쳐다봤다.

"우리 집은 임시 거처였잖아, 알고 있지?" 드라마에서는 경찰 두 명이 순찰차에 앉아 이야기를 나누는 중이었다. 그중 하나가 실망한 듯 고개를 가로저었다.

"타이밍이 참 그러네. 생각해봐, 내일 심리가 열린다니. 6일이잖아, 우리 모닥불 모임이 있는 날." 내가 말했다.

"타이밍이라." 어니스트가 쟁반에 포크를 내려놓았다. 그는 의자에 등을 기대고 텔레비전 화면을 응시했다. 우리는 몇 분 동안 아무 말이 없었고, 그러다 내가 리모컨을 집어 들어 텔레비전을 껐다. 텔레비전이 꺼졌음에도 우리는 계속해서 화면만 바라보았다.

"운동화 신고 나가서 좀 뛰고 싶네." 어니스트가 말했다.

"뛴다고? 지금 무슨 소릴 하는 거야, 뛴다니?"

"무슨 생각하는 거야? 그냥 뛰는 거지. 조깅 말이야. 밤중에 나가서 호수까지 조깅하고 다시 돌아온다는 거지. 예전에 했던 것처럼. 오랫동안 조깅을 못 했잖아."

"지금 뛰러 나가는 사람이 어딨어." 내가 말했다.

그는 제 두 손을 쳐다보더니 주먹을 쥐면서 손가락 관절 꺾는 소리를 내고는 양 무릎을 문질렀다. 잠시 후 와이엇이 조용히 들어왔다. 나는 깜짝 놀랐다.

"혹시 가족 비디오 볼 수 있을까요? 예전에 찍은 가족 비디오요." 그가 물었다.

어니스트와 나는 동시에 와이엇을 쳐다봤다. 그에게 내일로 계획된 심리 소식을 전해야 했지만, 말을 꺼내지 못하고 있었다. "글쎄, 우린 자주 보지는 않는데, 네가 원하면 볼 수야 있지."

"왜, 그 퍼레이드에서 에드가가 레이-레이 뒤를 따라가던 그거 보자. 자전거 타는 것도 나오는 비디오." 어니스트가 말했다.

나는 그 비디오가 보고 싶지 않았다. 어니스트도 내 마음을 알았겠지만 말하진 않았다.

"그냥 비디온데 뭘." 그가 말했다.

나는 옛 비디오들을 다 보관해둔 캐비닛을 뒤졌다. '아이들 노는 모습/생일잔치'라고 써서 붙여둔 비디오 하나를 찾았는데 몇 년도 비디오인지 알 수는 없었다. 나는 그 비디오를 VCR에 넣고 재생 버튼을 누른 뒤 와이엇과 어니스트를 소파에 남겨두고 거실을 나왔다. 혼자 부엌으로 가서 물 한 잔을 컵에 따랐다. 잠시 창가에 섰다. 전자레인지 문으로 내 모습이 반사되어 보였다. 얼굴은 흐릿해서 잘 보이지 않았다. 머리에 핀을 꽂고 있었지만, 반사된 모습은 누군가 낯선 이가 쳐다보는 듯 이상했다. 어떤 얼굴 없는 존재가 나를 지켜보는 것만 같았다.

두 사람이 비디오를 보고 있어도 나는 보러 가지 않았다. 오래된 비디오테이프라 온갖 잡음이 들렸다. 레이-레이 생일잔치 장면이 흘러나왔다. 뒷마당에서 공을 차는 에드가의 모습도. 소냐는 자전거를 타다가 자전거 벨을 따르릉 울려댔다. 남서부로 캠핑을 떠났을 때 찍은 영상도 나왔다.

"내 목소리가 이상해, 저게 내 목소린가?" 거실에서 어니스트의 말이 들렸다. 와이엇이 웃었다.

얼마 동안 부엌 식탁에 앉아 에드가 생각을 했다. 집에 오려고, 오클라호마행 버스를 타기 위해 가방을 싸는 그를 상상했다. 내일 아침에 혹시라도, 예고 없이 전화해서는 버스 정류장으로 데리러 오라고 하진 않을까. 아니면 문에 노크도 하지 않고 불쑥 집에 들어와서 늘 그랬던 것처럼 아무렇지 않게 활짝 웃으면서 뭐 먹을 거 없냐고 묻진 않을까. 그래, 나는 다시 에드가에게 요리를 해주고 싶었다. 스파게티나 수프를 한 대접 만들어서 주고 식탁 맞은편에 앉아 그 아이가 먹는 모습을 보고 싶었다. 에드가는 친구들에 관해, 직장에서 있었던 일들에 대해 말을 해주겠지. 혹은 좋아하는 여자애는 없는지 내가 묻거나 셔츠는 바지에 안 집어넣을 거냐고 잔소리도 할 거고. 녀석은 쉽게 당황하곤 했다. 나는 음료를 마시면서 늘 그랬듯 깔깔거리며 웃는 에드가의 모습을 떠올렸다.

비디오가 끝난 소리가 나길래 거실로 갔다. 어니스트와 와이엇은 조금 떨어져서 지켜보니 어쩐지 편안한 모습이었다. 아마 두 사람 다 기분이 좋아서 그래 보였으리라. 나는 두 사람의 만족감을 망치고 싶지 않았음에도 내일 심리 소식을 전해야 했고, 지금이 어느 때보다 적절한 기회 같았다. 내가 말을 꺼냈다. "와이엇, 오늘 오전에 버니스에게 연락이 왔는데, 네가 아무래도 조부모님과 지내게 될 것 같다고 하더구나."

처음에는 내 말이 어떤 영향을 준건지 이해하지 못했다. 그가 고개를 끄덕이며 머리를 숙이는데 표정이 전체적으로 변해 있었다. 여태껏 본 중 가장 슬픈 얼굴이었다.

"조부모님과 함께 살길 원하니?" 내가 물었다.

"뭐, 그렇다고 봐야죠." 그가 대답했다.

"우리는 네가 여기서 계속 지냈으면 했단다."

그가 나를 쳐다봤고, 나는 마치 그의 두 눈이 내 말의 고통을 비추는 듯 느꼈다.

"너한테 해줄 얘기가 있어." 내가 이야기를 시작했다. "옛날에 마리아라는 소녀가 어느 체로키 소년을 만났어. 그 소년은 몹시 가난했고, 말을 더듬어서 말할 때마다 당황했는데, 그래도 그 소녀는 그가 잘생겼다고 생각했지. 그녀의 엄마와 새아빠는 딸이 그 소년과 살면 불행할 거라 예상했는데, 그 소년은 그들의 예상이 틀렸다는 걸 입증했단다."

"어니스트 아저씨에게 언어 장애가 있었어요?" 그가 물었다.

"나 완전 바보처럼 말을 더듬었어." 어니스트가 말했다.

나는 이야기를 이어갔다. "그리고 어렸을 적에는 내 인생도 힘들었어. 새아빠가 그리 좋은 분이 아니었지. 우리 아버지가 돌아가셨고 내가 십 대 때 엄마가 어떤 나이 든 남자랑 결혼하셨어. 언니랑 나는 그를 썩 좋아하지 않았어. 그는 우리한테도, 그리고 우리 엄마한테도 분명 좋은 사람은 아니었거든. 하지만 내가 말하고 싶은 건, 이제 인생이 더는 나아지지 않을 것 같았을 때 어니스트를 만났다는 거야. 어니스트를 만났고, 이 남자는 좋은 사람일 거 같았고, 알아가면 알아갈수록, 이 남자가 얼마나 다정한지 알게 됐지."

"상황은 언제든 좋아질 수 있단다." 어니스트가 말했다.

와이엇은 미소를 지으며 이야기를 해줘서 고맙다고 했다. "이제 방에 가서 음반들을 싸놔야겠어요."

와이엇이 방에 가고 나서 나는 내일 심리에 관해 어니스트와 얘길 해보려고 했지만 그는 말이 없었다. 그의 표정 또한 변해 있었다. "어니스트, 당신도 알잖아. 우리는 임시 위탁 가정이었다는 거."

그의 손이 떨렸다. 어쩐지 그에게 이상이 생긴 것 같아 덜컥 겁이 났다. 그의 얼굴을 보고 상황이 이미 변했다는 걸 느꼈다. 그가 부엌으로 간 뒤 물 트는 소리가 났다. 잠시 후 뒷문이 열렸고 어니스트가 혼자 테라스로 나갔다. 그가 아무 말도 하고 싶어 하지 않는다는 걸 알았다. 레이-레이와 너무도 비슷한, 그 놀라운 아이가 우리의 삶으로 들어왔었다. 그리고 내일이 오면, 레이-레이가 예기치 않게 우리를 떠났던 것처럼 그도 우리를 떠나게 될 터였다. 성대모사 같은 건 이제 없다. 더는 농담과 노래와 황금기의 행복한 음악 얘기도 없겠지. 상황이 너무 빠르게 변한다 생각하니 참 우스웠다. 그러다가도 이리 쉽게 놓아버리려 하는 데 대한 죄책감이 들었다. 와이엇은 여전히 어린데, 여전히 집이 없는 아이일 뿐인데. 아마 그가 우리와 함께 지내도록 싸워볼 수도 있을 것이다. 나는 생각했다.

저녁을 먹기 전, 거실로 나온 와이엇은 마지막으로 부탁할 게 있다고 했다. 단 한 번 마지막으로 보호 센터에 가서 아이들에게 특별한 이야기를 해주고 싶다고 했다. "그중에 다시는 못 보게 될 아이들도 있잖아요." 그가 말했다. "오늘 밤 보호 센터 뒤뜰 잔디에 누워서 밤하늘의 별들을 볼 거예요. 살아생전 마지막 밤인 것처럼 하늘을 올려다보려고요. 근사하지 않아요? 마지막으로 이야기를 들려주게 해주시면 안 될까요?"

와이엇에게 이 부탁이 얼마나 중요한지 알 수 있었다. 나는 버니스에게 부탁해 보호 센터의 허락을 구했고, 그들은 내가 동반하는 조건으로 괜찮다고 연락을 해왔다. 그 소식을 들은 와이엇은 기뻐했다. 어니스트에게 함께 가자고 했더니 그는 고개를 가로저었다.

"와이엇이 우리와 함께 보내는 마지막 밤이잖아. 당신이 함께 가면 와이엇에게도 큰 의미가 있을 거야." 내가 말했다.

하지만 그는 꿈쩍도 하지 않았다. 그는 그렇게나 고집이 센 사람이었다. 다른 사람의 기분도 좀 신경 쓰라고 말할 수도 있었지만, 그랬다간 그가 열이 받아서 집을 나가버린다거나 상황이 더 악화할 터였다. 예전에도 그런 적이 있었으니까. 그래서 나는 어니스트가 그냥 혼자 뒤 테라스에 앉아 있도록 두었다.

"좋아, 당신은 집에 있어. 하지만 나는 보호 센터에 가서 와이엇이 아이들에게 이야기해주는 걸 보고 올게. 와이엇에게는 중요한 일이기도 하고, 우리와 함께하는 마지막 밤이 특별했으면 좋겠어. 오는 길에 아이스크림을 사 먹게 되면 당신 것도 초코 콘으로 사올 게."

"라키 로드 맛으로 사와." 그가 대꾸했다.

"라키 로드."

와이엇은 어니스트가 함께 따라가지 않아도 개의치 않았다. 차에서 보호 센터로 향하는 길에 나는 그가 놀라운 이야기꾼이며, 보호 센터 아이들 모두 그를 보고 싶어 할 거라 말해주었다.

"이게 다 제 목적을 이루려는 거예요." 그가 말했다.

"그 목적이란 게 뭔데?" 내가 물었다.

"이야기꾼의 목적이요. 사람들을 돕는 것."

"넌 벌써 그런 걸 알고 있구나. 아직 어린 나이에 어떻게 그 많은 걸 다 이해했니?"

"직감을 믿으라고 배웠어요." 그가 차분하게 대답했다.

보호 센터에 도착해 직원들에게 확인을 받고 이름 옆에 서명한 뒤, 와이엇은 센터에 머무는 모든 아이들을 모아 따뜻한 밤의 뒤뜰 나무 아래로 나갔다. 아이들은 두 손을 머리 뒤에 받치고 등을 대고 짙은 잔디 위에 멋대로 누워 푸른 달빛 아래서 하품을 했다. 하늘에는 구름이 조금 떠다녔다. 모두가 조용해지자 주변에서 귀뚜라미와 매미 울음소리가 들렸다.

나는 근처에 앉아 아이들을 지켜보며 버니스에게 문자를 보냈다. '꼬마 늑대 무리를 보고 있는 거 같아. 조용하고 별빛이 반짝이는 밤이라, 이야기를 들려주기에 완벽해.'

"여기서 우리의 생존 확률은 얼마나 될까?" 루이스라는 소년이 물었다.

"따져보면 98, 아니면 99퍼센트 정도 되지 싶은데." 와이엇이 말했다.

"100퍼센트가 아니라?"

"그 누구도 100퍼센트 생존 확률은 장담 못 하지. 생각해봐. 우리는 시내 외곽에 나와 있지, 회사 건물들과 멀리 떨어진 숲 바로 옆에 말이야. 저긴 동물들도 살아. 여긴 확 트인 공간이고 별이 가득한 거대한 하늘 아래야. 저기 드넓은 하늘을 봐봐, 저 모든 공간과 광활한 어둠을 말이야."

"어지간히 이상한 대답이네." 다른 소년 하나가 말했다. "여기서 사건이 나면 10시 뉴스에도 나올까?"

"누가 알겠어? 두 눈을 한번 감아봐."

밤이 이어졌다. 바람이 불자 주변 나무들이 바스락거렸다. 잠시 후 아이들이 다 일어나 구름사다리 옆에 모였고, 그네에 앉거나 뱅뱅이에도 앉았다. 와이엇은 이야기를 시작했다.

아주 먼 데서 온 고아 소년이 있었는데, 그는 걱정이 아주 많았어. 어른들이 그 아이를 데려와 우리 방에 넣어줬고, 그는 아주 오래도록 잠을 잤지. 그는 우리 모두보다 어렸고, 훨씬 슬퍼 보였어. 그가 일어나 눈을 떴을 땐 밤이 깊어 우리 모두 어둠 속에 있었어. 방은 추웠지. 불빛이라곤 작은 램프의 빛뿐이었고. 매일 밤 저녁을 먹을 때 그 램프가 켜졌어. 그 빛이 깜빡거릴 때 벽에 우리 그림자가 생겼는데, 그 형상은 마치 십자가에 매달린 모습 같았어. 대부분 밤마다 가장 나이 많은 소년들은 우리가 모르는 언어로 기도를 읊조렸어. 어린 소년들은 거의 일어나자마자 울기 시작했고.

나이 많은 소년들은 점점 화가 났어. "그만해, 그들이 널 죽이려고 할 거야!" 그중 하나가 말했어.

"그들이 네 혀를 잘라버릴 거야. 정말 죽고 싶어?" 다른 형이 말했어.

하지만 그는 울음을 그치지 않았어. 계속해서 흐느끼고 울부짖자 어른들이 내려와 문을 열고 어린 소년을 보았지. 그들은 방을 둘러보고 우리 모두를 보며 악마처럼 살찐 배를 문질러댔어.

아이들은 모두 와이엇이 이야기를 이어가길 기다리며 침묵했다.

"이상하네." 한 소녀가 말했다.

나는 그가 반쯤 웃는 얼굴을 하고 이야기하는 모습을 지켜봤다. 그의 습관과 말할 때 어떤 제스처를 취하는지 유심히 봤다. 그때 와이엇이 나를 봤고, 나는 그 표정을 알아봤다. 그 표정은, 너무도 눈에 익은 것이었다.

그는 손가락을 입술에 갖다 대며 모두를 조용히 시켰다. 한쪽으로 고개를 꼿꼿이 들고 마치 멀리서 들리는 소리를 듣는 듯 보이자 모두가 어리둥절했다. 그는 내게 살짝 달려와 물었다. "잠깐만 여기 아이들을 다 데리고 숲에 다녀와도 될까요? 뭔가 확인할 게 있거든요. 바로 올게요, 약속해요. 여기서 잠깐만 기다려주세요."

나는 주저했지만 와이엇의 목소리는 내가 허락할 수밖에 없게 만들었다. "조심하고 바로 돌아와야 해. 모두 다." 그가 다른 아이들을 불러 모으는 동안 내가 큰 소리로 말했다.

지금 이게 무슨 상황이지? 와이엇은 뭔가 계획이 있어 보였다. 나는 휴대전화를 꺼내 아이린에게 온 문자를 봤다. '레이-레이의 영혼이 오늘 아주 강해, 동생. 아까 산속의 환영을 봤는데, 레이-레이가 윤위 춘스티 이야기를 얼마나 좋아했었는지 기억났어.'

나는 답장을 썼다. '오늘 그의 영혼을 느꼈다고?'

'지금 막 느꼈지.'라고 그녀가 보내왔다. 마치 근처에 있는 듯했다고.

폰을 보다가 고개를 들었는데 저 멀리 연기가 피어오르는 게 보였다. 숲속 어딘가에서 불길이 시작된 듯했다. 나무들에서 연기가 피어올라 어둠 속에서도 그게 보였고 나는 어떻게 해야 할지 몰랐다. 숲으로 뛰어간 나는 와이엇의 이름을 불러 댔다. 아이들이 불길 속으로 걸어갔다고 생각하니 너무 겁이 나서 가슴 통증이 올라왔다. 미친 듯이 아이들을 불렀지만 아무런 대답이 들리지 않았다. 그들은 숲으로 사라져버렸다. 갑자기 죄책감이 엄습해왔다. 대체 내가 무슨 짓을 한 건가, 아이들만 숲속에 들어가게 내버려두다니? 나는 다시 휴대전화를 꺼내 911에 전화를 걸며 버둥질치는 가슴을 부여잡았다. 불꽃이 솟아오르며 불은 이제 더 강렬히 타올랐고 연기도 거대하게 부풀어 올랐다. 하늘에서 재가 날려 왔다. 저 멀리서 누군가 소리를 질렀다.

갑작스레 하나둘씩, 아이들은 밤의 유령처럼 숲에서 나왔다. 손에는 뭔가 하얀 걸 들고 있었다. 어둠 속에서 눈빛이 반짝이는 하얀 올빼미였다. 나는 눈앞에 펼쳐진 광경을 이해하지 못했다. 올빼미가 아이들을 공격한 건가? 하지만 그때 아이들의 웃음소리가 들렸다. 아이들은 재밌어 보였다. 대체 이 올빼미는 뭘까? 모든 아이가 돌아가며 올빼미를 안아 들었다. 불꽃에서 구조된 이 올빼미는 아이들이 나를 부르짖던 이유였다. **우리가 올빼미를 구조했어요! 새끼 올빼미를요! 보이세요? 살아 있어요!**

와이엇이 이끄는 아이들 무리가 이 어두운 밤에 달빛 아래 모여 있었다. 소방차 사이렌이 멀리서 들려왔고 숲에서 피어오르는 연기는 점점 더 묵직해져 갔다. 아이들은 비틀대다가 뒤돌아서서 불꽃을 보며 소리를 지르고 흥분한 채 떠들썩했다. 한 조그만 여자아이가 이제 그 올빼미를 안아 들었고, 올빼미는 눈을 반짝이며 바스락거렸다. 그러다 그 올빼미가 날개를 활짝 펼치고 날아 숲 저 멀리 솟아오르자 아이들은 손뼉을 쳐댔다.

"올빼미야 오래 살아야 해! 우리가 구조했어! 우리가 올빼미를 구했다고!" 아이들은 서로를 향해 구호를 외쳤다.

센터로 돌아온 아이들은 들뜬 얼굴로 올빼미 발톱에 할퀴진 않았는지 각자의 손을 살폈다. 가쁜 숨을 고르며 아이들 뒤를 따르던 나의 심장은 여전히 쿵쾅거렸다. 소방관들이 떼를 지어 숲으로 들어간 뒤 불꽃은 서서히 사그라들었다. 온통 연기로 가득 찼다. 우리는 보호 센터 안으로 들어갔고, 아이들은 여전히 흥분을 가라앉히지 못해 술렁였다. 그들은 올빼미와 불에 관해 들떠서 얘기했고, 모두 거친 숨을 내쉬었다.

모두 한 공간에 모이자 직원이 아이들을 앉혔다. 상담사가 쿠키와 레모네이드를 내왔다. 이내 소방서장이 와서 누군가 쓰레기를 태우려다 불이 났고, 바람 때문에 불이 번졌다고 알려주었다. 소방관들은 불이 크게 번지기 전에 다 끌 수 있었다. 몇몇 아이들은 손에 피가 나서 연고와 밴드가 필요했는데, 다들 전혀 아프지 않다고 했다. 니콜라스라는 한 소년은 오른손 엄지가 깊이 긁혔는데 아예 따끔거리지도 않는다고 했다.

"그게 다 아드레날린 덕분이야." 하고 센터 자원봉사자 한 명이 말했다. "엔도르핀이 마구 솟아서 그렇지."

"영어로 말해주시죠." 소년 하나가 말했다.

"다들 진정하렴."

다른 소년이 말했다. "뭔가 장엄한 사건이 여기서 벌어졌다는 걸 이해 못 하시겠어요? 우리가 새끼 올빼미를 구했다고요. 숲에서 올빼미 둥지를 발견했는데 그 새끼 올빼미가 꼼짝도 하지 않는 거예요! 너무 겁을 먹고 있었죠. 그래서 우리가 구조했어요."

"그래, 모두 진정해. 이제 다 괜찮으니까."

"아무도 안 다쳤어! 새끼 올빼미는 우리가 아니었으면 죽었을 거야. 불이 둥지까지 번졌을 거라고. 이건 마법이야. 이게 다 우리의 리더 와이엇 덕분이야."

와이엇은 다른 아이들처럼 흥분한 모습도 아니었다. 이상한 기운을 감지한 나는 와이엇 옆자리에 가서 어깨에 손을 올리며 물었다. "괜찮니? 대단한 밤이야. 어쩌다가 올빼미를 구조하게 된 거야?"

하지만 와이엇은 답이 없었다. 나는 그의 침묵을 대답으로 이해했다. 내일이 되면 와이엇은 심리를 마치고 떠날 테고, 이제 모든 게 달라지리라, 생각했다.

소냐

9월 5일

아침 내내 침실에만 틀어박혀 있었다. 두려움 때문이라기
보다는 적어도 얼마 동안은 소음에서 벗어나고픈 욕망 때문
이었다. 나는 옷을 벗고 침대에 누워 콜레트의 책을 읽어보려
했다. 너무 초조해서 잠이 오지 않았다. 목이 말라 물을 마시
러 부엌으로 갔다. 칼로 레몬을 어슷 썰어 몇 조각을 물컵에
넣었다. 당근과 브로콜리는 썰어서 접시에 담았다. 빈은 분명
내 발소리를 들었을 것이다. 내가 부엌에 있는 동안 그는 다시
소리를 질러대기 시작했다. 나는 칼을 가지고 침실로 갔다. 혹
시 문자가 온 게 있는지 폰을 확인했다.

바깥에 가랑비가 내리기 시작했다. 나는 휴대폰의 전원을
껐다. 아무 생각도 안 하려고 했는데 모닥불 모임 날 에드가가
집에 올까 계속 궁금했다. 우리 가족이 에드가와 다 함께 모닥
불에 둘러앉은 장면을 떠올렸다. 내가 그의 유머를 얼마나 그

리워했는지, 웃음소리, 새벽 세 시에 문을 두드리는 소리마저
도 얼마나 그리웠는지 말해주고 싶었다. 그저 그런 얘기들이
하고 싶었다. 침대에서 이불을 덮고 있는데도 몸이 찼다. 지하
로 내려가 그가 구석에 웅크리고 앉아 흐느끼는 모습을 보며
잔인한 즐거움을 만끽하는 상상을 했다. 단지 상상이었을 뿐
이지만 나는 그 상상을 즐겼다.

묵직한 적요가 집 안 전체에 감돌았다. 그가 다시 소리를 질
러댈까? 온갖 것을 집어 던지고 부술까? 창밖을 내다보니 그
의 차가 있었다. 저 멀리 노란 하늘과 먹구름이 인디언 힐 로
드를 지나 다리 너머로 흘렀고, 집집마다 굴뚝에서 연기가 피
어올라 유령처럼 바람을 타고 떠다녔다. 호수 너머 미끼를 팔
던 낚시 가게들은 버려지고 텅 빈 모습이었다. 날이 몹시 잠잠
해 마치 잠든 연인의 얼굴을 보는 것 같았다.

빈의 휴대폰에 또 전화가 왔지만 나는 받지 않았다. 지하에
서 뭔가를 끄는 소리가 들렸다. 아마도 그가 지하실에서 매트
리스를 옮기는 것 같았다. 나는 내 폰을 켜고 집 안을 다 돌아
다니며 모든 불을 켰다. 걱정할 것 없어, 하고 혼잣말을 했다.
나는 빈에게서 나를 방어하는 중이었다. 하지만 그럼에도 나
는 안절부절못했다. 느릿느릿 서서히 다가오는 두려움이 빈
과 직접적으로 연결되어 있다는 걸 느꼈고, 그 두려움은 또한
깊기도 했다. 아빠는 늘 내게 두려움에 맞서라고 했고, 난 그
렇게 해왔다. 나는 대체 어떤 인간인가, 그를 지하실에 가둬놓

다니. 그가 나를 때리긴 했지만 그게 그를 지하실에 인질로 잡아둘 명분은 되진 않는다, 아닌가? 나는 내가 무슨 짓을 한 건지 생각하기 시작했다. 무엇이 합법이고 무엇이 자기방어를 넘어선 행동인지 질문들이 올라왔다. 특히 시간이 너무 많이 흘렀다는 점에서. 나는 망상에 사로잡혔다. 아마도 이 일 때문에 감옥에 가게 되지는 않을까. 해를 입지 않으려고 나를 보호한 게 도덕적으로 잘못된 것이었나? 나는 여전히 스스로 보호하는 중인가? 얼마간 내 생각은 어디까지가 도의적인 것이고 또 어디까지 비도덕적인 것인지 사이에서 왔다 갔다 했고, 이제 무언가 조치를 해야 한다는 압박으로 이어졌다. 내가 무슨 생각을 하던 이 상황에 대한 감각은 전혀 나아지지 않았다.

침실로 천천히 돌아간 나는 바륨이든 자낙스든 뭐라도 먹을 수 있는 안정제를 찾았다. 다시 책을 읽는데 시시때때로 복도 쪽에 눈이 갔다. 언젠가 나는 내가 조용히 책을 읽는 동안 사랑하는 연인이 마당에서 일하다가 집에 들어와 내 도움을 요청하는 그런 삶을 상상했었다. 사랑하는 이는 차분히 기다려주고, 나는 손가락을 올려 잠시 기다려달라고 신호를 보낸 뒤 읽기를 마무리하는. 나의 이상적인 연인은 인내와 강건함을 지닌 사람이었고, 그런 면에서 빈은 맞지 않았다.

곧 그의 폰이 또 울렸다. 배터리가 완전히 방전되지는 않았다. 아마 지하실에서 전화 오는 소리를 들었는지 그는 다시 소리를 질러댔다. "야, 여기서 나가게 해줘, 이 미친년아!" 나는 부엌에 가서 그의 폰을 들고 내 침실로 들어와 문을 닫았다. 전화를 받으니 루카의 목소리가 들렸다. 귀여운 꼬마 루카가 수화기에 대고 울부짖었다. "아빠, 집에 언제 와? 어디야? 날 데리러 올 거지?" 루카가 너무 심하게 울어서 듣고 있기가 힘들었다. 그가 우는 소리에 내 마음이 완전히 무너져 내렸다.

"루카, 루카, 침착해. 나 콜레트야, 아빠 친구."

"나는 고모 집에 있어요." 루카의 대답에 내 마음은 슬픔으로 짓눌렸다. 그는 계속해서 아빠는 어디에 있는지 물으며 정신없이 울었고, 나는 내 말을 잘 알아듣도록 똑똑히 반복해서 말해야 했다. "루카, 루카, 아빠가 곧 데리러 갈 거야. 아빠가 널 데리러 간다고, 루카, 알겠지?" 그때 나는 너무 화가 나서 거의 눈물을 흘릴 뻔했다. 제 아들을 달래는 엄마처럼 말하며 혼란스러웠다. 엄마라니, 스스로 엄마처럼 말하려고 하다니. 공감하고 이해하는 엄마. 마치 엄마들이 그러듯 아이를 달래다니.

전화를 끊자 심장이 빠르게 뛰었다. 나는 불쌍한 루카를, 귀여운 루카를 생각했다. 한심한 아빠 때문에 왜 루카가 고통받아야 하지? 죄책감을 이겨내고 나는 빈을 루카에게 보내주자고 생각했다. 루카는 지금 당장 아빠가 필요하다. 루카에게서 아빠를 뺏으면 내 기분만 안 좋아진다. 혹시 몰라 침대 밑에 두었던 호신용 스프레이를 손에 쥐었다.

잠시 복도에 서 있었다. 내가 빈에게 어떤 의도를 품었는지

294

생각했다. 나는 그가 나를 강한 여자로 봤으면 했다. 이용해먹을 만한 여자가 아니라. 뺨을 때릴 수 있는 여자가 아니라. 그는 그 사실을 알아야만 하고, 내가 확인시켜줄 것이다. 내가 나이도, 경험도 더 많고, 원한을 품고 억울한 쪽은 나다. 나는 화가 났고 용서 같은 건 배운 적도 없다. 필요할 땐 복수한다. 나는 스스로 편을 들어야 한다고 배웠다.

지하실로 가는 문을 두드렸는데 반응이 없었다. 나는 빈을 불렀다. 잠금장치를 풀고 천천히 문을 여니 그가 계단 제일 아래에서 다리를 꼬고 앉아 있었다. 빈 물병 몇 개가 바닥에 굴러다녔다. 담요는 구석에 뭉쳐져 있었다. 문이 열린 걸 알아챈 그는 힘겹게 몸을 일으켰다. 나는 들어가진 않고 그가 말하길 기다렸다. 그가 겨우 자리에서 일어나며 말했다. "씨발 너 정신 나갔어? 문은 왜 잠근 거야?"

그를 쳐다보는데 머릿속에서 뭔가가 번뜩였다. 그는 어떤 다른 존재였다. 아마도 그는 나를 죽일 수도 있었을 거다. 아니면 내가 그를 죽일 수도 있었다. 하지만 분노가 나를 어디로 이끄는지 들여다보니, 그곳에는 루카가 아빠 없이 홀로 있었다. 그 새로운 통증은 내 오랜 괴로움에 무심했다.

"지난밤에 네가 나 때린 거 생각나?" 내가 물었다.

빈이 제 손을 내려다보길래 나는 그가 양심의 가책을 느끼긴 하는지 궁금했다. 그는 믿을 수 없다는 듯 고개를 가로저었다. 나는 빈이 그토록 잔인해질 줄 몰랐지만, 지금은 잘 알기에 그 스스로도 알도록 해주고 싶었다. 마치 이제껏 본 적 없는 다른 남자의 얼굴을 쳐다보는 기분이었다. 그는 피곤해 보였고, 부스스했으며, 한심하고 지옥에 다녀온 사람처럼, 한 바탕 소란을 겪은 사람처럼 보였다. 이런 생각이 들자 아주 잠깐이긴 했지만 만족감을 느꼈다.

"피가 나. 내 손에서 피가 난다고." 그가 방어적인 태도가 아닌 고분고분한 태도로 말했다.

"씨발새끼."

씰룩거리는 그의 손가락 관절에서 약간의 피가 나는 게 보였다.

"경찰이었던 너희 아빠가 어떤 십 대 소년을 총으로 쐈었는데, 기억나? 십오 년 전에 말이야. 기억나냐고?" 내가 물었다.

그는 고개를 들어 눈을 똑바로 뜨고 나를 쳐다보려 애썼다. 그는 유약한 군인 같았고, 나는 마치 그의 앞에서 그가 한 짓에 대한 분노 가득 찬 정령 같았다.

"그게 대체 뭐 어쨌다는 건데?"

"그 소년은 내 동생이었어. 레이-레이라고. 네 아빠가 쏴서 죽인 소년 말이야. 총을 맞은 사람이 내 남동생이었다고."

"우리 아빠가 네 동생을 쐈다고." 그는 생각을 내뱉듯 중얼거렸다.

"무식한 네 인종주의자 아빠가 내 동생을 쏴서 죽였어." 내 목소리가 점점 작아지는 게 느껴졌다.

"손에서 피가 나." 그가 다시 말했다. 그는 계속 손가락을 씰룩거렸다.

"맙소사, 빈, 너 진짜 지긋지긋하다. 너는 피 흘려도 싸. 너희 아빠가 저지른 살인 때문에라도 넌 고통받아도 싸."

그는 심각한 얼굴을 하고 있었지만, 그가 무슨 생각을 하는지는 알 수가 없었다. "그랬다면, 미안해. 아빠가 그랬는지 난 몰랐어. 분명 무슨 이유가 있었을 거야. 우리 아빠는 살인마가 아니야. 그는 경찰이었고 수년간 복잡한 사건들이 많았어. 많은 사람이 죽었지."

"제발."

"아빠가 경찰일 때 했던 일들을 나는 다 몰라. 그때 난 어린 애였다고."

"닥쳐."

그는 허둥댔다. "야, 난 진짜 몰랐다니까. 대체 그 얘길 왜 꺼내는 거야? 나한테 그 얘기를 꺼내려고 지금껏 기다려온 거야?"

"와 진짜, 빈, 너희 아빠는 살인을 저지르고도 교묘히 빠져나갔어! 적어도 재판이라도 받았어야지. 그는 인디언 소년을 보고 그냥 쏴버렸어. 레이-레이는 진짜 총은커녕 비비탄 총도 안 갖고 있었어. 레이-레이가 아니라 어떤 다른 놈이 총을 쏜 거라고. 그런데 재판도 열리지 않았어. 우리 가족한테는 뭐랄까, 잔인한 농담 같았지."

그는 두 손으로 마른세수를 하더니 턱을 꽉 쥐었다. 그러다 두 손으로 주먹을 쥐었고 그의 목덜미에서는 혈관이 불거졌다. "진정해, 우리 아빠 폐암에 걸려서 항암 치료 중이야. 쇠약해져서 죽어가고 있다고."

"이건 잔인한 농담 같아. 우리가 겪어온 그 고통을 생각하면. 우리 가족 모두 아직도 힘들어해. 아빠는 가족을 잘 지켜내려 애썼지만 이제 치매에 걸려서 가끔 가족을 못 알아보기도 해. 내 동생은 약물중독이고, 엄마는 동생이 죽은 뒤에 수년간 우울했어. 우리는 어디서 정의를 찾아야 하지? 네가 좀 말해줄래?"

그는 연신 고개를 저어댔다.

나는 더 이상 아무 말도 하지 않았다. 아무 말도. 그의 휴대폰을 바닥에 내려놓고 문은 열어둔 채 집 밖으로 나와 부모님 집을 향해 걸었다. 잠시 후 뒤돌아보니 제 차를 타러 나오는 빈이 보였다. 그는 시동을 걸고 차를 몰아 가버렸다.

내가 무슨 생각을 했느냐는 결국 중요하지 않았다. 캘빈 호프는 늙었고, 얼마 지나지 않아 암에 잡아먹혀 죽게 되겠지. 그것만이 내가 바랄 수 있는 유일한 정의였다.

그날 오후 내내 나는 루카를 생각했다. 빈에게서 루카를 빼앗아 올 수만 있다면, 나는 기꺼이 그를 데려오고 싶었다. 어

떻게든 나와 있으면 더 안전할 테지. 나랑 사는 걸 더 좋아할
것이다. 그네를 타면 밀어주고 바람에 휘날리는 머리칼을 보
다 루카와 눈을 마주치겠지. 그를 쇼핑몰에 데려가 옷을 사주
고 시내 미용실에 가서 머리도 다듬어주고. 수영장에도 데려
가겠지, 레이-레이를 데리고 다닐 때처럼.

　레이-레이를 생각하다 보니 모닥불 모임 전에 묘지에 한번
들러야 할 것 같아서 느지막이 자전거를 타고 묘지로 향했다.
꽤 먼 길이라 언덕을 오를 땐 다리가 아팠다. 묘지에 도착하니
마치 대기가 몸을 누르는 듯한 어떤 밀도감이 느껴졌다. 자전
거를 끌고 레이-레이의 무덤 쪽으로 걷는데 한 어린 소녀가
길가의 돌멩이들을 주우며 다가오고 있었다. 뭐라고 하는지
정확히 들리진 않았지만 혼자서 뭐라고 중얼거리는 듯했다.
소녀는 흰색 드레스에 기다란 목걸이를 걸고 있었다. 짙고 긴
머리칼은 허리까지 내려왔다. 나는 소녀를 자세히 보려고 가
까이 다가갔다. 광대가 도드라지고 사색에 잠긴 듯한 입술에,
단아하고 사랑스러운 아이였다. 소녀는 나를 올려다보더니
가만히 서서 미소 지으며 말했다.

　"돌멩이들을 줍고 있어요."

　"누구랑 함께 왔니? 엄마는 어디 계셔?" 내가 물었다.

　소녀는 대답 없이 손바닥을 펼치고 돌멩이를 보여주며 말
했다. "보석들이에요. 이것 좀 보세요. 주변에 온통 널렸어요.
얼마나 예쁜지 보이시죠?"

나는 돌들을 보며 대답했다. "예쁘네, 그런데 엄마나 아빠랑 함께 왔니?"

"우리 언니를 만나러 왔어요. 눈물의 길을 걷다 죽었거든요."

"눈물의 길에서 언니가? 너희 조상님 얘기하는 거야?"

"아뇨, 언니요. 제 이름은 클라라예요."

"엄마는 어디 계셔?"

"저기 계세요." 소녀는 어딘가로 손가락을 가리켰지만, 그곳엔 아무도 없었다.

"이것 좀 보세요." 소녀는 다시 돌멩이들을 펼쳐 보여줬다. 손바닥 위의 돌멩이들을 세어보았다. 돌멩이들이 볕을 받아 반짝거렸다. 나는 소녀를 더 자세히 보려고 무릎을 바닥에 대고 앉았는데 소녀는 뒤돌아 달아나버렸다. 따라가 볼까 생각하던 찰나 길 끝에 서 있는 한 여인이 보였다. 빨간 코트를 입은 나이 든 여성이었다.

"아이와 함께 오신 분인가요? 혼자 있길래 걱정했거든요."

"고마워요." 여인이 아이를 불렀다.

클라라가 여인에게 달려갔고, 두 사람은 손을 잡고 함께 어딘가로 걸어갔다.

내가 레이-레이의 무덤 곁으로 향하는 길 앞에 한 남자가 깃털 장식이 달린 늑대 가면을 쓰고 있었다. 그의 옆에는 한 여자와 아이가 있었다. "뱀 가면 무도회를 마친 참이오." 그가 내게 소리쳐 말했다. 그의 아내와 딸이 손을 흔들었다. 조그만 그 소녀는 하늘을 손으로 가리키면서 내게 올려다보라고 외쳤다. 어릴 때 아빠가 별로 변한 춤추는 일곱 소년 이야기를 들려준 적이 있었는데, 하늘을 올려다보니 잔뜩 흐린 하늘에서 아직 환한 대낮인데도 춤추는 별들이 보였다.

"일곱 소년이 춤을 추네." 하고 내가 외쳤지만, 고개를 돌려 소녀를 쳐다보니 이미 그들은 사라지고 없었다. 나는 가던 길을 계속 걸으며 주변을 둘러보았다. 그들은 아주 빠르게 사라져버렸다. 언젠가 아빠는 모든 묘지가 연결되어 있다고도 말했었다. 얼마나 많은 시체가 땅속에 묻혔는지를 생각하자 슬픔의 물결이 울렁이며 나를 스쳤다. 죽음이 온 주변에 널려 있었다.

모기와 벌레 들이 습하고 후텁지근한 공기 중에서 윙윙거렸다. 여느 묘지가 그러하듯 묘지의 풍경은 창백하고 어둑했다. 썩은 나무와 축축한 풀 냄새만 풍길 뿐이었다. 레이-레이의 무덤에 다다르니 비석에 새겨진 그의 이름이 보였다. 그 모든 시간이 흐르도록 묘석은 여전히 새것처럼 보였다. 이름이 몹시 도드라지게 새겨져 있었다. 나는 손을 뻗어 새겨진 이름을 한 자 한 자 더듬었다.

고개를 숙였는데 흙 속에 등을 대고 누운 내 동생 레이-레이가 보였다. 짓이겨진 몸뚱이, 그의 시체가 보였다. 얼굴은 흉측하고 눈이 없어 알아보기가 힘들었다. 죽은 내 동생이 너무도 다르게 보여서 그 참상에 놀라 비탄에 잠겼다. 그토록 흐트러지고 불가해한 유령을 보니 괴로움이 차올랐다. 하지만 나 역시도 그의 눈에 얼마나 달라 보일까. 혹시 그는 내가 성장하는 모습을 지켜봤을까? 실제로 세월이 흐르는 동안 내내 조상들과 함께 동물이나 새로 변장해서 우리를 지켜봐온 걸까?

그제야 비로소 레이-레이의 아름다움이 피어나는 게 보이기 시작했다. 죽음이 그의 몸에서 동굴처럼 열리더니 어딘가로 향하는 길이 나타났다. 나는 그곳으로 들어가, 그에게로 무너져 내려 나의 어린 남동생 안으로 들어갔다. 거기서 우리 둘은 구름 한 점 없는 담청색 하늘 위에서 빙빙 도는 새 한 마리를 함께 바라보았다.

찰라

부활

사랑하는 아들. 내가 죽고 난 후 어째서 다시 깨어났는지는 나도 잘 모르겠구나. 군인들이 내 목숨과 너의 목숨을 우리에게서, 우리 가족에게서 빼앗아 갔었지. 우리는 더 이상 이 세상에 속한 존재가 아니었단다.

보이는 거라곤 오직 검붉은 피의 색뿐이었단다. 죽고 나서 땅속에 파묻혀 벌레와 차가운 진흙과 돌멩이들에 싸여 잠들어 있으니 코요테들이 혼을 담아 울부짖는 소리와 우리 부족 사람들이 둥둥거리는 소리가 들렸고, 발로 땅을 구르고 하늘을 흔드는 사람들 아래에 있으니 네 엄마의 아픔이 전해지더구나.

그녀의 아픔이 마치 내 것인 양 느껴졌고, 너무도 큰 고통을 느낀 내 영혼은 불가해한 어둠 속에서 안절부절못했지. 내가 죽은 지 얼마나 된 걸까? 분명 그리 오래되진 않았는데!

밤중에 짐승처럼 땅속에서 기어 나온 나는 곰 발톱과 금을 이어 만든 목걸이를 걸고, 축축한 진흙과 벌레들이 엉킨 머리를 가슴까지 치렁치렁 내린 채였단다. 무덤에서 기어 나온 나는 이미 죽었다는 걸 알고 있었음에도 말처럼 강하고 장대해진 듯 느꼈단다. 나는 뿌리와 도토리를 먹었다는 부족 이야기를 기억하고 있었는데, 그들은 남편이 죽으면 아내를 같이 묻었다고 하더구나. 그래서 혹시나 나도 아래를 내려다보면 네 엄마가 있을까 봐 두려웠지. 뿌리와 도토리를 먹는 부족의 옛 이야기에 따르면 땅에 묻을 아내의 손에 소나무 옹두리 하나를 쥐여주고, 몸뚱이 여기저기에도 소나무 옹두리를 덧대어 밧줄로 묶어서 마지막 옹두리가 땅에 묻히는 순간 그녀는 죽게 되었단다. 나는 죽은 아내를 무덤에서 보게 될까 봐, 죽은 그녀가 땅속에 묻혀 있진 않을까 겁이 났고, 두려움은 거대한 불처럼 나를 삼켜버렸단다.

아래를 내려다보았는데 무덤이 텅 비어 있어서 얼마나 다행이었는지.

그리고 나는 여기에, 육신이 아닌 혼령의 모습으로 서 있었단다. 그동안 알던 뼈나 살갗은 없었지. 주변으로 펼쳐진 세계에서, 내가 살았던 바로 그 세계에서 거대한 불이 타오르고 있더구나. 거대한 불이 묵직한 불꽃으로 피어올라 하늘로 번지고, 눈이 부시도록 번쩍이고, 짐승들은 숲으로 달려가고 새들은 하늘로 날아올랐단다. 곧 그 새들은 어린이의 모습으로 변해 불꽃 속으로 사라졌지. 연기의 기둥들은 하늘로 솟아나고 있었다. 머리가 잘려나간 뱀들도 보였어. 잘려나간 머리의 입들은 여전히 씹어대고 있었다. 그들의 몸뚱어리는 땅으로 스스로 기어가서 먼지로 변했단다. 그 먼지들이 솟아나 더 많은 연기 기둥이 솟아올랐지. 먼지 속에서 누군가를 보았는데, 얼굴을 알아볼 순 없었어도 그들은 하늘로 솟아올라 먼지가 되어 떠다녔단다. 그들은 먼지로 솟았다가 거대한 불로 떨어졌고, 이 광경은 내가 그동안 꿈꿨던 모든 걸 능가하는 것이었단다. 날개 달린 다른 몸뚱이들도 바람과 연기의 소용돌이 속으로 휘말려 들어가 거대한 불 속으로 사라졌단다. 하지만 나는 두렵지 않았어.

나는 아주 멀리까지 볼 수 있었단다. 어릴 적 알았던 소년들이 죽은 어머니의 육신을 빙빙 끌고 다니는 게 보이더구나. 곡식이 자라게 하려고. 그들은 두려움에 흐느끼고 있었단다. 내가 그들을 불러보았지만, 그들은 내 목소리를 듣지 못했다. 우리 부족 사람들 대부분은 서쪽으로 이주하기 전 울타리에 갇혀 있었단다. 우리 부족민들이 강제로 고향 땅에서 내쫓겼다는 걸 나는 알고 있었는데, 왜 그래야 했는지는 이해하지 못했단다. 나는 마치 잠든 것처럼 생각이 뿌옇고 혼란스러웠단다. 내 이름을 기억해내려 해도 묘한 혼란 속에 빠져버렸거든. 무엇 때문에 내가 깨어난 것일까? 왜 내가 이 밤에 환영들을 보게 된 걸까? 나는 우마차의 행렬과 소총을 든 군인들을 보았단다. 어린이들이 우는 소리와 허약한 노인들이 정부에서 보낸 마차에 올라타는 모습도 보았단다. 하늘을 가르며 번쩍이는 불빛도 보았지. 옅은 안개가 조그만 토네이도처럼 내 앞에서 휘감아 치더니 내가 아는 누군가가 나타나더구나. 사랑하는 네가, 이전에 본 적 없는 기묘한 환영으로 나타났지. 뭐라 말을 할 수도, 네 이름을 부를 틈도 없이 넌 순식간에 흩어져 버렸단다. 대지 건너편에서 누군가 고통으로 울부짖는 소리가 들렸단다.

"우리는 아니-윤′위야! [Ani-yun′wiya. 체로키어로 중요한 민족]" 내가 외쳤어.

하지만 말을 내뱉었을 때, 아무런 언어도, 아무런 단어의 소리도 들리지 않더구나. 대신 내 입에서는 지친 신음만 새어 나왔지. 군인들은 내 목소리를 못 들은 게 분명했다. 내가 멀리 있었으니까. 나는 다시 외쳤단다. "중요한 민족!" 그리고 이번에도 지친 신음만 뱉어낼 뿐이었어. 그 누구도 내 말을 듣지 못한 듯했어. 나는 나 자신이 섬뜩해졌고, 잠시간 나의 형태나 정체가 바뀌어버린 건 아닌지 의아했단다. 나 자신을 살펴보니 나는 사슴 가죽 옷을 입고 있었는데 살갗이 느껴지진 않았다. 분명, 나는 혼령이 되어 있었던 거지. 발아래로 땅이 느껴졌어도 발을 쿵쿵 굴리면 아무 소리도 나지 않았단다. 숨을 깊이 들이마시며 그 상태에 적응하려 애를 썼지. 배고프거나 목마르지도 않았어. 상처 입은 개처럼 체로키 말로 울부짖었단다.

나는 스스로를 강하고 사나운 존재로 보았단다. 날카로운 바람에 눈이 따끔거려서 무릎을 꿇고 앉아 흙먼지를 만지며 두 손을 문질러 열을 냈지. 두 손바닥을 눈두덩이에 갖다 대었고, 두 눈을 뜨자 이번에는 나보다 먼저 죽은 정령들이 보이더구나. 수백 명의 전사들이. 그들의 날렵한 외모와 새까만 머리칼이 보이다가 탁한 먼지들이 소용돌이치며 그들 뒤로 일어났단다. 그들은 용기와 피를 상징하는 검붉은 곤봉을 휘둘렀고, 저 멀리서 나를 지켜봤어. 그 이유는 나도 알지 못한다. 그리고 나는 그들이 외치는 소리를 들을 수 있었단다.

아야눌리 하니기! 아야눌리 하니기! Ayanuli hanigi! Ayanuli hanigi!

빨리 걸어라! 빨리 걸어!

저 멀리 땅속에서 끓는 석탄에서 불이 솟아오르는 걸 보았단다. 밤중에 남겨진 나는, 홀로, 달빛을 반사하며 떨리는 개울가에 있었단다. 물가로 다가가 몸을 굽히고 물에 반사된 내 모습을 보았지. 물속에서 나를 응시하는 그 모습은 살아생전 가졌던 얼굴이 아니었고, 눈이 보이지 않는 어떤 흐릿한 형체였단다.

나는 가만히 서서 하늘을 올려다보았고, 어둠 속에서 반짝이는 두 개의 빛을 보았단다. 그 별들은 내게 우리 부족 사람들이 근처 야영지에 붙잡혀 있다고, 내가 그들을 도와야 한다고 말해주더구나. 개울 건너편에서 늑대가 울부짖는 소리가 들리더니 눈에 들어온 늑대가 고통 속에서 모로 누워 있었다. 얕은 물을 헤집으며 건너가는데 개울 바닥이 느껴지지 않더구나. 건너편 늑대에게 다가갔더니 늑대는 고통 속에서 다시 울부짖었고 늑대 목덜미 가죽이 뜯겨 나가 피와 뼈가 드러나 있었지. 나는 무릎을 굽히고 앉아 상처에 손을 대었고 늑대는 울음을 그쳤다. 그때 늑대가 나를 쳐다봤어. 늑대의 눈이 내 시선을 사로잡았지. 그는 눈을 통해 내게 말을 하더구나.

우리 민족과 이 땅에 엄청난 슬픔이 다가오고 있어요, 그가 말하더군. **당신 부족 사람들은 이 땅에서 쫓겨나 서부로 내몰리게 생겼고, 많은 이들이 고통받다 죽게 될 것입니다.**

나는 늑대에게 아무런 말도 하지 않았지만, 늑대는 내가 제 말을 믿지 않는다고 생각했다.

그는 계속해서 내 눈을 쳐다보았지. **내가 진실을 말한다는 신호를 원한다면, 먼저 나를 개울물에 던져보세요.**

그래서 나는 그 늑대를 들어 올려 얕은 물에 넣었고, 그 순간 늑대의 상처가 치유되었단다. 내가 뒤로 물러서자, 늑대는 물 밖으로 나와 몸을 흔들어 털을 말렸지.

이제 내가 당신의 가족을 보호해줄 겁니다. 당신은 혼령이니, 영원토록 어떤 생명체로든 모습을 탈바꿈할 수 있다는 사실을 알아야 합니다.

그 늑대는 몸을 돌려 내게서 멀어져갔고, 나는 그를 향해 외쳤단다. "늑대야, 어떻게 하면 모습을 바꿀 수 있지?"

늑대는 가다 말고 고개를 돌려 나를 봤어. 날개가 달렸다고 믿으면, 날게 될 겁니다. 짐승이 되었다고 믿으면, 포효할 거고요. 진흙 속 시체라고 믿으면, 벌레와 진흙에 싸여 잠들 겁니다. 뭐가 되기로 했든, 고향 땅에서 내몰린 부족 사람들에게 조언을 해주세요.

그러고 나서 나는 서부로 향하는 길을 따라 부족 사람들이 머무는 야영지로 갔단다. 피로를 전혀 느끼지 못했어. 나는 걷고 또 걸었단다. 길을 따라가며 개울가에 무릎을 굽히고 엎드려 머리를 감기도 했단다. 달빛 아래서도 물에 비친 내 모습은 너무 어두워 보이지 않았지. 물결이 찰랑거렸어. 나는 두 손을 모아 물을 떠서 살아생전 그랬던 것처럼 물을 마셨단다. 겨울이었는데도 내 가슴을 지나 허리로 내려가는 물은 차갑게 느껴지지 않더구나.

땅에 말들이 지나간 흔적이 보였다. 발자국과 손자국들, 모두 산속을 향했지. 나는 군인들이 산속 동굴에 숨은 사람들을 찾고 있다는 걸 알았지. 나는 몸을 숙이고 손으로 흙을 반드럽게 골라 그 자국들을 없앴단다. 계속해서 자국을 없애는데도 이상하게 허리가 안 아팠단다. 살아 있을 땐 그렇게 아프더니. 나는 시간을 알 수 없었고, 계속 기어 다니며 땅을 골랐는데, 분명 몇 시간이나 지났을 텐데도 통증이나 피로를 느끼지 않았단다. 한참 후에 몸을 일으켜 보니 지평선으로 해가 떠오르고 있더구나.

눈앞에 마차와 말, 그리고 우리 부족 사람들이 기나긴 행렬을 이루어 걷고 있었다. 감독관들은 못난 입을 헤벌리고 허연 배를 드러낸 채로 자고 있었고, 술 주전자들은 텅 빈 채였지. 주근깨 가득한 몸은 술에 절었고 밝은 갈색 머리는 땀에 절어 악마의 냄새를 풍겼지. 이주가 시작된 거였단다.

나와 같은 존재들의 징후도 보았다. 숲에서는 곰이 포효했고, 코요테는 혼을 담아 울부짖었고, 독수리는 끝없이 펼쳐진 하늘 위로 빙빙 돌았어. 난 혼자가 아님을 알았단다. 그것들을 보니 안도감이 밀려왔고 잠시간 나의 분노가 밤의 적요 속에서 홀가분해지는 걸 느꼈단다. 앞으로 나아가며 밤의 소리와 환영 덕분에 마음이 차분해졌어. 사랑하는 아들아, 나는 네게 가르쳤던 걸 떠올렸단다. 조화와 평화. 화는 넘치는 물과 같아서, 천천히 파괴를 몰고 온단다.

저기 하늘을 올려다보니, 어릴 적 드래깅 카누가 가르쳐준 대로 눈물의 길의 환영이 보였단다. 그것이 내게 드러났다, 아들아. 힘들어서가 아니라 질병이 많은 이들의 적이 되는 게 보였단다. 이질과 구토, 감기. 서부로 향하는 길에 함께한 백인 의사들은 거의 없었단다. 의술사들은 창자 경련을 일으킨 어린이와 아기 들을 돌보았단다. 야영지는 더러웠고, 걸레로 밥그릇을 닦았으며, 병은 급속도로 번져갔단다. 사람들은 결핵과 폐렴으로 아파했다. 사람들은 시간이 갈수록 점점 약해져 결국 마차에 올라타야만 했어. 뜨거운 태양이 그들을 고문했는데, 특히 마차에 타지 못한 사람들이 힘들어했단다. 군인들은 도랑을 파내고 거기다 쓰레기를 묻어서 쥐나 코요테를 비롯한 다른 짐승들이 밤에 근처에 오지 못하도록 했단다. 눈물의 길을 따라 그들은 인정사정없이 걸었고, 모카신이 완전히 닳아 어떤 이들은 맨발로 걷기도 했단다. 아기 엄마들은 젖이 말라 아기에게 젖 먹이는 걸 힘들어했지.

이 환영을 본 뒤, 나는 슬픔과 분노 속에서 부족 사람들을 따라 서쪽을 향해 날아갔단다.

그리고 이제, 사랑하는 아들아, 네가 거친 바람처럼 돌풍으로 휘감아 치며 더는 전령이 아닌 영혼으로 나타났구나. 너는 양팔을 펼치고 하늘로 솟아올라 독수리처럼 급강하하는구나. 들어보거라! 이것이 마지막이란다.

우리 부족 사람들이 붙들려 있는 울타리 쪽으로 가던 나는 마차를 탄 군인들을 보았단다. 그들은 우리를 죽인 자들이었지. 너를 죽여서 내게서 널 빼앗은 인간. 나는 화가 치밀어 올랐단다. 조용히 그들에게 다가갔지만, 그들이 내 소릴 들을 수 있다는 걸, 내 소리가 위협적이라는 걸, 아니면 적어도 두려울 거란 걸 알았단다. 왜냐면 그들 중 하나가 내 소리에 반응했으니까.

이 소리 좀 들어보게, 그가 다른 군인들에게 말하더구나.

아무것도 없는데.

그래도 무슨 소리 못 들었나?

옆에 있던 군인은 아무런 반응이 없었지. 그는 마차에서 내려 내가 노린 군인을 홀로 두었다네. 나는 가까이 다가갔다. 그놈은 주전자에서 술을 따라 마시고는 헝겊으로 얼굴을 문질렀어. 잠시간 그는 누가 자기를 쳐다보나 하고 주위를 둘러보았지. 나는 그를 공격하고 싶었지만, 아직은 때가 아니라 여겼고, 그래도 그가 움직이는 방향으로 따라가 어둠 속에서 그가 고개를 돌려 나를 보길 기다렸단다.

내가 말했다. "아다나와 아스그왈리! 전쟁이 일어나고 있다!"

그는 어리둥절해서, 옆으로 한 발짝 물러서며 얼굴을 닦던 헝겊을 손에 쥐었지.

"네놈들은 우리를 해하려고 하지." 내가 앞으로 다가가며 말했다.

그 군인은 고개를 흔들면서 대체 무슨 일인가 하고 정신을 못 차렸다. 당장 그놈을 때려잡아 내 손으로 온몸을 찢어발겨 죽이고 싶었어. 그가 뒤돌아 나를 쳐다보자 분노가 터져 나왔거든.

사랑하는 아들, 난 아무 짓도 안 했단다.

그놈이 눈을 가느다랗게 뜨고 날 보길래 나는 속삭였단다. "앞으로 조심해야 할 게다!"

그는 뒷걸음질 치면서 자신이 믿는 신의 이름을 말하더구

나. 내가 가까이 다가가자 목을 홱 돌려 달아났다.

밤이 되자 고기 요리 냄새가 가득했고 나는 여러 번 덫으로 토끼를 잡아 가죽을 벗기고 스튜를 만들어 먹었던 게 떠올랐지만, 그 강렬한 냄새에도 더는 배고픔을 느끼지 않았단다. 이곳 근처에서 한겨울에 장작을 패던 기억도 났다. 가족을 생각하니 화만 더 날 뿐이었다. 나는 땅에 대고 쿵쿵 발을 굴렀단다. 마차를 하나씩 옮겨 다니며, 내게서 도망친 그놈을 찾아다녔다. 사내들의 목소리가 들렸고, 바로 다음에 한 무리의 사람들이, 우리 부족 사람들이, 앞으로 걸어가고 있었단다. 마차에는 총을 든 군인들이 타고 있었지. 그들은 계속해서 고개를 꼿꼿이 들고 있었다. 아낙네와 사내들, 늙은이와 젊은이, 모두가 하염없이 걸었단다. 분명한 건 그들은 내내 고개를 꼿꼿이 세운 채였단다. 밤은 너무도 어두웠고, 대체 그들이 어떻게 앞을 보는지 알 수 없었지만, 밤하늘에서는 달이 빛났단다. 사람들도 달빛을 올려다보겠지, 하며 나도 달빛을 보았단다. 달은 새하얀 꽃처럼 빛을 밝혀주었다. 달은, 우리 주신께서 주시는 희망이었단다. 그토록 압도적인 어둠 속에서 달이 아니면 무엇을 보겠느냐?

밤이 되면 얼어 죽을 듯이 춥기도 했단다. 그들은 개울을 건너가야만 할 때도 있었다. 군인 중 하나가 물이 얼마나 깊은지 보려고 일단 먼저 건너면서 차가운 물이 가슴까지 차오르면 거기서 소리를 질렀단다. 그는 재빨리 반대쪽 물 밖으로 나가

자신을 끌어안고 고꾸라졌어. 사내들과 여인네들은 그 얼음
장 같은 물속으로 차례차례 들어갔고, 자녀들을 머리 위로 높
이 든 채로 물을 건넜단다.

밤이 내리면 서늘한 바람이 불어왔는데, 나는 화와 슬픔 속
에서 그들을 따라갔단다. 소와 노새와 말들이 마차를 끌었단
다. 나는 사람들 옆에서 함께 걸었다. 그들 옆에서 어린아이들
이 힘들어 울기 시작할 때까지 함께 걸었지. 노인들이 쓰러질
때까지 같이 걸었단다. 그러다 또 누군가 넘어졌고, 많은 이들
이 쓰러졌단다. 그래서 많은 이들이 뒤로 처져 서로를 도왔지
만, 군인들은 계속 빨리 걸으라고 소리만 쳐댔단다. 사람들은
기어가며 울부짖었다. 그들이 울부짖는 소리를 아마 듣고 싶
지 않을 게다. 그들의 목소리가 좀처럼 잊히질 않는구나.

이내 해가 떠올랐고, 사람들은 여전히 걷고 있었단다. 아니
요스기 아나'이.[군인들도 걸었다.] 그리고 나는 그들과 나란
히 걸으며 아이들을 뒤따르고, 할 수 있는 대로 그들을 도왔
단다. 시간이 흐를수록 점점 추워지는 것 같았고, 나는 그들이
얼마나 걸어온 것인지를 더 이상 알 수가 없었단다. 언덕을 올
려다보니, 여명을 등지고 육백 대가 넘는 마차가 뒤따르고 있
었단다.

군인들이 웃는 소리가 들렸단다. 감히 웃다니! 그들은 우리
사람들을 전혀 개의치 않았다. 사람들을 어찌나 막 대하던지.
날마다 그 모습을 지켜봤단다. 고통 속에 울부짖는 사람들 곁

에서 웃어대는 놈들을 보며 저들의 영혼은 어쩌면 저토록 연민도 없고 오염되었는지 의아했단다. 그들의 인간애는 대체 어디서 찾을 수 있는가 말이다.

나는 살아생전 우리 부족 사람들이 경험한 승리와 분투를 떠올렸단다. 그리고 우리 조상들이 살았을 때, 그 추운 겨울을 지나는 동안 그들이 견뎌댄 모든 고통도 생각했다. 다시 한번 화가 치밀어 올랐지만 더는 이런 고뇌에 사로잡힐 수만은 없었단다. 나의 격노가 그들에게 영향을 주지는 않을 테니까. 우리 부족들은 계속해서 품위와 친절로 서로를 대할 거라는 걸 나는 알았단다. 이 군인들의 악마 같은 행동들은 그들이 살아가는 내내 그들의 마음을 어지럽힐 테니까.

사랑하는 아이야. 나의 사람들은 살아남아 번성할 것이고, 나는 신경질적인 겨울 내도록 그들 곁에서 함께할 것이란다. 그들이 도저히 앞으로 나아가지 못하겠다고 느낄 때까지, 그들이 걸어가도록 도우면서 말이다.

에드가

9월 6일

야만인 게임 생각에 몰두하다가, 어쩌면 나도 붙잡혀서 총에 맞아 죽었을지도 모른다 생각하니 지독히도 괴로웠다. 이곳에서 얼마나 많은 이들이 그렇게 죽었을지 궁금했다. 잭슨과 라일은 나를 죽이려 했던 거야, 나는 확신했다. 그때부터 공황상태에 빠져버렸다. 나는 총알을 피해 골목길로 달아나다 건물들 사이에 쪼그리고 앉은 내 모습을 상상하느라 넋이 나갔다. 폭탄이 터지고, 총알이 피융피융 날아다니고. 악마의 다리 근처에서 진흙을 둘러쓰고 방사능에 노출된 채 방독면을 쓴 사내들에게 이런저런 질문을 받는 내 모습을 떠올렸다.

얼마간 나는 속에서 올라오는 걸 게워내고 싶어 쓰레기통에 대고 구부려 앉아 손가락을 목구멍에 넣고 꾹꾹 쑤셔댔다. 그러나 토하지는 못하고 헛구역질만 하다 눈에 눈물이 고였다. 침대로 간 나는 마음을 가라앉혀 보려 했다. 침착하게 굴어야 한다고 되뇌었다. 밤새도록 비가 그치지도 않고 내렸다. 창밖으로 참나무 가지들이 바람에 흔들리는 게 보였다. 몇 번이나 빛이 번쩍이며 울려대는 천둥 번개에 잠이 깼고, 계속 기침이 나는 내 몸 상태가 걱정돼서 잠을 제대로 잘 수 없었다. 프로젝터가 보여준 레이-레이의 모습이 자꾸만 떠올랐다. 창밖을 보니 나무 주변과 거리에 비 웅덩이들이 있었다. 저 멀리 가지를 낮게 늘어뜨린 나무들이 보였고, 삐딱한 울타리 너머 흰색 물막이 판자를 덮어둔 집들도 보였다. 모든 것이 늘 그랬듯, 어스름의 땅은 회청색 음울한 세상이었다. 얼마 동안 억세게 비가 쏟아지다가 점점 잦아들었다.

지난 시간들 생각에 울적해졌다. 침대에 누워 있자니 엄마 생각이 났고, 아빠를 돌보느라 감당했을 그 모든 책임감의 무게가 느껴졌다. 생각을 하다 보니 옛 기억이 눈에 선하게 떠올랐다. 여섯 살 땐가 일곱 살 때, 내가 엄마한테 집을 나가겠다고 했더니 엄마가 슬피 우는 체를 했었다. 물론 나는 마당 울타리 밖으로는 나가지도 않았다. 내가 왜 그런 식으로 엄마에게 겁을 줬는지, 어디로 가겠다고 했었는지 기억나진 않지만, 그냥 집을 나가서 엄마를 떠날 거라 말했던 것 같다. 나는 그 자리에 꽤 오랫동안 서서 엄마가 훌쩍이며 가짜로 우는 소릴 듣고 있었다. 그리고 이렇게나 세월이 흐르도록 난 아직도 그때 집을 나갈 거라고 엄마에게 겁췄던 일이 정말 후회스러웠다. 엄마가 그저 우는 척을 했다는 걸 알지만 말이다. 나는 그때 뒷마당에서 우리가 기르던 강아지 잭과 잔디 위를 구르며 놀았다. 잭이 나뭇가지를 물어 와 그걸 당기며 줄다리기도 했다. 마당을 뛰어다니며 잡기 놀이도 했고, 그러는 동안 결국 집을 나가겠다던 마음은 잊고 말았다. 엄마는 그 모든 걸 뒤 테라스에 서서 다 보고 있었을 것이다. 내가 놀다가 뒤 테라스 쪽으로 가자 엄마는 다시 우는 체를 하기 시작했으니까. "네가 집을 나가지 않았으면 좋겠어." 하고 엄마는 손으로 얼굴을 감싼 채 내게 말했다.

잭슨이 방에 들어와서는 나의 날짜가 잡혔다고 말했다. 내가 침대에서 몸을 일으키자 그는 방 밖으로 나갔다. 나는 일어나 그를 따라 부엌으로 갔다.

"그게 무슨 소리야? 내 날짜가 잡혔다니."

그는 내게서 등을 돌리고 있었다. 숟가락으로 컵에 담긴 커피를 저으며 말했다. "나 그동안 이런 증강 현실을 만들어내려고 무지 애썼어. 이곳 전체가 다 대안 현실이야. 얼마나 많은 약쟁이가 여기 사는지 좀 보라고. 폐가 다 썩어서 기침을 해대고, 대안의 정신상태를 갈구하지. 다들 도를 넘어섰어."

"무슨 소릴 하는 거야?"

그는 나를 향해 몸을 돌려 커피 한 모금을 들이켰다. "우린 그동안 게임을 개발하려고 널 이용했어. 이제 날이 잡혔다고. 그냥 그런 표현이야."

"그런 표현은 나도 알아."

"동네에 온통 네 사진을 뿌렸어, 추장. 어젯밤에 그 창고에서는 사람들이 널 촬영했어. 이건 라이브 슈팅 게임이야."

"씨발."

눈이 휘둥그레진 잭슨은 아무런 말도 하지 않았다. 그에게 비난을 퍼부으니 기분이 좋았다. 계속해서 쏟아내고 싶었다. 더는 그를 감당할 수가 없었다.

"그리고 하나 더. 어젯밤 지하 프로젝터에서 레이-레이 이미지가 나타나던데. 씨발 너 뭔 짓을 하는 건데?"

그는 생각에 잠긴 듯 잠시 대답이 없었다. "어제 누구 이미지가 나왔다고?"

"딴소리 집어치워."

"아." 하더니 그는 눈을 천천히 깜빡이며 나를 쳐다봤다. "그 프로젝터에서 나오는 이미지는 다 내가 입력한 거야. 온라인에서 구한 사진을 항상 넣어두거든. 페이스북 사진이나 뭐 그런 데서 찾은 건데, 너랑 레이-레이, 너희 누나 사진도 다 있어."

"잭슨 너 진짜 한심하다. 너는 혼자인 게 낫겠어. 나는 여길 떠날 거야."

"내가 너라면 안 떠나, 추장. 넌 내가 요즘 작업 중인 게임의 스타가 될 거라고. 바로 「야만인」이라는 게임."

"알아, 그 게임 설명서 봤으니까, 더러운 새끼. 또 하나의 망작이지."

"넌 그렇게 생각하는구나. 우리가 지금은 베타 검사 중이야. 사람들이 진짜 총으로 인디언들을 쏘지. 네 주변 사람들이 그렇게 이상하게 행동한 이유도 바로 그거야. 내가 너를 촬영한 이유도 그렇고."

"너 진짜 잔인한 새끼구나. 널 안타깝게 여긴 내가 바보지."

"어쩌면 그냥 여길 떠나는 게 너한테 좋을지도 모르겠다. 이곳 사람들이 널 보면, 홀로그램으로 착각하고 총을 쏠지도 모르니까. 그래도 운에 맡겨보는 거지, 안 그래? 아니, 그냥 내가 널 쫓아내야겠다."

"닥쳐. 여기서 너랑 지내느니 차라리 나가서 죽는 게 나아."

그는 커피가 든 머그잔을 내려놓고 내 눈을 정면으로 응시했다. 위협의 의도를 담아 오랫동안 쳐다봤지만 소용이 없었다. 잭슨은 겉으론 강해 보여도 그리 세지 않았다. 내가 알기론, 그는 전혀 그렇지 않으면서 늘 센 척을 했다. 학교 다닐 적에는 항상 싸움에 말려들었는데 한 번도 이기는 걸 못 봤다. 내가 부엌에서 나가려고 하자 그가 나를 밀쳤다. 나는 몸을 돌려 손바닥으로 그의 가슴을 쳤고, 그는 내 팔을 잡았다. 우리는 부엌에서 서로를 붙들고 싸우기 시작했다. 십 대 아이들처럼 엉겨 붙어 싸웠다. 둘 중 누구도 주먹을 날리진 않았어도 서로에게 소리를 질러대며 몸싸움을 했다. 결국 내가 그의 머리 옆쪽을 때렸고, 그는 악 소리를 지르며 몸을 웅크렸다. 그가 아파하는 게 보였다. 그가 한 손으로 제 머리를 감싸고 다른 한 손을 마구 휘두르기 시작했지만, 나는 뒷걸음질 쳐 내 방으로 왔고 문을 닫았다.

잭슨은 나를 쫓아오거나 내 방문을 열려고 하지 않았다. 나는 가쁜 숨을 고르려 애를 썼다. 입이 바싹 말라서 침도 삼키기 힘들었다. 잠시 후 잭슨이 집을 나서는 소리가 나길래 문을 열고 거실로 가 창밖을 내다보았다. 그는 차를 몰아 어디론가 사라졌다. 나는 다시 방으로 돌아와 가방을 쌌다. 모든 것이 어찌나 빠르게 변해버렸는지. 이제 잭슨 앤드루가 싫고 어스름의 땅과 이곳의 모든 게 싫었다. 곧장 욕실로 간 나는 캐비닛을 열어 혹시 뭐가 있는지, 뭘 찾는지도 모른 채 혹시 그가 뭘 숨겨두었는지 뒤졌다. 알약이 든 병 몇 개와 설사약, 구강 청정제가 있었다. 면봉과 크림, 젤 통도 있었다.

욕실을 나온 나는 잭슨의 침실 문을 뺑 차고 들어갔고 그의 서랍장과 옷장, 침대 밑까지 샅샅이 뒤졌다. 뒤질 수 있는 모든 곳을 찾아 집 안 전체를 훑었다. 그런 다음 지하실로 가서 사다리를 밟고 프로젝터 쪽으로 올라갔다. 뚜껑을 열어 바닥으로 던졌다. 기침을 콜록거리며 프로젝터를 벽으로 내던지고 내려가 발로 짓밟았지만 뭘 어떻게 해도 기분이 전혀 나아지지를 않았다.

이십 분이 지나고 나는 가방을 챙겨 이 썩은 집에서 영원히 나왔다. 잭슨은 이 집에서, 이 어둠 속에서 변화의 의지 없이 평생토록 머무르리라 생각하면서. 떠나면서도 여전히 분이 안 풀려 누구라도 날 쳐다보거나 원주민이 어쩌고 한마디만 하면 상대해주고 싶었다. 나는 빠르게 걸어 마을에서 멀어져 갔다. 기찻길로 가는 길을 찾아야 했다. 분명 기차를 탈 수 있을 것이다. 한밤중에 보았던 그 바구니를 든 여인의 유령이 생각났다. 그녀는 벚꽃 나무가 양쪽으로 늘어선 길에 대해 얘기했었다.

둥글납작한 구름들이 기묘한 모양을 띠었다. 잔디 위로는 박무가 짙게 깔렸다. 어릴 때 우리 가족은 집 주변으로 산책을 나가곤 했었다. 다 같이 자주 산책을 다녔는데, 내게 산책은 생각을 정리하는 일종의 명상 시간이었다. 한번은 함께 걷던 아빠가 소냐 누나와 나에게 우리 조상들은 배가 고플 때만 사냥을 했지, 재미로 사냥을 하진 않았다는 얘길 해줬다. 그리고 일단 짐승이 죽으면, 조상들은 짐승에게 용서를 구한 뒤 먹을 것이 필요해 어쩔 수 없이 사냥했다는 점을 설명해야 했다. 동물들은 착취의 대상이 아니라고 아빠는 말했다. 그건 사람의 경우도 마찬가지였다. 이 관념은 조화를 생각하는 우리 부족의 근본적인 관심사와 연관이 있었고, 항상 따라야만 하는 원칙이었다. 어스름의 땅을 계속 걷던 나는 내 안의 분노를 떠올리며, 스스로 내면의 평화를 지키려는 노력이 얼마나 중요한지도 생각했다. 레이-레이의 죽음에 관해서라면, 나는 래나 가족과 대화를 피해왔었다. 레이-레이가 살아 있을 때는 누구든 형에 관해서만 얘기했고, 무슨 이유에선지 나는 관심을 독차지하는 형을 미워했다. 이렇게 스스로 인정하고 나니 나 자신에 대한 마음이 조금은 누그러지는 것 같았다. 가족과 떨어져 지낸 시간이 어찌 보면 도움이 된 것 같기도 했다.

내가 걷는 길은 새로운 세계를 향해 열려 있는 듯 보였고, 눈 부신 햇살이 구름 뒤에서 드러났다. 여기 온 뒤 처음으로 푸른 하늘이 보였다. 숨이 막힐 듯 습해서 땀이 송골송골 맺혔다. 어딘가에서 총소리가 들려와 깜짝 놀랐다. 나는 내리막을 향해 굽어진 길을 따라 걸었다. 걷다 보니 막다른 길이 나왔고, 그 옆쪽에 그네와 뱅뱅이, 구름사다리가 있는 공원에서 아이들이 놀고 있었다. 길이 끝나는 곳 저 너머를 바라보니 지평선 위로 키 큰 나무들이 우뚝 솟아 있었다. 놀이터 쪽으로 걸으며 플럼 나무와 복숭아나무, 분홍 벚꽃 나무를 지났다. 매혹의 땅에 들어선 듯했다. 자전거를 탄 어느 소년이 따르릉 벨을 울리며 옆으로 스쳐 지나가 놀이터를 향해 내리막으로 달렸다. 그는 자전거에서 내리더니 친구들에게로 달려갔다. 놀이터 옆길 끝에는 조그만 연못과 오래된 집 한 채가 서 있었다.

조금 더 걷는데 한 노인이 집 안뜰에서 일을 하고 있었다. 멜빵 작업복을 입은 그의 머리는 희고 길었다. 그는 무릎을 땅에 대고 앉아 쓰레기 봉지를 뒤지고 있었다. 내가 거길 지나가는데, 그가 몸을 일으켜 쳐다봤다.

"시요[체로키어로 안녕]." 그가 인사를 했다.

나는 가볍게 손을 들어 보인 뒤 계속 걸었다.

"잠깐만, 여기로 와보게." 그가 불렀다.

나는 뒤돌아 그를 봤다. 그가 내게 손짓을 했다. 그의 손에는 노트 몇 권이 들려 있었다. "이건 다 내가 쓴 글이라네." 그가 말했다.

내가 다가가니 그가 노트들을 내게 내밀었다. "자네를 위한 글일세."

파란색, 검은색 잉크로 갈겨쓴 글이 가득했다. "체로키 문자네요. 알아보긴 하는데 읽지는 못해요."

"나는 찰라라네." 노인이 말했다. 강렬한 그의 눈빛에는 수십 년 동안의 고통과 체념의 흔적이 가득 담겨 있었다. 강하고 신비로운 그의 눈빛에 나는 매료되었다. "아마도 자네가 내 글을 읽어봐야 할 것 같네만?"

"무엇 때문이죠?"

"도움이 될 테니까. 저 아래로 가면 분홍빛 벚꽃 나무들이 늘어선 길이 있다네." 그가 가리킨 숲 쪽을 보니, 저 멀리 분홍 벚꽃 나무들이 활짝 핀 게 보였다. 마음이 넘치도록 기뻤다. 이곳 회청색 세계에서 이제껏 본 중 가장 밝은색이었다.

"저는 이곳을 떠나야 해요. 저 길을 따라가면 어디가 나오나요?" 내가 물었다.

그는 생각에 잠긴 듯 잠시 말이 없다가 내게 커피 한 잔을 하고 갈 수 있는지 물었다. 그는 너무 늙고 노쇠해 위험해 보이진 않았기에 나는 알겠다고 하고 좁은 길을 따라 그의 집 뒤편으로 갔다. 그는 나를 부엌으로 데려갔다. 꽃무늬 벽지가 발라져 있었고, 액자들이 걸렸던 자리인지 타원형과 사각형의 흔적들이 짙게 남아 있었다. 싱크대에는 접시들이 쌓여 있고, 엎질러진 커피, 약병과 투약병들이 조리대 위에 놓여 있었다. 조그만 식탁과 의자 두 개가 있었다. 그는 의자에 앉으며 내게 맞은편 의자에 앉으라고 손짓했다.

그가 내게 커피를 따라 주고 자기 컵에도 커피를 따랐다. 나는 빨간 머그잔에 담긴 블랙커피를 마셨다. 맛은 그리 나쁘지 않았다. 나는 홀로 지내며 밤에도 이야기를 나누거나 함께 잠자리에 들 사람 없이 외로이 침대에 눕는 그의 모습을 떠올렸다. 요리며 청소며 세탁이며 도와줄 사람 하나 없이 지내는 그를 생각했다. 찰라, 참 안쓰러운 노인이군. 나이 들어 통증과 외로움을 견디며 살겠군. 그럼에도 나는 그의 차분한 영혼을 느끼고 있었다.

그는 사탕수수를 씹으며 낮고 진지한 목소리로 말했다. "아주 오래전에 나는 사람들이 머물고 가도록 이 집을 지었다네. 목재를 끌고 와 튼튼한 기둥을 세웠지. 견고한 지붕을 덮고 바닥도 단단하게 깔았어. 여행자들이 다 여기서 머물다 갈 수 있도록 말일세. 내 생애를 이 집에 모두 바쳤다네. 내 아내가 벚꽃이 늘어선 길을 따라온 다음 나는 지금껏 늘 내 글을 지니고 있었다네. 사람들이 여기 머무는 동안 우리의 이야기를 읽을 수 있도록 말이야. 자네도 여기 머물러도 된다네. 하지만 떠나야 하지. 사랑스러운 자네, 자네의 그 심장이 여길 잘 찾아왔구려."

그가 담배를 가져왔고, 내가 그에게 가족 이야기를 들려주는 동안 우리는 함께 담배를 피웠다. 이상하게 담배 연기에도 기침이 나오지 않았고, 내가 이상하다고 얘기하자 노인은 그저 웃을 뿐이었다. 나는 그에게 레이-레이가 죽게 된 이야기를 했다. 래가 날 떠난 얘기도 했다. 그리고 아빠가 치매 초기라서 건망증이 심해졌다고도 얘기했다. 이 모든 이야기가 담배 연기와 함께 입에서 술술 흘러나왔고, 찰라는 조용하게 온전히 집중해 내 얘기를 들어주었다. 그가 내 얘길 듣는 중에, 나는 그의 눈이 한쪽은 파랗고 다른 한쪽은 회색이란 걸 알아챘다.

"계속 얘기해보게." 노인은 입술에 담뱃대를 갖다 대며 말했다.

"집에 가지 않아서 죄책감이 들어요. 가족이 모닥불 모임을 하거든요. 약물 문제로 가족이 저를 찾아왔을 때 이후로 한 번도 본 적이 없어요."

그는 내 앞으로 가까이 다가와 눈을 맞추었다. "약물 문제?"

"약물 문제요." 이렇게 말하니 어색했지만, 아마도 그동안 내게 어떤 문제가 있음을 인정하지 않았던 것 같다. 문제를 부정하며 나는 죄책감에 시달렸다. "가족이 앨버커키까지 찾아와서 문제를 해결해보려 했지만, 전 듣지 않았어요."

그는 강렬한 눈빛으로 내 눈을 바라봤다. 그는 내 이야기에 귀를 기울여주는 사람이었다. 미처 몰랐는데 내 눈에 눈물이 고여 있는 걸 깨달았다.

"정말 미치도록 속상해요." 내가 말했다.

그는 자리에서 일어나 잠시 부엌 밖으로 나갔다. 다시 돌아온 그는 돌멩이를 한 줌 쥐고 와서 내 앞의 식탁에 내려놓았다. 연필로 세모 하나를 그리더니 돌멩이들을 그 안에 몰아넣었다. "이 돌멩이들은 자네 내면에 있는 지혜의 불을 상징한다네. 그 불을 찾게." 그가 말했다.

나는 그가 그린 세모와 그 안의 돌멩이들을 자세히 관찰했다. "이 돌은 장미 석영石英이라네. 비탄을 극복하기 위한 돌이지. 자네가 이 돌을 가져가 잘 지니고 있으면 좋겠네. 이걸 가지고 어서 가보게나."

나는 손을 뻗어 그 돌멩이를 집어 들었다. 손에 올려두고 가만히 들여다보았다. 장밋빛을 띤 돌멩이는 아주 부드러웠다.

"조상들을 기억하게. 그들은 살던 고향에서 쫓겨났고 집을 잃었다네. 눈물의 길을 따라 걷다가, 기다가, 죽기도 했고. 엄청난 고통을 받았지. 하지만 자네는 이미 알고 있지 않나. 자이리 와보게, 자네에게 보여줄 게 있다네."

나는 노인을 따라 바깥으로 나갔다. 거기엔 그 붉은 새가 마당을 쪼며 돌아다니고 있었다. "저 새가." 나는 놀라 외치며 발걸음을 멈췄다. 한동안 그 새를 못 봤다는 사실을 그제야 깨달았다. 새에 관해선 거의 잊고 있던 참이었다. 그 새가 우릴 봤고, 찰라는 그 새를 향해 걸어갔다. 그는 아래로 손을 뻗어 새를 잡았다. 새가 미친 듯이 날개를 파닥이며 그의 손을 쪼려 했다. 찰라는 두 손으로 새를 꼭 쥐었고, 파닥거리던 새가 축 처질 때까지 힘주어 잡고 있었다. 그 새는 죽었다. 그러자 노인은 마당으로 새를 들고 갔는데, 그곳 바닥엔 도끼가 놓여 있었다. 노인이 새를 바닥에 내려놓고 도끼를 들어 올렸다가 힘껏 아래로 내리치자 새의 머리가 댕강 잘려나갔다. 나는 가까스로 시선을 돌렸다.

내가 다가가자 노인은 내게 피투성이인 새의 사체를 보여주었다. "자네를 위해서, 이 새는 이제 죽었네. 이해하겠나?"

"이제 어떡하시려고요?" 내가 물었다.

"우리가 새를 묻는 거지."

찰라는 새의 사체를 내려놓고 창고로 가서 삽을 가져왔다. 나도 모르게 죽은 새를 들여다보고 있었다. 잘려나간 머리에 박힌 새까만 눈이 나를 응시했다. 사체는 검붉은 핏물이 고인 흙 위에 놓여 있었다. 아무리 그만 보려 해도 눈을 뗄 수가 없었다. 잠시 후 노인이 삽을 들고 돌아와 우리가 서 있던 곳 바닥에 조그만 구멍을 팠다. 나는 양팔을 꼬고 서서 그 모든 과정을 지켜봤다. 삽으로 뜬 흙으로 사체를 덮을 때마다 세차게 소리가 났고, 잠시 후 찰라는 새를 완전히 묻었다.

　나는 지쳐 있었는데도 엄청나게 묵직한 짐을 내게서 덜어 낸 듯 느꼈다. 주위로 늘어선 벚나무를 보는데, 어쩐지 각각의 나무와 연결된 기분이었다. 얼마나 많은 이들이 찰라의 도움을 받았을지 궁금했다. 아마도 여기 늘어선 나무들만큼이나 많으리라. 노인은 그러고 나서 나를 데리고 벚꽃 나무가 활짝 핀 길로 데려갔다. 누군가 다가오는 소리에 돌아보니 한 무리의 사내가 찰라의 집을 향해 걸어오고 있었다. 그들은 마스크와 헤드폰을 쓰고 큰 소리로 떠들어댔다. 그들의 손에는 방망이와 빗자루 막대같이 보이는 기다란 곤봉이 들려 있었다. 그들은 우리를 보자 걸음을 멈추었다.

　찰라는 그들에게 저리 가라고 소리쳤다. "저리 가! 감히 여기가 어디라고, 겁쟁이들! 우리를 그냥 두게!"

　찰라는 그들을 향해 저리 썩 가라는 듯 손으로 총을 쏘는 시늉을 했고, 신기하게도 그들은 오던 길로 돌아갔다. 싸우려고 마음의 준비를 하던 나는 찰라의 말에 고분고분 돌아가는 그들을 보고 충격을 받아 잠시 동안 그 자리에 가만히 서 있었다.

　"벚꽃 나무가 늘어선 길을 따라가게. 그 길은 눈물의 길이 아니니까, 아들. 서쪽으로 향하는 길엔 슬픔이나 아픔, 혹은 죽음 따위는 없다네. 그 길은 자네의 집으로 향하는 길이라네."

　노인은 내 손을 잡고 악수를 했고, 나는 노인에게 작별인사를 했다. 길을 나서던 나는 뒤돌아서 노인에게 물었다. "어르신께서 쓴 글은 어떤 글이죠? 그걸 여쭤보지 못했네요."

그는 조금 멀어지는 나를 향해 외쳤다. "나는 체로키 이야기를 쓴다네, 사랑하는 자여. 앙갚음과 용서에 관한 이야기라네."

내가 보는 데서 노인의 몸이 허물어지더니, 그는 불사조가 되었다. 불사조는 날개를 펼치고 잿빛 하늘을 향해 날아갔다.

그러고 나는 어스름의 땅을 떠났다. 벚꽃 나무가 늘어선 길을 따라 저 멀리 앞을 바라보며, 주위의 올빼미와 개구리 울음소리를 들으며 걸었다. 이 길을 따라 걷는 나는 두렵지 않았다. 내가 서쪽을 향해 걸어가고 있다는 걸 알았다. 저 멀리 석양이 보였으니까. 하늘이 분홍, 노란빛으로 물들고 벚꽃이 내 앞에 난 길로 쏟아져 내렸다. 이내 깃털이 온 사방으로 떨어졌고, 길에도 넘쳐흘러 겨울 첫눈이 소복이 내린 듯 새하얘졌다. 굽어진 길은 아름다웠다. 저 앞에 나의 조상들이 보였지만, 그들은 기거나 흐느끼지 않고 똑바로 서 있었다. 그들의 몸들이 저 멀리 풍경을 채웠다. 나는 그들을 향해 걸으며 피로를 느끼지도 않았다. 내 앞에 놓인 그 길은 눈부시게 빛났다.

마리아

9월 6일

이른 여명에 잠에서 깨어보니 어니스트는 옆에서 코를 골며 자고 있었다. 부엌에 가서 커피를 타고 식탁에 앉아 전날 일을 떠올렸다. 잠에서 덜 깬 상태로 벽지의 무늬를 응시했는데 조그만 형태가 잡히며 작은 몸뚱어리와 얼굴들이 보였다. 한쪽 눈과 새가 보였다. 그러다 나는 노트를 펼쳐 글을 썼다.

레이-레이의 영혼이 와이엇의 영과 교신했다. 그 생각을 하면 숨이 가빠온다.

나는 펜을 내려놓고 노트를 덮었다. 창밖에는 참새 떼가 이른 아침부터 풀밭에 모여 있었다. 나는 불안했다. 보통은 위탁 아동의 심리가 열리는 날을 기다리고 아동이 제 가족과 만나는 모습을 기대했는데, 이번엔 달랐다. 와이엇이 제 조부모와 함께, 우리가 아닌 다른 이들을 따라 떠나는 모습을 볼 생각에 괴로웠다.

와이엇은 이미 짐을 쌌고 한 시간 뒤 떠날 채비를 마쳤다. 와플과 오렌지 주스를 준비해주었더니 그는 말없이 먹었다. 심리 이야기는 꺼내고 싶지 않았다. 어니스트가 부엌에 왔는데 아침을 안 먹겠다고 해서 의외였다. 그는 와이엇 맞은편 식탁 자리에 앉아 커피만 마셨다. 두 사람 다 고개를 푹 숙이고 있었고, 나는 거기 서서 어색하게 두 사람을 바라보았다.

차를 운전해 법원으로 가는 길에도 분위기는 전혀 나아지질 않았다. 차에서 아무도 입을 열지 않았다. 순간적으로 와이엇을 데리고 콰를 벗어나, 아예 오클라호마 밖으로 도망가 버릴까, 하는 말도 안 되는 생각이 들었다. 이곳을 떠나 주간 고속도로를 내달리는 상상. 우리가 탄 차는 레이-레이가 자주 가던 장소들을 지났다. 테이스티 프리즈와 스모키즈 비비큐. 델 란초와 오래된 상점들을 지난 우리는 머스코지 애비뉴가 북쪽을 향해 굽은 지점의 신호 앞에 정차했다. 백미러로 뒷좌석에 앉은 와이엇을 보니 그는 창밖을 응시하고 있었다. 나는 꿈을 꾸는 듯한 그의 시선을 보았다. 어찌나 영롱하고도 나른한 눈빛을 하고 있는지. 햇살 한 줄기가 그의 얼굴에서 반짝였다. 바로 그 순간 내겐 레이-레이의 눈이, 수년간 뒷좌석에 앉아 있던, 머스코지 길을 따라 북쪽으로 운전할 때마다 본 눈이 보였다. 내 심장에서 뭔가가 파닥였다. 뒤따르던 차가 경적을 울려 초록 불로 바뀐 것을 알았다. 급히 액셀을 밟아 차가 들썩였는데 와이엇도 어니스트도 아무 말이 없었다. 내 심장이 급하게 뛰었다. 나는 두 손으로 운전대를 잡고 침묵 속에서 운전했다.

법원에서 만난 버니스는 기분이 좋아 보였지만 로비에서 팔짱을 끼고 앉은 어니스트는 화가 난 게 분명했다. 와이엇과 버니스와 나는 정문 옆에 서서 와이엇의 조부모가 도착하길 기다렸다. 어니스트는 짜증 난 얼굴로 앞만 보고 있었다. 법원 로비는 넓고 활기 없이 너무 조용했고, 높은 천장 아래로 세워진 벽에는 백인 노인들의 사진들이 걸려 있었다.

"잡지나 텔레비전을 보면서 기다리고 싶은데." 어니스트가 말했다.

"여기는 치과가 아니잖아. 조금 진정하면 좋겠어, 여보."

"진정 못 해."

"노력을 해봐. 다 잘 해결될 거야."

나는 어니스트의 마음을 달랜다기보단 오히려 나 자신을 위해 이렇게 말했다. 마음을 다잡아보려 애써도 우리 둘 다 시시각각으로 무너지고 있음을 직감했다. 나는 와이엇의 조부모가 나타나지 않기를 바랐다. 어니스트의 정신 건강을 위해서, 그리고 어떤 측면에서는 나의 행복을 위해서. 나는 잠시 양해를 구하고 복도 끝에 있는 화장실에 가서 차가운 물로 세수를 했다. 간밤에 심리 걱정을 하느라 잠을 제대로 못 잤다. 우리는 예전에 한 번도 위탁 아동을 맡아본 적이 없었다. 와이엇이 우리에게 미친 영향이 어찌 이리도 기묘하고 심오한지, 이런 기분은 단 한 번도 느껴본 적이 없었다. 거울에 비친 내 얼굴을 보니, 주름살이 잡히고 나이를 먹은 게 보였다. 고집과 희망, 절망, 포기, 비탄으로 점철된 얼굴이었다. 나는 내가 모든 측면에서 힘을 잘 지켜온 여성이라고 스스로 되뇌었다.

화장실에서 거울을 보며, 나는 기다렸다. 젊은 엄마였을 때 기억을 불러냈다. 기억들은 슬라이드처럼 깜빡이며 빠르게 지나갔다. 소냐와 레이-레이, 그리고 에드가의 이미지가 나를 둘러싼 공간의 침묵을 채웠다. 아이들이 저녁 식탁에 둘러앉아 웃고 떠들며 음식을 맛있게 먹는 모습이 보였다. 각자 침대에서 잠든 아이들도 보였다. 햇살 찬란한 날 야외에서 장난감을 가지고 노는 아이들도 보였다. 밝은 태양과 광활하게 열린 새파란 하늘을, 아이들 주변으로 끝없이 펼쳐진 들판과 조용하고 평화로운 잔디를 떠올렸다. 누군가 가까이서 봤다면 그곳엔 노란 나비들도, 소용돌이치는 각다귀들도, 기어 다니는 벌레들도, 다들 자연 속에서 새 삶을 형성하고 있었으리라. 나는 잠깐 그게 부러웠다. 논리나 생각 따위 없이, 감정, 죄책감, 혹은 고통 없이 짧게 지나가는 그 모든 삶의 형태들이 말이다.

로비로 돌아오니 와이엇의 조부모가 버니스와 얘기를 나

누고 있었다. 그들은 나와 어니스트보다 조금 젊어 보였고, 버니스 또래인 대략 육십 대처럼 보였다. 조부는 흰색 머리칼를 포니테일로 묶고 있었다. 그는 쾌활해 보였고 버니스의 이야기를 듣는 동안 내내 웃으며 고개를 끄덕였다. 조모의 머리칼은 짙은 검정에 회색이 몇 가닥 섞여 있었다. 두 사람 다 키가 크고 건장했다.

내가 다가가자 버니스가 나를 두 사람에게 소개했다. 그들의 이름은 토마스와 비브였다.

"와이엇이 잘 지냈나요?" 비브가 내게 물었다.

나는 그녀와 토마스를 번갈아 쳐다보았다. 두 사람 눈에는 걱정이 가득했다.

"와이엇이 함께해서 정말 즐거웠지요. 진정한 축복이었어요." 나는 이렇게 대답하며 와이엇을 슬쩍 쳐다봤다.

"와이엇은 천사 같은 아이죠. 여기 시간 맞춰 도착해서 정말 다행이에요." 비브가 말했다.

"차로 여섯 시간 거리에서 오셨거든." 버니스가 말했다. "곧장 돌아가실 건가요?"

"토마스가 더는 차를 타고 싶지 않다네요. 그래서 일단 어디 들러서 뭐 좀 먹고 가려고 해요." 비브가 말했다.

나는 어니스트를 향해 이리 오라고 손짓했고, 다른 이들도 그가 오길 기다렸다. 버니스가 토마스와 비브를 그에게 소개하자 그는 기분이 상한 듯, 거의 화가 난 듯 보였지만 정중하

게 행동했다. 분위기가 다시 어색해졌다. 버니스가 와이엇의
옷에 대해 얘기했다. 그는 칼라가 있는 셔츠에 단정한 바지를
입고 왔다. 말은 없었어도 기분 나쁘거나 화가 나 보이진 않아
서 그나마 다행이었다. 와이엇의 조부모는 다정하고 살가운
사람들이었다. 판사가 와이엇을 조부모와 함께 살도록 해줄
것 같았다.

금세, 너무 빨리, 우리는 심리를 위해 법정으로 불려 들어
갔다. 우리는 벤치 앞쪽으로 안내받았다. 판사는 검은 판사복
을 입고 들어와 조용히 서류를 검토했다. 작고 다부진 몸매에
얼굴엔 수염이 무성히 난 사람이었다. 내내 심각하던 그의 표
정은 와이엇을 비롯한 누군가를 쳐다보거나 말을 할 땐 유해
졌다. 버니스는 그에게 와이엇이 우리와 함께 임시 거주했음
을 알리며 진전된 상황을 설명했다.

판사는 고개를 끄덕였고 말없이 서류를 읽으며 제 턱을 만
지작거렸다. 그는 서류에서 고개를 들어 와이엇을 쳐다봤다.
"음, 보고서 내용은 꽤 좋은데, 젊은 친구. 학교에서는 어떻게
지내지?"

"좋아요." 와이엇이 답했다.

"선생님들은 좋으시고?"

"네, 판사님."

"제일 좋아하는 과목은 뭐지?"

"언어 과목인 것 같아요." 그가 말했다. "사실 과학이 제일

좋아요."

판사가 어니스트를 한번 보고는 나를 보며 물었다. "와이엇이 그동안 잘 지냈습니까?"

"어떻게 말씀드려야 할지 모르겠네요." 나는 머뭇거리며 입을 열었다. "와이엇은 저희 집의 규칙을 잘 따라주었습니다."

판사는 내가 더 대답하길 기다렸다. 어째서인지 나는 긴장이 됐다. "그는 정말 행실이 바른 아이였습니다, 존경하는 판사님. 저희에게 기쁨이 되어주었어요."

판사는 와이엇을 향해 웃었다. 오래전부터 수십 년 동안 다른 아이들을 위해 법정에 서서 그 많은 보고서를 제출하곤 했는데, 그 모든 과정을 다시 여기서 하고 있었음에도 위탁 부모의 입장에서 느끼는 감정은 너무도 달랐다. 마치 해가 뜨기를, 어떤 잃어버린 희망의 빛이 지평선 너머로 떠오르기를 조용히 기다리는 밤처럼 고요한 순간이었다. 어떤 순간들은 그대로 박제되어 완벽하게 기억되었고, 나는 짧은 기간이었지만 내가 와이엇과 함께였다는 게 진실이길 바랐다.

심리는 짧게 마무리되었다. 판사는 학교생활을 성실히 하고 위탁 가정에서도 예의 바르게 지낸 와이엇을 칭찬했다. 판사는 와이엇의 양육권을 조부모에게 넘기고 3개월의 관찰 기간을 지정했다.

"감사합니다, 존경하는 판사님." 와이엇은 마치 준비한 듯 아주 정중하게 인사했다. 판사도 느꼈겠지만, 그 인사는 진심이었다.

　우리는 로비로 나왔다. 토마스는 버니스와 우리에게 며칠 동안 와이엇을 돌봐주어서 고맙다고 인사했다. 내가 와이엇을 쳐다보자 그는 가까이 다가와 나를 안아주었다. 나는 그를 안은 채 두 눈을 감았다. 그리고 그는 어니스트도 안아주었다.

　"아베 아트퀘 발레." 그가 우리에게 말했다.

　"뭐?" 내가 물었다.

　"라틴식 작별인사예요."

　나는 레이-레이가 죽기 전날 밤 같은 인사말을 건넸었다는 걸 뒤늦게 기억해냈다. 그걸 눈치채기에는 그때 내 머리가 너무 몽롱한 상태였다. 와이엇과 그의 조부모가 함께 밖으로 나갔다. 선글라스를 쓴 나는 당장이라도 주저앉을 것 같았다. 나는 어니스트의 팔을 붙들고 서서 겨우겨우 밖으로 걸어 나갔다.

　주차장에서 와이엇이 고개를 돌려 마지막으로 나를 쳐다봤다. 그 순간은 마치 사진처럼 찍혀 내 안에 영원히 남았다. 눈 부신 태양 아래서 나를 돌아보고 있는, 레이-레이 영혼의 스냅사진 같았다. 그가 손을 흔들었다. 잠시 눈을 감았다 다시 눈을 떠보니 와이엇과 조부모는 차 안에 탄 후였다. 세찬 바람이 한차례 몰아치는 소리가 들렸다. 비행기가 머리 위에서 큰 소리를 울리며 날아갔다.

　그 순간 어렸을 적 바닥에서 잠든 어린 레이-레이가 생각났다. 나는 아이를 들어 침대로 옮겼었다. 다른 기억도 떠올랐다. 비 오는 날 몸이 아픈 레이-레이가 침대에 누워 이마에 찬 수건을 올리고 있었다. 나는 아이의 입에서 온도계를 빼고 몸을 숙여 아이의 이마에 입을 맞추었었다. 레이-레이는 잠옷 차림이었다. 안아달라고 했다. 자장가를 부르며 흔들어 재워달라고 했다. 내 무릎에 앉아 동화책을 읽어달라고 했다. 제 침대에서 빠져나와 슬금슬금 복도를 지나 어니스트와 나 사이로 쏙 들어와 누웠다. 나는 이따금 자는 척을 하며 레이-레이가 바싹 파고들어 자도록 두었다. 그런 기억들이 순간적으로 머릿속을 스쳤고, 나는 와이엇을 향해 손을 흔들었다.

조부모의 차는 주차장을 빠져나갔다. 심장이 마구 흔들렸다. "잠깐만." 하고 내가 내뱉은 소리에 어니스트가 나를 안아주었다. 그는 내 심정을 이해하고 있었다.

"잠깐만." 하고 나는 다시 불러보았다.

* * *

한 해 전, 나는 혼자서 캘빈 호프의 집에 찾아간 적이 있다. 누구에게도, 심지어 어니스트에게도 말하고 싶지 않았다. 내가 뭘 기대하고 갔는지는 나도 모른다. 그저 개인적인 내면의 평화나 치유를, 하지만 굳이 말하자면 종결을 원했다. 그에게 가서 내가 누구인지, 그가 무슨 짓을 했는지 말해주고 싶었다.

그날 아침 나는 캘빈의 여동생인 메들린 체니에게 전화를 걸었다. 퇴직한 간호사인 그녀는 우리 집 근처 교회에 출석하는 신도였다. 우리는 몇 년 전에 교회 저녁 행사에서 잠깐 만난 적이 있었다. 수화기 너머로 그녀가 말했다. "그는 폐암에 걸렸어요. 가정에서 간호를 받는 중이죠. 지금은 우리도 너무 힘든 시기예요."

"그보다는 저를 위한 일이에요. 저의 치유를 위해서요. 우리가 레이-레이를 잃은 지도 벌써 거의 십오 년이 되었어요."

"이해해요." 그녀는 머뭇거리다 말을 이었다. "그와 많은 대화를 기대하긴 힘들어요. 정신이 온전하지 않아요."

"그보다는 저를 위한 일이에요." 나는 재차 말했다.

그녀는 한동안 말이 없다가 주소를 불러주었다.

그의 집은 마을에서 언덕으로 굽은 자갈길을 따라 북쪽으로 가면 있었다. 집에 도착하니 앞마당에 개 두 마리가 드러누워 있었다. 벽돌집에 지붕이 덮인 현관이 있고 창고는 없었다. 내가 먼지 날리는 길가에 차를 대자 한 여인이 현관으로 나왔다. 차에서 내리자 개들이 담장에 와서 짖어댔다.

"개들이 물진 않아요." 그 여인이 현관에 서서 소리쳤다.

나는 대문으로 들어갔고 개들은 내 발에 붙어서 신나게 꼬리를 흔들어댔다. 어쩐 일인지 개들은 내게 뛰어오르지도 않았다. 개들은 현관까지 나를 따라왔고, 여인은 자신을 엘렌이라고 소개하며 돌보미라고 했다.

"들어오세요. 당신이 집에 들를 거라고 메들린이 전해줬어요. 캘빈은 뒷방에서 쉬고 있어요. 그의 정신이 예전 같지 않다는 걸 미리 말해둘게요. 오늘은 말이 거의 없네요."

"네, 알겠어요." 나는 그녀를 따라 어두운 복도를 걸으며 그냥 돌아갈까도 생각했다. 집 안이 온통 음침했고 후텁지근한 게 곰팡내가 났다. 뒷방에서는 컨트리 뮤직이 흘러나오고 있었다. 요양원에서 느껴지는 질병의 기운이 감돌았고, 마치 죽음의 그림자가 집 안 어두운 구석에 드리워진 채 기다리는 듯했다.

뒷방에 가보니 캘빈 호프는 철제 침대 끄트머리에 걸터앉아서 바닥을 응시하고 있었다. 흰색 러닝셔츠를 입고 체크무늬 잠옷 바지 차림이었다. 그에게서 내가 기억하는 오래전 모습을 전혀 찾아볼 수 없었다. 몸은 마르고 머리는 벗겨졌으며, 얼굴은 창백한 게 항암 치료 탓인지 표정이 없었다.

엘렌은 축음기를 껐다. "요즘 찰리 리치 음반을 자주 들으세요. 요구하는 게 그것뿐이죠." 그녀가 창문으로 가서 블라인드를 올리자 방 안이 환해졌다. 방바닥에는 신문이 여기저기 흩어져 있었다. 창을 통해 들어오는 비스듬한 빛줄기 속으로 먼지들이 떠다녔다.

"캘빈, 이분이 잠시 얘기를 나누고 싶다고 오셨어요." 엘렌이 그에게 말했다. 나는 내가 그에게 다가가 말을 걸기 전에 그녀가 방에서 나가주었으면 했다.

"난 마리아 에코타예요. 레이-레이 에코타의 엄마요."

잠시 기다렸지만 그는 반응이 없었다.

"마리아 에코타라고요." 재차 말했다. "당신이 십오 년 전에 쇼핑몰 앞에서 내 아들을 쐈어요. 그 사건을 기억해요? 당연히 기억하겠죠. 내 아들을 총으로 쏜 걸 기억하고 있겠죠."

그는 계속 바닥만 보았다. 제 윗입술을 긁적이기만 할 뿐, 고개를 들어 날 쳐다보질 않았다.

"내가 하려는 말은, 당신을 용서할 방법을 알고 싶다는 거예요. 어떻게 하면 당신을 용서할 수 있을지, 당신이 한 짓을 어떻게 용서할 수 있을지 오래도록 알고 싶었어요. 아주 오랜 시간 그 생각을 해왔다고요."

"생체기록기 말고, 찰리 리치." 하고 그가 가느다란 목소리로 말했다. 혼란스러운 듯 눈을 깜빡였다.

"내가 전하고픈 말은요, 정말 간절하게 당신을 용서하고 싶었지만, 그럴 수가 없다는 거예요. 할 수가 없어요. 당신은 내 아들을 쐈잖아요. 당신의 무지와 편견 때문에 내 아들이 죽었잖아요. 그래서 도저히, 절대로 당신을 용서하지 못할 거예요."

그는 어리둥절해 고개를 연신 저었다. 그저 윗입술만 긁어댔다. 침대 옆 서랍장 위에는 약병과 물약 들이 놓여 있었다. 사냥과 무기를 다루는 잡지들도 쌓여 있었다. 나는 그가 말없이 앉아 있는 동안 방을 둘러보았다. 그는 바닥에 있는 뭔가를 보는 듯 눈을 가늘게 뜨고 있었다.

나는 이 순간을 몹시 다르게 상상해왔다. 그에게 마구 소리를 질러대는 내 모습을 그리면서. 나는 맨손으로 그를 때리는 상상을 반복해서 해왔다. 마침내 그 순간이 찾아와 그를 맞닥뜨린다면, 분노를 표출할 준비가 되어 있었다. 그런데 지금, 바로 이곳에 서 있는 나는 그렇게 할 수가 없었다. 예상했던 것만큼 화가 나지 않았다. 여기 온 이유가 분명 있었는데, 그 모든 이유에도 불구하고 나는 그저 그가 불쌍하고 슬퍼졌다.

"그 권총이."라고 그가 바닥을 응시하며 희미하게 내뱉었다.

어쩌면 연민이 치유인가 보다, 하고 생각했던 기억이 난다. 아니면 시간이 이미 나를 치유했다는 사실을 그때까지 몰랐던 걸지도.

* * *

9월 6일, 저녁에 모닥불을 피우기 전까지 지치고 구슬픈 오후가 조용히 이어졌다. 집에 돌아와 점심 준비를 하며 한마디 말도 없이 고기를 삶는 동안 햇살은 슬금슬금 창을 통해 들어왔다. 어니스트에게 빵을 건넸더니 찔끔찔끔 뜯어 먹었다. 음식이 넘어가긴 하는지 이해하기 어려웠다. 나는 접시에 담긴 어떤 것에도 손이 가지 않았다.

오후 느지막이 바쁘게 움직여 집을 청소했다. 그간 어떤 희망을 품었건 간에, 그 순간 다 잃은 기분이었다. 부엌 바닥을 쓸면서 마음을 다잡으려 애썼다. 와이엇은 이제 어떻게 되는 걸까, 다시 그를 볼 수나 있을까, 레이-레이의 영혼을 다시금 느끼는 날이 올까. 뭐든 알아서 잘 되겠지, 하며 마음을 추스렸다. 이제 마음을 그만 쓰고 싶었다. 다른 무엇보다도 와이엇에게, 그리고 에드가에게, 그동안 마음을 너무 많이 썼다. 나는 다가오는 밤 타오르는 모닥불에서 불꽃이 튀고, 레이-레이의 망일을 기념하는 어니스트와 소냐의 얼굴이 불에 환히 밝혀진 장면을 떠올려보았다. 모닥불을 피운 후에는 시원한 바람이 불어오는 밤하늘을 보며 앉아, 레이-레이가 나와 함께 있다고 되뇔 것이었다. 에드가를 비롯해 모두가 나와 함께 있다고 말이다.

내게는, 그리고 우리 모두에게는, 9월 6일이 늘 축하와 묘한 슬픔으로 채워진 기념일이 될 것이었다.

집 뒤편 물가에서는 소냐가 모닥불을 피울 땔감을 모으는 어니스트를 도왔다. 바람이 우리 위로 불어 지나갔고, 해는 구름 뒤로 숨은 채 후텁지근한 회색빛 오후가 흐르고 있었다. 나는 잠깐 소파에 앉아 꾸벅꾸벅 졸았다. 일어나 자리에 앉았는데 두 손이 떨리고 있었다.

바깥에서는 바람 때문에 모닥불에 불을 붙이기 어려웠지만, 어니스트는 수년간 모닥불을 피워본 솜씨를 발휘했다. 나는 준비한 음식을 가지고 나갔다. 레이-레이가 좋아했던 무

지개 옥수수와 블랙베리, 직접 구운 빵이었다. 소녀는 바닥에
다 같이 앉을 담요를 깔았다. 우리 셋은 함께 담요 위에 앉아
말없이 음식을 나누었다. 레이-레이와 우리 가족, 그리고 함
께 나눌 이야기들을 생각하며 조용히 저녁 식사를 했다. 해가
지기 직전 마지막 빛을 받으며 어니스트는 모닥불에 땔감을
더 얹었고, 소녀와 나는 담요 위에 그대로 앉아 그 모습을 지
켜보았다.

"멋지네." 소녀가 조용히 말했다.

"이제 곧 어두워질 거야." 내가 말했다.

지평선 위로 뭔가 번쩍였고, 저 멀리서 올빼미 우는 소리
가 들렸다. 따뜻하고도 밝은 모닥불을 보며 나는 얕은 호흡
을 내쉬었다. 우리는 밤으로 굳어가는 하늘 아래 적요 속에
서 가만히 앉아 있었다. 소녀의 눈은 거칠면서도 어슴푸레하
게 빛났다.

"이제 레이-레이를 생각할 시간이야. 우리 가족에 대해 생
각할 시간이기도 하고." 어니스트가 말했다.

소녀는 모닥불 앞에 무릎을 꿇고 앉아 고개를 숙였다. 미동
도 하지 않은 채 앉은 그 모습이 뜰에 놓인 신비로운 동상 같
았다. 소녀는 천천히 흥얼거리기 시작했다. 어니스트를 보니
눈가가 촉촉했고, 나는 그가 건강해서 감사한 마음이 들었다.
이 순간이 영원히 이어지기를 바랐다. 잔디 위에 누워 구르다
가 굴속으로 들어가고 싶었다. 어니스트, 소녀, 그리고 에드

가와 함께 앞뒤로 바싹 붙어 굴속을 기어가는 상상을 했다. 굴
속은 촛불로 환하고 어딘가 저 멀리 통하는 길로 가서 레이-
레이와 다시 만나는 상상이었다.

메뚜기 떼가 나무 위에서 윙윙거리다 밤하늘 어둠 속으로
사라졌다. 저 멀리서 누군가가 우리를 향해 걸어오는 게 보였
다. 분명 어떤 남자였다. 어니스트 역시도 누군가 온다는 걸
알아채고 내 손을 꽉 잡아 줘었다. 모닥불 불빛만으로는 다가
오는 사람을 알아보기가 힘들었지만, 그가 아름다움으로 빛
나고 있음을 알 수 있었다.

"저기 봐, 저기." 어니스트가 손가락을 가리켰다.

소냐는 흥얼거림을 멈추고 눈을 떠 두 손으로 제 얼굴을 감
쌌다. 밤의 고요 속 저 멀리 어딘가에서 목소리가 들려왔다.
우리는 어둠에서 솟아난 그 사내의 형체가 우리를 향해 다가
오는 걸 알 수 있었다. **들어봐! 들려? 들어보라고.** 참나무가 갈
라지고 세찬 바람에 흔들리는 나무들이 살아서 바스락거리
는 소리가 들렸다. 온 사방에서 쉴새 없이 목소리들이 들려왔
다. 우리 부족 사람들이, 우리 조상들이, 모두가 '집'이라고 속
삭이고 있었다.

감사의 말

   먼저, 이 책의 집필 초반부터 읽어주고, 도움이 되는 조언과 중요한 제안을 해준 캐럴라인 아이젠만에게 큰 감사의 마음을 전한다. 강력한 편집자적 선견지명으로 작품 구성에, 특히 찰라가 등장하는 시기들을 구상하는 데 큰 도움을 준 에코 출판사의 사라 버밍햄에게도 깊은 감사를 전한다. 케이틀린 멀루니-라이스키와 그 외 모든 에코 출판사 가족들에게도 감사한 마음이다. 오클라호마 폰카 시티의 한 카페에서 이 책의 제목을 제안해준 브래드 맥렐런드에게도 감사를 전한다. 기어리 홉슨과 릴라 애스큐가 보내준 지지와 응원에도 감사하다. 문학 저널 『컨정션Conjunctions』에 소설 발췌문을 실어준 브래드 모로, 『맥스위니McSweeney』에 실어준 클레어 보일즈에게 큰 신세를 졌다. 뉴멕시코 주립대학 영문학부의 동료들, 특히 러스 브래드버드, 코니 보이진, 리차드 그린필드가 보내준 지지에 감사의 인사를 보낸다. 아메리칸 인디언 예술 연구소 동료들에게도 감사의 마음을 전한다. 이 소설에 실린 체로키 신화의 일부는 내 상상의 산물이거나 아주 오래전 체로키 이야기들을 찾을 수 있는 훌륭한 자료인 제임스 무니의 책

『체로키의 신화Myths of the Cherokee』에서 가져왔다. 나는 예전 스승이자 멘토이자 친구인 스튜어트 오냄에게 늘 빚을 진 마음이다. 가족이 보내주는 그 지원과 응원에도 감사의 인사를 보낸다. 마지막으로, 내가 마리아라는 인물을 잘 이해하도록 무척이나 중요한 정보를 공유해준, 익명으로 남길 바랐던 그 분께 특별한 감사의 마음을 전한다. 와도(고맙습니다), 평안하시기를.

옮긴이의 말

여기 한 가족이 있다. 따로 떨어져 살아가며 각자의 이유로 외로이 분투하는 에코타 부부와 딸, 아들. 마리아는 남편 어니스트의 치매가 점점 악화되어 고민이 깊어진다. 성인이 된 딸 소냐는 잘 알지도 못하는 남자들과의 로맨스에 집착하며 고독한 삶을 이어간다. 오래전 가출한 막내 에드가는 소외감을 달래려 약물에 의존한다. 그러던 어느 날, 마리아와 어니스트는 한 원주민 위탁 소년을 집에 맞이하고, 소냐는 빈 호프라는 남자에게 아슬아슬하게 접근하며, 여자 친구와 헤어진 에드가는 약에 잔뜩 취해 홀로 모텔방 침대에서 잠을 청한다. 이후 며칠간 이들은 육신과 영의 경계가 모호해지는 기묘한 체험을 하게 되는데…… 이 가족에겐 어떤 사연이 있는 것일까?

십오 년 전까지만 해도 소냐에겐 남동생이, 에드가에겐 형이 있었다. 레이-레이 에코타. 십 대 소년이던 레이-레이는 체로키족 연례 국경일 행사가 열리던 9월 6일, 오토바이를 타고 쇼핑몰에 가다가 경찰의 총격으로 사망했다. 어디선가 총소리가 났는데, 경찰이 "총소리를 듣고 본능적으로 인디언 소년에게 총을" 쐈고, "레이-레이는 경찰이 쏜 총에 가슴을 맞았다." 총소리를 낸 범인은 백인 소년이었지만 말이다.

작가 브랜던 홉슨은 한 인터뷰*에서 "소설은 질문에서 시작한다."라는 체호프의 말을 인용하며 '이 스토리의 원동력이 된 질문'에 관해 다음과 같이 설명한다. 한동안 원주민 청소년을 대상으로 한 경찰의 폭력과 살인 이유를 다룬 많은 기사를 찾아 읽던 중, 왜 이런 사건이 전국적으로 더 상세히 보도되지 않으며, 경찰의 폭력보다는 청소년의 정신 건강 문제를 사망의 원인으로 지목하는 경향이 있는지 끊임없이 자문했다고. 그리고 이러한 사건으로 가족을 잃은 사람들은 어떻게 슬픔을 딛고 치유할 수 있는가, 라는 질문에서 이 소설을 시작했다고.

그렇게 시작된 작품에서 홉슨은 경찰 총격이라는 어느 가족의 비극과 '눈물의 길'이라는 체로키족 조상의 트라우마를 창의적이고도 교묘하게 엮어 두 가지 핵심 서사가 일상과 초자연적 공간을 자유로이 넘나드는 이야기를 들려준다. 오클라호마에 사는 체로키 가족에게 닥친 현대적 비극과 아메리카 원주민이 맞닥뜨렸던 역사적 대학살의 연관성을 탐색하며, 조상의 목소리뿐만 아니라 수 세기에 걸친 폭력의 유산에 여전히 시달리는 가족 구성원 한 사람 한 사람의 내러티브를 통해 세대를 거쳐 대물림되는 트라우마와 지속적인 불평등

* https://lithub.com/brandon-hobson-on-gettingto-the-truth-through-surreality(인터뷰 전문)

의 교차점을 고찰한 것이다.

　꿈인지 연옥인지 모를 "어스름의 땅"은 바로 그 트라우마와 불평등이 초현실적이지만 물리적으로 교차하는 지점이다. 같은 인터뷰에서 홉슨은 체로키족 구전에 등장하는 실제 장소를 빌려 와 원하는 대로 다른 세계를 창조했노라 답한 바 있다. 연기가 자욱하고 집이 썩어들어가며 쉼 없이 콜록거리는 사람들……. 이곳에서 그는 1830년 인디언 이주법을 제정해 체로키 사람들을 고향 땅에서 몰아낸 미국의 7대 대통령 앤드루 잭슨의 이름을 가져다가 "㈜앤드루 잭슨 미디어"를 만들었고, 범죄에 미쳐서 학교에 총을 가져오기도 했던 에드가의 옛 친구 '잭슨'을 에드가를 이용해먹는 한심한 악당으로 그려냈다.

　눈물의 길을 예견한 선지자 찰라와 에드가의 여정이 교차하는 지점 역시 어스름의 땅이다. 나머지 가족의 일상 곳곳에서도 모습을 바꿔가며 존재를 드러내던 조상의 정령은 어스름의 땅 플롯 말미에서 에드가를 불러 앉혀 그를 위해 쓴 이야기를 들려준다. "그들이 도저히 앞으로 나아가지 못하겠다고 느낄 때까지, 그들이 걸어가도록 도우면서." "곁에서 함께 할 것"이라 약속했던 그 옛날 찰라의 목소리가 사라지지 않고 후손 에드가에게 당도하는 순간이다. 레이-레이의 망일을 기념하며 물리적으로나 정서적으로 멀어진 가족을 한자리에 모으고자 모닥불 모임을 준비하던 마리아는 막내 에드가를 다시금 품에 안을 수 있을까?

문학적 스토리텔링의 힘은 어디에서 올까. 앞서 소개했듯 '비극적 사건으로 가족을 잃은 사람들은 어떻게 슬픔을 딛고 치유할 수 있는가'라는 질문에서 소설을 시작한 흡슨은 각 인물이 슬픔에 대처하는 권장할 만한, 혹은 권장하지 않을 만한 여러 방식을 탐구하며 영혼을 저미는 고통의 심연으로 독자들을 데려간다. 이 체로키 가족뿐 아니라 체로키 부족이 겪은 고통은 헤아릴 수 없을 만큼 거대하지만, 산 자와 죽은 자, 조상과 후손, 과거와 현재 사이에 드리운 얇은 장막을 걷어내고 한 사람 한 사람의 사정을 다각적으로 가로지르며 아픔을 이해하고자 한다.

위탁 소년 와이엇의 눈동자에서 아들의 영혼을 보는 마리아, 스토커처럼 빈에게 접근하는 와중에 그의 자폐 아들 루카의 표정에서 남동생을 느끼는 소냐, 여자 친구 이름을 죽은 형의 이름처럼 바꿔 부르는 에드가까지. 얼핏 보면 이해하기 힘든 행동이지만, 소설은 "한 사람의 삶에 들어가 그의 마음과 감정을 살피는 일"이며 "그것이 허상이고 환상이라 할지라도 그의 눈에는 보인다는 것을 믿어주는 일"*이라는 어느 소설가의 말처럼, 그 사람의 시선과 입장에서 살아보도록 온몸

* 정용준, 『소설 만세』, 민음사, 2022.

을 흔드는 고통 속에 우리를 불러들여서, 공감하고 연민하고 행동하는, 작품을 읽기 이전과는 다른 모양의 독자로 빚어내는 게 바로 문학의 힘이 아닐까 생각한다.

이 작품의 독자들이 낯선 체로키 전통과 신화를 접하는 데서 그치지 않고, 오늘날 많은 원주민 가족이 직면한 어려움을 조금이나마 인식하며, 더 나아가 이야기를 통한 회복, 조화와 평화, 진정한 집의 의미를 잠시라도 곱씹게 된다면, 그 또한 문학의 설득력 아닐까. 그리고 "어쩌면 연민이 치유인가 보다"하고 생각했던 마리아처럼 마음속에 아픔을 지닌 독자가 작품 속 인물들을 연민하고 공감하며 작은 치유를 경험할 수 있다면, 역자로서 더 바랄 게 없을 것이다.

2023년 봄
이윤정

에코타 가족

The Removed

1판 1쇄 발행	2023년 8월 1일
지은이	브랜던 홉슨
옮긴이	이윤정
펴낸이	임정림
펴낸곳	(주)코스모스하우스
기획 및 책임편집	임혜림
편집	윤정빈 임윤영
주소	서울시 마포구 와우산로29가길 80(서교동)
전화	02-332-1526
팩스	02-332-1529
홈페이지	www.hoembooks.com
이메일	info@hoembooks.com
출판등록	2015년 5월 7일 제2015-000153호
임프린트	헤윰이음

한국어판 © (주)코스모스하우스, 2023

ISBN   979-11-960367-9-9   (03840)

· 헤윰이음은 (주)코스모스하우스의 임프린트입니다.
· 잘못된 책은 구입한 곳에서 바꿔드립니다.
· 책값은 뒤표지에 표시되어 있습니다.